Wahre Liebe aus dem Jenseits

Mystery - Thriller

Faszination und Spannung begleiten uns in eine Welt, die wir bisher nicht für möglich gehalten haben.

Junge Liebe, die über den Tod hinaus verbindet.

Bibliografische Information der Deutschen Nationalbibliothek: Die Deutsche Nationalbibliothek verzeichnet diese Publikation in der Deutschen Nationalbibliografie; detaillierte bibliografische Daten sind im Internet über dnb.de abrufbar.

© 2023 Susanne Gripp

Umschlaggestaltung: Christian „Rorschachhamster" Sturke und Susanne Gripp

Herstellung und Verlag: BoD – Books on Demand, Norderstedt
ISBN 9783757813444

Vorwort:

Vielen Dank, dass Sie sich für die „Wahre Liebe aus dem Jenseits" entschieden haben. Dieser Mystery-Thriller nimmt uns mit in eine fremde Welt. Ich liebe es, nach Lust und Laune querbeet durch die Genres zu schreiben.

Mit diesem Thriller wage ich erneut neue Wege zu gehen.

Tauchen Sie ein in eine Welt, die wir bisher nicht für möglich gehalten haben.

Ihre
Susanne Gripp

Danke Chisi
Danke Rainer

Wahre Liebe
überwindet alle
Grenzen

Genau jetzt beginnt das Abenteuer

Wahre Liebe aus dem Jenseits

Die letzten Monate waren sehr anstrengend; der grausame Tod meiner Freundin Marie lässt mich nicht mehr gut schlafen.

In diesem Moment sitze ich in einem Café und schaue aus dem Fenster, direkt auf die dicken Schneeflocken, die durch die Luft wirbeln, bevor sie auf den Gehweg und die Straße herunterschweben. Es ist windig, und die Passanten halten ihre Kopfbedeckungen fest, während sie versuchen, nicht auf dem glatten Gehsteig auszurutschen und dennoch schnellen Schrittes an ihr Ziel zu gelangen. Normalerweise würde ich mich jetzt über den Winterausbruch freuen und diesen Jahresanfang genießen. Innerlich sage ich mir immer wieder denselben Text auf, wie auch schon die letzten Jahre zuvor: „Alles wird besser, ein wunderschönes neues Jahr hat begonnen und meine geheimen Wünsche werden sich endlich erfüllen."

Doch in diesem Jahr ist alles anders; Marie ist nicht mehr da. Nie wieder werde ich mich mit ihr unterhalten können, nie wieder ganze Nächte nur über Jungs reden. Und auch nie wieder gemeinsam über unsere Zukunft philosophieren, das fehlt mir so sehr. Wir hatten eigentlich vor, gemeinsam in diesem Sommer auf die Malediven zu fliegen und uns damit einen Traumurlaub zu verwirklichen. Bei dem Gedanken an meine seelenverwandte viel zu früh verstorbene Freundin, kullert mir eine Träne über meine Wange. Während ich anfange, mich zu wundern, warum ich hier in diesem Café sitze und nicht bei dem Bäcker, bei uns um die Ecke, schrecke ich zusammen; Ben lässt sich schwungvoll auf dem Stuhl neben mir nieder, und ich fange an zu zittern. „Was machst du denn hier? Du bist doch tot! Lass mich in Ruhe, ich verstehe das nicht." Verunsichert und verängstigt, dass er mir etwas antun könne, schaue ich ihn an und überlege, wie ich es schaffe fortzurennen, ohne dass er mir folgen kann. „Beruhige dich, ich bin in deinem Traum. Ja, ich bin nicht mehr am Leben, doch du musst mir helfen. Ich bin unschuldig gestorben, hilf mir, das zu beweisen!"

Seinen nächsten Satz kann ich leider nicht mehr verstehen, dafür höre ich Sarah laut und deutlich rufen:

„Lena, steh endlich auf! Du kommst zu spät zur Arbeit!" Meine WG-Mitbewohnerin steht in der Zimmertür, als ich sie mit weit aufgerissenen Augen anstarre. „Sarah, bitte bleib hier, ich muss dir etwas erzählen! Ben war gerade bei mir in meinem Traum." Ich muss weinen und kann nicht mehr weitersprechen, während Sarah sich zu mir auf die Bettkannte setzt und mir dabei über den Kopf streichelt. „Du musst dir endlich einen Psychologen suchen, Lena. Wir haben alle damit zu kämpfen, dass Marie so brutal ermordet wurde. Und dann auch noch von Ben. Ich weiß, dass ihr ein lockeres Verhältnis miteinander hattet, vielleicht fühlst du dich in deinem Unterbewusstsein für etwas schuldig, für das du wirklich nichts kannst. Du musst eine Therapie machen!" „Sarah?" „Ja", sie schaut mich mit Sorgenfalten auf ihrer Stirn und weit aufgerissenen

Augen an. „Sarah, Ben hat im Traum zu mir gesprochen. Es war Winter." „Winter?" Sie unterbricht mich. „Ich habe gerade auf unser Balkonthermometer geschaut, es sind jetzt um neun Uhr morgens, schon achtzehn Grad draußen. Das wird ein wunderschöner Sommertag, den du nutzen solltest, um etwas Vitamin D zu tanken." Sie will aufstehen, um das Zimmer zu verlassen, und ich bin mir mit einem Mal nicht mehr sicher, ob es jetzt noch klug wäre, Sarah von Bens Worten zu erzählen. Ich lasse sie gehen, ohne noch einen einzigen Satz zu sagen.

Ich habe nur noch zwanzig Minuten, bis ich die Wohnung verlassen muss, um pünktlich bei der Arbeit zu erscheinen. Während ich mich schminke und mir einen strengen Zopf mache, bemerke ich, dass ich viel zu warm für einen heißen Sommertag angezogen bin, und ziehe meine Jeans und das Sweatshirt wieder aus. In meinen Gedanken bin ich immer noch im tiefsten Winter in dem kleinen Café in der Innenstadt. Ich atme einmal tief durch, bevor mein Kleiderschrank von mir durchwühlt wird. Das rote Blümchenkleid mit Blusenkragen und kurzen Ärmeln ist genau passend und sieht obendrein auch noch gut aus. Einigermaßen entspannt verlasse ich die Wohnung. In der ganzen Hektik habe ich vergessen, zu frühstücken oder mir etwas zu essen einzupacken, und was noch viel schlimmer ist, mich von Sarah zu verabschieden. Ich stocke einen Moment, als ich auf den Gehweg trete, drehe mich wieder um und betätige den Klingelknopf. Daraufhin höre ich ihre fragende Stimme und antworte: „Sarah, es tut mir leid, ich habe ganz vergessen, mich zu verabschieden. Einen schönen Tag für dich und vielen Dank!" „Für dich auch, bis heute Abend!"

Erleichtert mache ich mich auf den Weg zur Bushaltestelle, es sind nur vier Stationen bis zur Kanzlei. Ich könnte auch das Fahrrad nehmen, doch ich bin zu faul, in den Keller zu gehen, und außerdem ist die Zeit inzwischen sehr knapp. Ich komme nicht gerne zu spät zur Arbeit.

Mein Arbeitsplatz befindet sich am Empfang der Kanzlei; es ist ein richtiges kleines Büro in den großen Tresen integriert. Ich habe hier sogar einen eigenen Kopierer. Meine Chefs sind sehr nett, dadurch bestimmt ein harmonisches Betriebsklima den Arbeitsalltag, und ich fühle mich hier sehr wohl. Nach Maries Tod haben sie mir sogar zwei Wochen Sonderurlaub gewährt, um die schlimmen Erlebnisse besser verarbeiten zu können. Mein Magen knurrt, und als ich nach einem Mandantengespräch den Besprechungsraum wieder aufräume, kann ich nicht widerstehen und esse alle noch vorhandenen Kekse auf. Ich stelle den leeren Teller in die Geschirrspülmaschine und kann nicht aufhören, an Ben zu denken. Zurück an meinem Arbeitsplatz rufe ich Jolina an, eine sehr gute Freundin. Ich bin mir sicher, dass ich mit ihr besser über die Erlebnisse meines Traums sprechen kann als mit Sarah.

„Hi, Lena, wie schön, dass du dich meldest. Was gibt es Neues?" Ich zögere etwas, und sie fragt nach: „Lena, alles in Ordnung?" „Eigentlich schon. Jolina, entschuldige bitte, aber es gibt da tatsächlich etwas, über das ich mit dir zeitnah sprechen möchte. Es ist etwas Mysteriöses passiert, hast du heute Abend Zeit für mich?" „Das klingt irgendwie gar nicht gut, aber dafür sehr spannend. Ich will alles wissen, wollen wir uns nach der Arbeit mal wieder in dem kleinen Café in der Innenstadt treffen, da waren wir schon lange nicht mehr?" „Ja, das passt super zu meinem Erlebnis." „Wie meinst du das, Lena?" „Erkläre ich dir alles nachher, bis dann."

Ich bin zuerst am vereinbarten Treffpunkt, und mich zieht es genau zu dem Platz, auf dem ich heute Morgen in meinem Traum saß. Ich bin nervös und mir ist sehr warm an diesem heißen Sommertag, daher warte ich nicht auf das Eintreffen meiner Freundin und bestelle mir vorab eine große Rhabarberschorle. Als ich einen leichten Windhauch hinter mir spüre, drehe ich mich um, um meine Freundin zu begrüßen, und schaue dabei ins Leere. Die Kellnerin nickt mir von weitem zu, mein Getränk scheint gleich gebracht zu werden. Als ich mich wieder umdrehe, sehe ich Jolina durch die große Glasscheibe in Richtung Eingangstür gehen und fange an zu lächeln. Für einen Moment liegen wir uns in den Armen, bevor sie sich neben mich setzt. Wir sind nicht die einzigen Gäste an diesem späten Nachmittag, ich hatte vorher gar nicht mitbekommen, wie voll es hier ist. Auch die Geräuschkulisse und die verführerischen Gerüche aus der angrenzenden Küche nehme ich jetzt erst wahr, nachdem sie neben mir sitzt. „Ich bin sehr neugierig, was du zu erzählen hast. Wollen wir uns eine Pizza teilen?" Ich nicke, und sie steht auf, um am Tresen zu bestellen. Ich ertappe mich dabei, wie ich verängstigt auf den Stuhl neben mir schaue, und mein

Herz fängt an schneller zu schlagen. Ein Blick nach draußen auf die sommerlich gekleidet und glücklich schlendernden Menschen lässt mich wieder entspannen. Jolina stolpert etwas unsanft gegen das Tischbein, und meine Schorle schwappt über. Für den Bruchteil einer Sekunde meine ich Bens Gesicht in der kleinen Pfütze auf der Tischplatte zu erkennen. „Entschuldigung", sagt sie und wischt mit unseren Servietten den Fleck direkt wieder weg. „Alles wieder sauber! Jetzt erzähl mal, was genau passiert ist!" Ich hole tief Luft, und meine Freundin bemerkt meine Verunsicherung. „So schlimm?", fragt sie mich. „Leider ja", erwidere ich und beginne ihr detailliert zu erzählen. Ich erwähne ebenso meine Ängste, für verrückt erklärt zu werden, wie den Windhauch und das Spiegelbild in der kleinen Pfütze auf unserem Tisch. Ich schaue sie nicht an und vergrabe das Gesicht in meinen Händen. „Lena, das ist keine kleine Sache. Wenn das tatsächlich stimmt und Ben Kontakt zu dir sucht, um seine Unschuld zu beweisen, dann ...". Sie stockt mitten im Satz. „Dann haben wir ein großes Problem." „Wie meinst du das?", frage ich sie. „Alle gehen davon aus, dass Ben Marie getötet hat. Wenn beide unschuldig sind und es tatsächlich eine dritte Person gibt, die für diese Bluttat verantwortlich ist, dann läuft ein Mörder frei herum." „Was für ein Mörder?" Erschrocken drehen wir uns um. Fabian fragt, ob er sich zu uns setzen darf, und ich nicke. „Was für ein Mörder?", fragt er erneut, und Jolina antwortet Fabian, einem guten Bekannten, schlagfertig, dass wir gerade über den Tatort des letzten Sonntags sprechen. Uns ist bewusst, dass wir dieses vertrauliche Gespräch an einem anderen Ort ohne mögliche Zuhörer fortsetzen müssen.

Nachdem ich satt bin, verabschiede ich mich und lasse die beiden allein in einem gut gefüllten Café zurück. Meine Gedanken klammern sich an die Zeit vor der Bluttat, und ich lächle, während ich an einen charmanten jungen Mann denke, der nun nicht mehr der Vater meiner Kinder werden kann. Ich seufze, denn das hatte ich mir damals für unsere gemeinsame Zukunft gewünscht.

Ich gehe zu Fuß, ein langer Weg, doch an diesem lauen Sommerabend genau das richtige, um auf andere Gedanken zu kommen. Meine Route führt mich am Friedhof vorbei, und ich werde nachdenklich. Kurzentschlossen kaufe ich einen kleinen, wunderschönen Blumenstrauß für Marie. Bei jedem Schritt, den ich ihrem Grab näherkomme, werde ich langsamer. Mir ist bewusst, dass ich meine ehemals beste Freundin viel zu selten besuche. „Armer Ben", denke ich in diesem Moment. „Wenn er wirklich unschuldig ist, haben ihn seine Eltern zu Unrecht anonym beerdigen lassen." Jetzt ist es nicht mehr weit, nur noch einmal um die Ecke abbiegen, und ich bin in der richtigen Reihe. Als ich in Richtung Maries Grab schaue, erschrecke ich, denn ihre Eltern stehen dort. Sie haben mich ebenfalls gesehen und winken mich zu sich heran. „Lena, komm her!", höre ich ihre Mutter rufen. Unweigerlich füllen sich meine Augen mit Tränenflüssigkeit, ich kann gar nichts dagegen tun. Maries Mutter drückt mich ganz fest an sich. „Danke, dass du sie besuchst." Ich löse mich aus ihrer Umarmung und lege meinen kleinen

Sommerstrauß auf das frisch geharkte Grab. Danach stehe ich noch eine Weile still dort, die Finger vor meinem Bauch gekreuzt.

Ich bin sehr kaputt, als ich mich heute Abend endlich auf mein Bett fallen lasse, um diesen anstrengenden Tag zu beenden. Ich bin zu müde, um mich noch um irgendetwas anderes zu kümmern. So lasse ich dann die Hüllen fallen und decke mich mit meiner dünnen Sommerdecke zu, bevor ich unverzüglich einschlafe.

Ich drehe mich mehrfach in dieser Nacht um, es ist ein leichter und unruhiger Schlaf. In meinem Unterbewusstsein habe ich große Angst davor, dass Ben sich wieder melden könne. Gegen drei Uhr öffne ich die Augen, es ist Vollmond und ich sehe seine Umrisse deutlich auf der Bettkannte sitzen. Unverzüglich schließe ich meine Augen wieder, um aus diesem Traum zu entfliehen. „Es kann nicht wahr sein! Das gibt es nicht, dass ich mit einem Untoten Kontakt aufnehmen kann. Das ist unmöglich!" Meine Gedanken lassen mich tatsächlich erschöpft in eine kurze Tiefschlafphase gleiten. Etwa gegen fünf Uhr morgens erwache ich schreckhaft und hebe meinen Oberkörper. Ich sitze nun aufrecht im Bett und schaue mich gründlich in meinem Zimmer um. Erleichtert stelle ich fest, dass alles in Ordnung ist, und keinerlei Anzeichen darauf hindeutet, dass Ben tatsächlich hier bei mir im Raum gewesen sein könnte.

Nachdem für uns alle feststand, dass Ben Marie getötet hat, habe ich ihn von einer auf die andere Sekunde aus meinem Herzen verdrängt. Viel schlimmer noch, ich habe ihn dafür gehasst, was er getan hat. Nicht nur für das, was er Marie angetan hat, sondern auch dafür, dass er meine Liebe zu ihm so bitter enttäuscht hat. Nun frage ich mich, was ich für ihn tun kann, wenn er tatsächlich unschuldig ist. Ich habe ihn von Anfang an verurteilt, nicht einen Moment habe ich an seiner Schuld gezweifelt, bis letzte Nacht. Jetzt ist alles anders, meine Gedanken verursachen mir schlimme Kopfschmerzen. Ich werde ihm helfen, das steht für mich jetzt schon fest; doch was ist, wenn die Gesellschaft mich daraufhin für verrückt erklärt und im schlimmsten Fall sogar in eine geschlossene Anstalt einweisen lässt. Gegen alle Regeln des normalen Menschenverstandes kann ich nicht handeln, ohne mir damit Feinde zu machen und meinen Geisteszustand in Frage zu stellen. Ich muss ganz behutsam vorgehen und mir genau überlegen, zu wem ich was sagen kann. Jolina scheint auf meiner Seite zu sein. Sobald Ben sich erneut mit mir in Verbindung setzt, werde ich ihn bitten, auch Jolina zu erscheinen. „Das klingt total bescheuert. Wie sollen andere Personen meinen Worten glauben schenken können, wenn ich nicht einmal mir selbst trauen kann?" In meinen Gedanken vermischen sich Realität, Wahnvorstellungen und Wunschdenken. Ich bin viel zu unsicher, um an die Öffentlichkeit, damit meine ich unseren großen Freundeskreis, zu gehen und dort meine Gedanken, Erfahrungen und Vermutungen zu verkünden. Ich muss mich an einem sicheren Ort mit Jolina treffen und dabei darauf hoffen, dass sie mir vertraut. Und dass sie mir helfen wird, Bens Unschuld zu beweisen.

Je mehr ich über Ben nachdenke, je trauriger werde ich. Ich fange an, um ihn und unsere damals aufblühende Liebe zu trauern. Der Hass, den ich die letzten Monate für ihn empfunden habe, ist von einer Sekunde auf die andere einer sich nicht mehr erfüllen lassenden Sehnsucht gewichen.

Es ist immer noch viel zu früh, um aufzustehen, und ich suche nach einem Taschentuch, um meine Tränen zu trocknen. Die Zweisamkeiten mit Ben hatte ich seit Maries Tod ausgeblendet, doch nun, da die Hoffnung besteht, dass er ebenfalls brutal ermordet wurde, tun sich immer mehr Fragen auf; Was ist denn, wenn er nur versucht hat Marie zu beschützen? Wer ist der wahre Mörder? Müssen wir Angst haben, dass uns auch etwas angetan wird, sobald wir mit unserer Theorie an die Öffentlichkeit dringen? Können wir es wagen, die Polizei über unseren Verdacht zu informieren?

Ich werde Sarah fragen, ob sie dieses Wochenende tatsächlich zu ihren Eltern fährt. Sollte ich sturmfreie Bude haben, lade ich Jolina am Samstag zum Frühstück ein und hoffe, dass sie Zeit für mich hat, damit wir dann ungestört reden können. Ich seufze und bin mir in diesem Moment schon nicht mehr sicher, ob ich das Richtige tue. Was ist denn, wenn es tatsächlich nur ein Traum war, so eine Art Wunschtraum von mir? Mir fällt Bens Spiegelbild in der Pfütze der Rhabarberschorle wieder ein, und ich hoffe so sehr, dass ich mir das alles nicht nur eingebildet habe. „Für alle Fälle sollte ich die Fakten notieren", denke ich und erinnere mich an diese wunderschöne Kladde mit Ledereinband, die seit fast drei Jahren ohne Beachtung in meiner Schreibtischschublade verweilt. „Das wäre doch ein Anlass, für den es sich lohnt, sie zu beschreiben", denke ich. Leise setze ich mich nun um Viertel vor sechs morgens an meinen Schreibtisch und notiere mir alle mysteriösen Begegnungen der letzten vierundzwanzig Stunden. Während ich Bens Worte notiere, spüre ich erneut einen Windhauch in meinem Nacken, woraufhin ich unverzüglich lächeln muss. Ich bin ganz vertieft in die Worte, die ich notiere, und denke nicht im Geringsten daran, dass Ben in diesem Moment ganz in meiner Nähe sein könnte, bis ich eine leise zitternde Stimme wahrnehme. „Lena, hilf mir!" Vor Schreck lasse ich meinen Stift fallen, der daraufhin wie in Zeitlupe vom Tisch rollt. Ich drehe mich um und sehe den Umriss eines männlichen Körpers auf der Fensterbank zum Hof sitzen. „Ben, bist du das? Bist du real oder bilde ich mir nur ein, dass du in diesem Moment hier bei mir bist?" Ich sehe nicht mehr gut und wische mir mit meinem Unterarm durch das Gesicht, um die Tränen zu verdrängen. Dann erschrecke ich, denn es ist Hochsommer und ich habe nur einen Slip an, nicht einmal ein T-Shirt. Ich schäme mich und greife nach meinem auf dem Boden liegenden Kleid und werfe es mir über. „Du bist schön, Lena. Es tut mir so leid, dass wir keine gemeinsame Zukunft mehr haben können." „Ben", sage ich und schaue dabei in seine Richtung. „Wenn du es nicht warst, wer hat euch das angetan?" „Lena, dieses Gespräch kostet mich sehr viel Kraft, und ich weiß nicht, wie lange ich noch hier in dieser Zwischenwelt verweilen kann, um dich auf der Suche nach der Wahrheit zu unterstützen. Ich habe ihn nur sehr kurz gesehen, sein Gesicht war maskiert. Er ist deutlich größer als ich. Seine Worte habe ich noch ganz klar im Gedächtnis, diese Stimme ist mir unbekannt. Es muss ein Exfreund Maries gewesen sein. Zuerst hat er mich niedergestochen und getreten, danach ist er wie ein wildes Tier auf Marie losgegangen. Ich konnte sie nicht beschützen, denn in diesem Moment wich das Leben aus meinem Körper, das tut mir so unendlich leid. Aber was ich noch mitbekommen habe, bevor ich in das Reich der Untoten verschwand, war, dass er zu Marie gesagt hat, dass wenn er sie nicht bekommt, sie niemand mehr bekommen wird. Offenbar hat er gedacht, dass Marie und ich ein Paar wären. Du weißt doch, dass das nie der Fall war und mein Herz nur für dich geschlagen hat, als das noch möglich war, oder? Ich werde dich jetzt verlassen und hoffe darauf, dass du die Wahrheit herausfindest." „Warte, wann kommst du wieder?" Die Umrisse seines Körpers verschmelzen in diesem Moment mit der Umgebung, und ich kann ihn nicht mehr sehen noch seine Anwesenheit spüren. Ben hat den Raum verlassen, und ich sitze zitternd und weinend auf meinem Stuhl. Ich hebe den Stift auf, doch ich bin nicht in der Lage, weiter zu schreiben. Stattdessen lasse ich mich auf mein Bett fallen und decke mich dann sogar zu. Das Fenster ist weit geöffnet, und ich höre das Piepen einiger Vögel. Erschöpft falle ich in eine Art Tiefschlaf und wache erst wieder auf, als Sarah an meine Tür klopft. „Lena, der Kaffee ist fertig! Aufstehen!"

Als ich an diesem Morgen auf mein Handy schaue, habe ich drei Nachrichten von Jolina bekommen. Es ist ganz eindeutig, dass sie ebenfalls auf Bens Unschuld hofft und sich schnellstmöglich wieder mit mir treffen möchte. Sie nimmt meine Einladung zum Frühstück am Samstag an und kann es kaum noch abwarten, persönlich die Neuigkeiten aus dem Jenseits zu erfahren. Als ich ihre Worte lese, wird mir heiß und kalt gleichzeitig, denn sie hat recht. Ben hat aus dem Jenseits Kontakt zu mir aufgenommen.

Auf der Arbeit fällt es mir nicht leicht, mich zu konzentrieren, und das ärgert mich. Ich werde hier sehr gut behandelt und auch bezahlt. Ich weiß, dass ich in dieser für mich fast schon unbegreiflichen Situation ganz besonders hart an mir und meiner inneren Einstellung arbeiten muss, um keine Fehler zu begehen, weder in der Kanzlei noch privat. Es ist so schwer zu akzeptieren, dass von einer Sekunde auf die nächste alle bisher verinnerlichten Werte und Glaubensgrundsätze außer Kraft gesetzt wurden. Meine eigenen Prioritäten haben sich deutlich geändert. Bis der Fall „Ben und Marie" geklärt ist, beschließe ich, keinen Alkohol mehr zu trinken, um in jeder Situation, und sei sie auch noch so bizarr, konzentriert handeln zu können. Das Wochenende wird Jolina und mir gehören. Ich habe inzwischen viele offene Fragen, dass ich gar nicht weiß, wo ich anfangen soll zu ermitteln. Ich bin eine junge Frau, gerade einmal zwanzig Jahre alt und mir ist bewusst, dass es für meine Freundin und mich gefährlich werden könnte, sollten wir zu offensiv an die Sache herangehen. Irgendwo in unserem direkten Umfeld befindet sich ein Mörder, der sich derzeit höchstwahrscheinlich in Sicherheit wiegt, und das soll vorerst auch so bleiben.

Abends sitze ich allein in meinem Zimmer und hole meine Kladde erneut hervor. Jetzt drehe ich sie um und beginne von der hinteren Seite an zu schreiben beziehungsweise meine Fragen und Ängste zu notieren. Punkt für Punkt gehe ich in meinen Überlegungen allen Zweifeln und möglichen Alternativen zu den derzeit der Öffentlichkeit bekannten Tatsachen durch. Bei dem Wort „Tatsachen" spielen meine Gedanken verrückt, denn höchstwahrscheinlich sind es mittlerweile nur noch der Unwahrheit entsprechende Vermutungen. Ganze siebzehn Punkte habe ich bisher notiert, um sie mit Jolina zu erörtern. Ich bekomme schon wieder Kopfschmerzen, die warme Sommerluft sorgt dafür, dass der Sauerstoffgehalt in der Stadt niedrig ist. Mir fällt auf, dass ich deutlich zu wenig getrunken habe, und leere daraufhin fast eine ganze Flasche Mineralwasser. Bevor ich danach zum zweiten Mal an diesem Abend unter die Dusche gehe, trage ich die Erlebnisse vom frühen Morgen so sachlich wie möglich in meine „Geheimakte", wie ich die Kladde mittlerweile in meinen Gedanken nenne. Es ist erst kurz vor neun Uhr abends, irgendeine Macht hält mich davon ab, die Wohnung noch einmal zu verlassen. Ich habe zwei Nachrichten auf meinem Handy, dass sich die Clique an diesem lauen Sommerabend in der Eisdiele trifft und sie mich gerne dabeihaben möchten. Mein Herz schlägt in diesen Tagen viel schneller als es eigentlich sollte, einerseits bin ich hin- und hergerissen, dieser Einladung nachzukommen, andererseits kann ich die Wohnung unmöglich verlassen. Ich warte darauf, dass Ben sich bei mir meldet, doch das wird er sicherlich nicht vor allen Leuten in der Eisdiele tun. Der zweite Aspekt, der dagegen spricht, diese Umgebung zu verlassen, ist, dass ich womöglich aus Versehen zu viel von meinen Gedanken, Ängsten und Erlebnissen der letzten Tage preisgeben könnte und dadurch meine Freunde nicht nur verunsichern, sondern eventuell sogar dazu bringen würde, sich von mir abzuwenden. Es würde mich hart treffen, sollte jemand meinen Geisteszustand in Frage stellen, deshalb will ich vorerst niemandem einen Anlass dazu geben. Ich kann es kaum noch abwarten, bis ich endlich mit meiner Freundin in Ruhe über alles sprechen kann. Ich frage mich, was Jolina wohl von der Idee hält, gemeinsam mit mir zusammen Maries Eltern zu besuchen und nach heimlichen Exfreunden zu fragen. Irgendwie müssen wir ja schließlich anfangen, die Wahrheit herauszufinden. Wieder kullern mir ein paar Tränen über die Wangen, ich habe Angst davor, mit ihren Eltern zu sprechen. Bisher sind Mutter und Vater meiner toten Freundin ebenfalls davon ausgegangen, dass ihre geliebte Tochter von deren Kumpel Ben brutal niedergestochen wurde. Sie werden wissen wollen, warum ich ihnen diese sicherlich für sie verunsichernden Fragen nach heimlichen Exfreunden und anderen Begegnungen Maries mit männlichen, der Clique unbekannten Personen stelle. Die passende Antwort auf diese berechtigte und so bedeutsame Frage nach dem Warum wird Maries Eltern verunsichern. Derzeit bin ich noch nicht in der Lage, sie so zu formulieren, dass sie mir glauben könnten. Zusammengesunken sitze ich auf meinem Schreibtischstuhl, die Geheimakte dabei fest umklammernd. Irgendwann werde ich auch mit Bens Eltern sprechen müssen, das bin ich ihm und ihnen schuldig. Ich gehe in die Küche und hole mir einen Pott Schokoladeneis aus dem obersten Eisfach. Wenn ich schon nicht mit in die Eisdiele gehen kann, will ich wenigstens auch Eis essen dürfen. Ich setze mich damit auf unseren kleinen Küchenbalkon und bin erschrocken, wie angenehm es auch um fast halb zehn noch draußen ist. Ich zünde das kleine Teelicht in dem türkisfarbenen Glas an und denke über Marie nach. Eigentlich dachte ich, dass wir beste Freundinnen wären und uns alles erzählt hätten. Diese Vermutung entspricht offenbar nicht der Wahrheit, denn wenn dem so gewesen wäre, hätte ich gewusst, mit welchen Männern sie sich getroffen hat. Irgendwo her rieche ich Grillgeruch und bekomme Hunger. Trotzdem höre ich jetzt auf, das Eis weiter in mich hinein zu schaufeln und bringe den Pott, oder besser gesagt, das was davon noch übriggeblieben ist, zurück in den Tiefkühlschrank. Obwohl es schon so spät ist, stelle ich die Kaffeemaschine an, bevor ich zurück auf den Balkon gehe. Auf dem Hocker neben mir liegt eine Baumwolldecke, und ich wickle sie mir um die Hüften, um warme Beine und Füße zu bekommen. Danach muss ich irgendwie eingeschlafen sein und werde erst wieder wach, als ich laute Geräusche aus der Küche höre. Irgendetwas fällt laut scheppernd auf den Küchenboden, und ich schrecke zusammen. Im ersten Moment vermute ich, dass Ben sich bemerkbar macht, doch dann höre ich, dass Sarah nicht allein nach Hause gekommen ist und obendrein keinen nüchternen Eindruck macht. Den Typen, den sie dabeihat, kenne ich noch gar nicht und ziehe mich schnellstmöglich in mein Zimmer zurück. Vorsichtshalber verriegele ich meine Tür für diese Nacht. Auf gar keinen Fall darf eine fremde Person mitbekommen, dass ich Besuch aus dem Jenseits bekomme. Immer wenn ich in den letzten Tagen solche Gedanken hatte, war ich kurz vor einer Panikattacke. „Es kann doch nicht sein, was hier gerade passiert. Ben ist tot oder etwa doch nicht?" Ich liege dann doch noch lange wach, anstatt mich einmal gründlich auszuschlafen.

Auch an diesem Morgen höre ich durch das geöffnete Fenster zwei Vögel offenbar laut miteinander streiten. Langsam recke und strecke ich mich, es ist taghell in meinem kleinen Zimmer, und ich bekomme Angst davor, verschlafen zu haben. Ein schneller Blick auf meinen Digitalwecker lässt mich zurück in mein Kissen fallen. Ich habe noch eine gute halbe Stunde Zeit, bis der Wecker klingelt, doch ich kann nicht mehr einschlafen und denke an Ben und seine letzten Worte der vorherigen Nacht. Ein Unwohlsein überkommt mich, und ich stehe auf, um mich an meinen Schreibtisch zu setzen und die Geheimakte aus der Schublade zu holen. „Wie gut", denke ich, „dass ich jedes Wort von Ben notiert habe." Mit weit aufgerissenen Augen lese ich dort: „Ich werde dich jetzt verlassen und hoffe darauf, dass du die Wahrheit herausfindest." „Oh, nein" sage ich laut, denn ich frage mich in diesem Moment, ob er mit seinem letzten Satz gemeint hat, dass er nun in das Reich der Toten geht und er mir nie mehr wieder erscheinen wird. „Das kann er doch unmöglich so gemeint haben, dass ich jetzt allein herausfinden soll, was, damals in der kalten Winternacht genau passiert ist." Ich habe die genauen Umstände der Todesnacht zweier meiner besten Freunde verdrängt. Einerseits kommt es mir vor, als wären Jahre seitdem vergangen, andererseits habe ich gerade in den letzten Tagen eine intensive Verbindung nicht nur zu Ben, sondern auch zu Marie gespürt. Je länger ich jetzt hier sitze und darüber nachdenke, welche große Aufgabe vor mir liegt, um so schlechter geht es mir körperlich. Ich spüre, wie die Angst zu versagen mich zittern lässt. Meine Hoffnung liegt nun bei Jolina, allein schaffe ich das nicht. Ich habe weder kriminalistische Fähigkeiten, noch bin ich körperlich dazu in der Lage, mich gegen einen großen Unbekannten zu wehren. Zweimal hat er schon gemordet, ich senke meinen Kopf, denn in den vielen Krimis, die ich bisher im Fernsehen geschaut habe, war es immer so, dass die Mörder nach dem ersten Mord die Hemmungen verloren haben und auch vor weiteren Toten als sogenannten „Kollateralschäden" nicht zurückschreckten. Mein Herz schlägt mittlerweile bedenklich schnell, außerdem bilden sich Schweißperlen auf meiner Stirn und über meiner Oberlippe. Wenn ich mich jetzt nicht selbst wieder in den Griff bekomme, werde ich höchstwahrscheinlich innerhalb der nächsten Minuten bewusstlos zusammenbrechen. Ich habe genau zwei Möglichkeiten; die eine ist, laut nach Sarah zu rufen, um mir von ihr helfen zu lassen. Wahrscheinlich wird sie mir einen Notarzt rufen. Langsam kommt mein Verstand wieder zurück und verdrängt die Panik. Ein Notarzt würde eventuell dafürstehen, dass ich in den Augen der Öffentlichkeit als instabil, mental ungefestigt oder im schlimmsten Fall sogar als geistig verwirrt gelten werde. Das will ich auf gar keinen Fall, und ich erinnere mich dankbar an den Yoga-Kurs, den Marie und ich vor nicht einmal zwei Jahren gemeinsam besucht haben. Wir hatten uns damals fest vorgenommen noch weitere Kurse zu belegen, aber da sie für ein paar Wochen an die See gefahren ist, um ihrer Tante bei der Bewirtung der Feriengäste, in deren Pension in Büsum an der Nordsee, zu helfen, konnten wir an dem Folgekurs nicht teilnehmen, und allein wollte ich nicht hingehen. Im Nachhinein finde ich es sehr schade, dass ich den zweiten Yoga-Kurs nicht besucht habe. Ich finde immer mehr zu meiner Stärke zurück und lege mich auf mein Bett. Ganz gerade, die Arme und Beine leicht abgewinkelt, atme ich tief durch die Nase ein und ganz langsam durch den Mund wieder aus. So wie ich es gelernt habe, versuche ich den Sauerstoff aus meinem Atem an alle meine Körperteile zu senden. Dabei sage ich mir immer wieder, dass ich der Herrscher meiner Gedanken bin und alles gut wird. „Ich bin stark!"

Kurz danach gehe ich in das Badezimmer, wasche und schminke mich. Als ich dann kritisch in den Spiegel schaue, lächle ich, denn die Hoffnung ist zu mir zurückgekommen. „Ja", sage ich laut und deutlich: „Ich werde Bens Unschuld beweisen!"

An diesem Freitag muss ich mehrere Protokolle schreiben und sitze mit Kopfhörern am Empfang, um mir die Tonaufzeichnungen meiner Vorgesetzten anzuhören. Während ich die Mandantenadresse notiere, stutze ich. „Büsum", lese ich dort. Ich hole tief Luft, denn in diesem Moment fällt es mir wieder ein; Marie war in Büsum bei ihrer Tante und deren Pension. „Was ist denn, wenn sie dort ihren zukünftigen Mörder kennengelernt hat?" Je länger ich darüber nachdenke, um so schwieriger wird es für mich, mich zu konzentrieren, denn ich kann nicht gleichzeitig ein Protokoll schreiben und dabei über Maries Aufenthalt in Büsum nachdenken. Vielleicht sollte ich ein paar Tage Urlaub an der Nordsee machen, denke ich und freue mich auch schon darauf. Was ich jedoch nicht bedacht habe, ist, dass derzeit Hauptsaison ist und sicherlich kaum noch eine bezahlbare Unterkunft erhältlich sein wird.

Bevor ich an diesem Freitagmittag in mein Wochenende starte, frage ich einen meiner Chefs, ob es möglich wäre, in vierzehn Tagen für eine Woche frei zu bekommen. Er schaut daraufhin in seinen Kalender und lächelt mich an. „Du hast Glück, Lena, da bin ich ebenfalls im Urlaub, und die Arbeit in der Kanzlei wird sich für die Zeit meiner Abwesenheit in Grenzen halten. Ich bespreche es Montag noch einmal mit Lars und gebe dir dann endgültig Bescheid." Lars ist mein zweiter Chef, vor Mandanten siezen wir uns, ansonsten haben sie mir das Du angeboten. Für mich ist das eher schwierig, weil ich immer Angst davor habe, mich zu versprechen. Ansonsten erleichtert es den Umgang mit kniffligen Fragen, wie zum Beispiel der nach Urlaub. Für mich steht fest, dass ich Maries Eltern nach der Adresse ihrer Tante fragen werde. Sehr gerne würde ich genau dort Urlaub machen, um mich ein wenig im direkten Umfeld umsehen zu können. Vielleicht erzählt mir die Wirtin ja von sich aus, was ich wissen will. Es stimmt schon, dass die Frauengespräche in unserem Alter meistens über Männer geführt werden. Ich frage mich, ob das irgendwann aufhört, denn bei meiner Mutter und ihrer besten Freundin ist das heute immer noch so.

Auf dem Nachhauseweg ins langersehnte Wochenende bin ich noch einkaufen gewesen und habe unseren Kühlschrank gut gefüllt, ich war sehr großzügig, denn es soll morgen ein abwechslungsreiches und schönes Frühstück werden. Kleine Pfannkuchen werde ich heute Abend noch backen und sie dann morgen früh in der Mikrowelle schnell erwärmen. Ich bin unsicher, ob Jolina tatsächlich genauso wie ich daran glaubt, dass Ben mir erschienen ist und vor allem, dass er unschuldig ist.

Sarah ist schon auf dem Weg zu ihren Eltern, als ich die Wohnung betrete, und ich atme daraufhin einmal sehr tief durch. Danach ziehe ich mich ganz bequem an, denn ich werde jetzt die Wohnung putzen. Wie jedes Mal dauert es länger als geplant, und ich verschiebe die Pfannkuchen auf den nächsten Morgen. Dafür blitzt nun nicht nur die Küche, sondern auch das Bad und das Wohnzimmer. Ich gehe in mein Zimmer und mache das Radio an. Es dauert nicht lange, und ich schlafe ein, doch gegen zwei Uhr nachts schrecke ich zusammen und öffne die Augen. Ich kann im Dunkeln die Umrisse meines geöffneten Fensters erkennen. „Ben, bist du hier?", frage ich, doch ich bekomme keine Antwort. Unsere Wohnung befindet sich im zweiten Stock, für einen geübten Fassadenkletterer sollte das kein Problem darstellen, die Hauswand zu erklimmen. Die Straßenlaternen sind noch erleuchtet, und aus der Ferne höre ich das Treiben aus dem Club an der Ecke. Es ist Wochenende, da ist immer etwas los in der Stadt, bis früh in die Morgenstunden sind normalerweise in einer Freitagnacht Geräusche feiernder Menschen zu hören. Ich bin mir nicht sicher, ob Sarah das Fenster zum Hof geschlossen hat, und stehe leise und vorsichtig auf. Hier in meinem Zimmer scheint alles in Ordnung zu sein. Ein bisschen bedaure ich die Abwesenheit von Ben, ich hätte so gerne noch einmal mit ihm gesprochen. Ich reiße mich zusammen und nehme vorsichtshalber mein Handy in die Hand und gebe meinen Pin ein, bevor ich die Tür zum Flur öffne. Es ist alles ruhig, und Sarah hat ihr Fenster zum Hof tatsächlich geschlossen, nur das kleine Küchenfenster neben der Balkontür steht noch auf Kipp. Das lasse ich auch so, es ist immer noch sehr warm in der Wohnung, denn im Sommer heizt es sich von Tag zu Tag etwas mehr auf. Als ich in das Bad gehe, freue ich mich über die Ordnung und das glänzende Waschbecken. Ich gehe auf die Toilette und spiele dabei an meinem Handy herum; Jolina hat mir gegen zehn Uhr geschrieben, dass sie Neuigkeiten für mich hat. Jetzt ärgere ich mich, dass ich nicht vor dem Zubettgehen noch einmal auf das Handy geschaut habe, das mache ich doch sonst immer. Ich kann ihr unmöglich mitten in der Nacht noch antworten, obwohl ich so gerne wissen möchte, um welche Neuigkeiten es sich handelt. Da ihr letzter Satz lautet: „Erzähl ich dir alles morgen früh, freue mich schon!", bin ich beruhigt und ich versuche mich abzulenken. Dazu schalte ich den Fernseher ein. Tatsächlich gibt es noch einen spannenden skandinavischen Krimi. Als ich dann früh morgens durch die Wiederholung einer eher faden Kochshow geweckt werde, stehe ich auf, um mich zu dieser frühen Stunde den Pfannkuchen zu widmen. „Was ich fertig habe, das kann ich abhaken", denke ich und mache mich an die Arbeit. Dabei habe ich sehr gute Laune und freue mich auf meinen Frühstücksbesuch, obgleich ich weiß, dass ich mit dem Frühstück und allem was dazu gehört, eigentlich nur von den wirklichen Problemen ablenke. Ich gehe zum Bäcker, danach wasche ich mir die Haare und dusche, ziehe mir ein fröhliches Kleid an und will sogar heute mal die Tagesdecke über mein gemachtes Bett werfen. Das tue ich nur selten, das Zimmer sieht allerdings so deutlich schöner aus.

Als ich mit allem fertig bin, lasse ich meinen Blick noch einmal durch den Raum gleiten und stocke, denn die Geheimakte liegt auf meinem Schreibtisch, aufgeschlagen. Ich versuche mich zu erinnern, doch mir ist nicht bewusst, dass ich das gewesen sein könnte, und bekomme Angst. „War eventuell eine fremde Person in meinem Zimmer, während ich in der Küche gewirbelt habe?", frage ich mich und gehe vorsichtig an meinen Arbeitsplatz heran. „Mein Notebook ist noch da, also kann es kein Dieb gewesen sein", denke ich und entspanne mich wieder. Doch dann bemerke ich ein gekritzeltes Herz auf einer der aufgeschlagenen Seiten der Kladde. Während ich mir das genauer anschauen will, klingelt Jolina an der Tür, und ich bin für einen Moment abgelenkt.

Tatsächlich vergesse ich für eine Weile, was mich eben noch in eine Art Schockstarre versetzt hat und bin überwältigt von dem üppigen Blumenstrauß, den Jolina mir freudestrahlend entgegenhält. „Oh, Dankeschön, damit habe ich gar nicht gerechnet. Ich freue mich!" „Dann freue ich mich auch. Das riecht hier schon richtig lecker. Hast du Kuchen gebacken?" Sie plaudert munter darauf los und erzählt mir, dass sie einen netten, sehr attraktiven und jungen Mann kennengelernt hat. Außerdem knurrt ihr Magen, was mich dazu veranlasst, in diesem Moment an unser bevorstehendes Frühstück zu denken, und ich schäume uns daraufhin Milch für eine Jumbotasse Kaffee auf und stelle die Pfanne für das Rührei an. Ich überlege einen kurzen Moment und sage dann leicht verunsichert zu ihr: „Jolina, ich habe jede Begegnung mit Ben akribisch notiert. Soll ich dir die „Geheimakte" holen? Dann kannst du sie studieren, während ich das Ei mache." Ich schaue fragend in ihr Gesicht. Offenbar überlegt sie einen Moment, denn anhand ihrer Mimik kann ich nicht erkennen, was gerade in ihr vorgeht. „Ja, aber ich sage dir gleich, dass ich Angst davor habe. Einerseits kann ich es nicht glauben, andererseits versetzt mich der Gedanke, mit den Toten sprechen zu können, in eine

Art euphorischen Zustand. Ich kann das gar nicht beschreiben. Ja, hol mir das Ding her, ich will alles wissen!" Erst jetzt fällt mir dieses Herz wieder ein, auf dessen unsaubere Umrisslinie ich nur einen kurzen Blick werfen konnte, weil zur selben Zeit Jolina vor der Tür stand und darauf wartete, hereingelassen zu werden. „Eine Sache ist da noch, der ich noch nicht auf den Grund gehen konnte, weil es zur selben Zeit, als ich es bemerkt habe, bei mir an der Tür geklingelt hat", sage ich und schnappe nach Luft. „Irgendjemand hat ein Herz hineingekrickelt, ich konnte es mir noch nicht näher betrachten. Vielleicht steht sogar noch mehr im Verborgenen, von dem ich bisher noch keine Notiz genommen habe. Ich hole dir die Kladde."

Ich komme zurück aus meinem Zimmer, dabei vermeide ich es, direkt in Jolinas Augen zu blicken und achte darauf, auch ja den richtigen Anfang der Geheimakte zu präsentieren und nicht etwa die Rückseite mit den folgenden siebzehn Fragepunkten. Damit würde ich meine Freundin in diesem Moment sicherlich endgültig überfordern. Ich lege ihr die erste Seite aufgeschlagen auf ihren Platz, den dort liegenden Essteller schiebe ich vorher beiseite. „Lass dir Zeit und lies bitte aufmerksam!" Ein Geräusch aus der Pfanne lässt mich zum Herd eilen, und ich gebe einen kleinen erneuten Klecks Butter in mein Arbeitsgerät, bevor ich kurz darauf den vorbereiteten Eierteig hineingleiten lasse. Ich liebe Schiebeeier, dazu muss ich jedoch am Herd stehen bleiben und in einer Tour ganz langsam mit dem Pfannenwender durch die Eimasse ziehen. Nebenbei würze ich noch etwas nach. Ich drehe mich nicht zu ihr um, sie scheint ganz vertieft in unsere Geheimakte zu sein. Von Zeit zu Zeit höre ich das Rascheln einer gerade umklappenden Seite. Jetzt bemerke ich ein leichtes Seufzen, nur ein paar Sekunden später saugt Jolina die Luft ruckartig ein, und ich spüre ihre Anspannung, ohne sie dabei anzusehen. Selten zuvor habe ich ein Rührei so intensiv geschoben wie heute, es riecht sehr lecker und sieht gut aus. „Fertig!", sage ich laut und deutlich und drehe mich mit der Pfanne in der Hand um. Mit weit aufgerissenen und tränengefüllten Augen schaut sie mich an und nickt. Danach nimmt sie ihren Teller in die Hand und legt gleichzeitig die Kladde weit von sich entfernt auf dem Tisch ab. Ich bin unsicher und fülle ihren Teller. „Das riecht lecker und sieht toll aus. Wie hast du das denn so terrassenförmig hinbekommen?" Mir hat es irgendwie die Stimme verschlagen und ich lächle nur und nehme mir auch eine gute Portion von dem duftenden Rührei. Dann reiche ich ihr den gut gefüllten Brötchenkorb. „Erwartest du noch mehr Besuch, Lena?" „Nein, wir können es uns gut gehen lassen. Wollen wir erst ganz in Ruhe essen und uns danach erst den ernsten Dingen widmen, was meinst du?" Jetzt lächelt sie mich an und nickt. Nach dem ersten Brötchen ist die Stimmung deutlich gelockert, und wir reden sogar schon wieder über Jungs. Ihr neuer Schwarm kommt aus dem Norden und ist erst in einem Monat wieder in unserer Stadt. Das bedeutet, dass Jolina in den nächsten Wochen Zeit hat, mit mir zu ermitteln.

Es fällt uns beiden schwer, den ersten Satz über Ben zu sagen. Deutlich gedrückt ist die Stimmung, während sie mir hilft, die verderblichen Lebensmittel in den Kühlschrank zu räumen. Ich schenke uns ungefragt Mineralwasser ein, nachdem ich den Tisch abgewischt habe, und nehme die Kladde in beide Hände und setze mich meiner Freundin gegenüber an den Tisch. Ich hole tief Luft und frage sie zuallererst nach ihrer Meinung. „Was hast du gedacht, als du meine Aufzeichnungen gelesen hast? Bitte sage mir ganz ehrlich, wie du über alles denkst. Das ist sehr wichtig für mich." „Lena, ich glaube dir jedes Wort, und das ist es, was es so schwer für mich werden lässt. Innerlich habe ich so gehofft, dass du es dir vielleicht alles nur eingebildet hast. Verzeih mir bitte diese Gedanken, aber das hätte ich wahrscheinlich leichter verkraftet. Ich glaube mittlerweile auch an Bens Unschuld." Die Stimme versagt ihr jetzt, und wir müssen beide weinen. „Er tut mir so unendlich leid", sage ich. „Ich habe ihn geliebt und trotzdem von einer Sekunde auf die nächste verurteilt und aus meinem Gedächtnis wie auch aus meinem Leben gestrichen. Das werde ich mir niemals verzeihen können." „Er hat dich um Hilfe gebeten, das hätte er nicht getan, wenn er sauer auf dich gewesen wäre. Ich helfe dir, Lena. Wie wollen wir anfangen?" Ich erzähle ihr von meinem Plan, nach Büsum zu fahren, um dort vor Ort herauszubekommen, ob Marie in dem kleinen Ort an der Nordsee vielleicht eine Liebelei gehabt hat. „Ich werde zuerst ihre Eltern befragen, ob die etwas wissen, was ich vielleicht nie erfahren habe von meiner Freundin. Auch muss ich den Vor- und

Zunamen ihrer Tante erfahren und am besten noch die Telefonnummer der Pension. Ich würde so gerne genau dort übernachten." „Okay, ruf doch Maries Eltern an und frage, ob wir mal vorbeikommen dürfen. Ich kann dich leider nicht nach Büsum begleiten, da ich erst in einem Monat Urlaub habe", sagt sie und zwinkert mir zu. Ich lächle, denn mir ist gerade wieder eingefallen, dass Jolina frisch verliebt ist. „Wie sieht er denn eigentlich aus? Dass er sehr groß ist, weiß ich ja schon." „Er sieht gut aus und arbeitet in einem Hotel. Er hat mir sein Alter nicht verraten, aber ich denke, dass er schon auf die Dreißig zugeht." „Oh, so ein alter Knacker?" Kaum habe ich das ausgesprochen, müssen wir erst lachen und dann doch wieder weinen. Die Nerven liegen blank, und wir haben beide Angst vor der unmittelbaren Zukunft. „Woher kommt er denn eigentlich?" „So genau weiß ich das gar nicht, sein Auto hat ein Hamburger Kennzeichen. Jetzt ruf endlich bei Maries Eltern an, wir müssen irgendwie vorankommen." Jolina hat Recht, die Nummer habe ich immer noch unter Mama Marie abgespeichert. „Becker!" „Guten Tag, Frau Becker, hier ist Lena. Jolina und ich würden Sie gerne kurz mal besuchen kommen, wenn Ihnen das passt. Wir hätten da noch ein paar Fragen." „Was für Fragen denn? Ach, ist egal, gerne helfe ich euch weiter, wenn ich kann. Mein Mann ist heute zu seiner Mutter gefahren und kommt erst morgen wieder nach Hause, ich habe Zeit für euch."

Bevor wir starten, nehme ich ein paar weiße Blätter aus meinem Drucker, und wir notieren uns die Fragen, die wir stellen wollen. „Also gut, was hältst du hiervon: Wir haben das Gefühl, dass Marie einen Freund gehabt hat, von dem wir nichts wussten. Sehr gerne würden wir uns einmal mit ihm treffen, um gemeinsam über ihre Tochter zu sprechen. Wie findest du die Frage?" „Gut, aber was machen wir denn, wenn sie nichts weiß oder womöglich wissen will, wie wir darauf kommen?" „Ich weiß es nicht, wir müssen improvisieren und dürfen am Schluss nicht vergessen, nach der Tante und der Pension zu fragen."

Es dauert noch eine gute halbe Stunde, bevor wir endlich bereit sind, die Wohnung zu verlassen. Mindestens zehn Mal habe ich diesen einen Satz laut aufgesagt, um später noch in der Lage zu sein, ihn vor Maries Mutter fehlerfrei zu wiederholen. Mir zittern die Knie, als ich auf den Klingelknopf der Familie Becker drücke. Ihr Bruder ist seit fast einem Jahr von zu Hause ausgezogen. „Merkwürdig", denke ich, denn ich bin bis zu diesem Moment gar nicht auf die Idee gekommen, ihren Bruder Max zu fragen, ob er vielleicht eine Idee hat, mit wem Marie einen Flirt oder mehr gehabt haben könnte. Die Geschwister haben sich regelmäßig getroffen, oft waren dann auch Freunde von Max dabei. Es ist nicht ausgeschlossen, dass sich da eine heimliche Liaison zwischen Marie und einem der Freunde ihres Bruders entwickelt hat. Weiter komme ich nicht dazu, darüber nachzudenken, denn Maries Mutter öffnet uns in diesem Moment die Haustür. „Kommt herein, ich habe einen Kuchen aufgetaut", sagt sie mit leicht wackliger Stimme. Frau Becker ist in dem halben Jahr, das Marie jetzt tot ist, optisch um mindesten zehn

Jahre gealtert. Ihre Wangenknochen sind eingefallen, und ich hoffe, dass sie ein Stück Kuchen mit uns essen wird. Überall hängen Fotos von Marie, aber auch von ihr und ihrem Bruder Max. ich entdecke sogar eins von Marie und mir, auf dem wir sehr glücklich wirken. Das waren wir damals auch, und mir kommen die Tränen. Das ist genau das, was ich auf gar keinen Fall will, und ich kämpfe mit mir. Unbemerkt von den anderen beiden kneife ich mir durch mein Kleid hindurch in den Oberschenkel. Das zwiebelt dermaßen, dass ich tatsächlich meine Fassung zurückgewinne. Jetzt ist der richtige Zeitpunkt gekommen, und ich stelle, die für uns so bedeutsame Frage: „Wir haben das Gefühl, dass Marie einen Freund gehabt hat, von dem wir nichts wussten. Sehr gerne würden wir uns einmal mit ihm treffen, um gemeinsam über ihre Tochter zu sprechen." Sie lächelt uns an. „Jetzt kann meine Kleine ja eigentlich nichts mehr dagegen haben, dass ich es dir erzähle, Lena. Marie war sich ein paar Mal nicht sicher, ob sie nur Spaß haben möchte, oder ob es etwas Ernstes wird, deshalb wollte sie dir nichts von ihren „Versuchungen", wie meine Tochter ihre Liebhaber genannt hat, erzählen." Vor Schreck lasse ich die Gabel fallen, und Jolina wie auch Frau Becker fangen gleichzeitig an zu kichern. Niemals wäre ich auf die Idee gekommen, dass Marie die Sache mit der Liebe so leichtgenommen hat. „Sie wird mich für total prüde gehalten und daher nichts erzählt haben", denke ich und lächle verlegen. Frau Becker muss meine Gedanken erahnt haben und antwortet mir ungefragt: „Das tut mir leid, Lena. Marie war ja auch fast zwei Jahre älter als du und wollte dich nicht damit belasten. Ich bin nur froh, dass sie mit mir immer offen über alles geredet hat." Dann versagt ihr doch noch die Stimme, und sie steht auf, um sich die Nase zu putzen, und geht dazu kurz in die Küche. Als sie den Raum erneut betritt, lächelt sie wieder und erzählt von einem großen Unbekannten, den Marie in Büsum kennengelernt hat. „Also doch!", denke ich und sehe hier die Chance, nach der Tante zu fragen. „Bei dieser Gelegenheit, möchte ich Sie noch fragen, ob Sie vielleicht die Adresse von Maries Tante in Büsum haben. Ich habe überraschend in zwei Wochen Urlaub bekommen und wollte fragen, ob vielleicht noch ein Zimmer für mich frei wäre. Ich würde so gerne einmal wieder an die Nordsee fahren." „Oh, das könnte aber knapp werden, Lena. Warte einen Moment, ich werde meine Schwester einfach mal kurz anrufen. Willst du alleine fahren?" Ich nicke und schon hat sie das Festnetztelefon in der Hand und ruft in der Pension an. Frau Becker versucht das Gespräch so kurz wie möglich zu halten und hat dann gute Nachrichten für mich. „Wenn du mit einem kleinen Zimmer mit Dusche im Dachgeschoss einverstanden bist, bist du herzlich eingeladen und brauchst nur einen kleinen Obolus für das Frühstück zu zahlen. Was hältst du davon?" Ich strahle, und meinem Urlaub an die Nordsee steht fast nichts mehr im Weg. Dennoch will ich noch etwas mehr wissen. „Wer waren denn die anderen Liebhaber Maries? Kenne ich sie vielleicht?" „Einer heißt Marcell und ist ein Studienkollege von Max. Ich glaube nicht, dass du ihn kennst, da er am Wochenende meistens zu seinen

Eltern aufs Land fährt." Ich nicke und schiebe mir dabei ein großes Stück Kuchen in den Mund. Ich muss jetzt nachdenken, wie ich meinen nächsten Satz am besten formuliere, es soll ja schließlich nicht so klingen, als wolle ich Marie schlecht machen. Auch darf ich nicht zu indiskret werden, Frau Becker kennt den wahren Grund nicht, warum ich all diese Fragen stelle. Sie weiß ja schließlich nichts von Bens Erscheinung aus dem Reich der Toten und der Vermutung, dass er unschuldig ist. Jolina und ich halten eine Weile Smalltalk und lockern somit die Stimmung auf. Plötzlich kommt mir eine geniale Idee. „Frau Becker, wir gehen auf dem Nachhauseweg nah an der Straße vorbei, in der Max wohnt, sollen wir ihm ein Stück Kuchen mitnehmen?" Überrascht, aber sichtbar freudig antwortet sie uns. „Gerne, das ist aber lieb von euch." Keine zwei Sekunden später hat sie das Telefon erneut in der Hand und ruft ihren Sohn an, doch leider geht er nicht an sein Handy. Leicht enttäuscht beschließe ich, noch um ein weiteres Stück Kuchen zu bitten, da so die Chance besteht, den eventuellen Rückruf von Max nicht zu verpassen. Es kommt bei mir auch häufiger vor, dass ich meine Mutter erst ein paar Minuten später zurückrufe, weil es mir in dem Moment ihres Anrufs nicht passt, an das Telefon zu gehen. Jolina lehnt ein weiteres Stück Kuchen deutlich ab, an ihrem Gesichtsausdruck erkenne ich die Verwunderung darüber, dass ich nach unserem ausgiebigen Frühstück noch ein zweites Stück esse. Ehrlich gesagt, muss ich nun auch aufpassen, dass mir nicht schlecht wird, und ich lasse mir sehr viel Zeit, bis mein Teller leer ist. Frau Becker hat in der Zwischenzeit noch erwähnt, dass ihre Tochter kurz vor Bens grausamer Tat noch einen Liebhaber der gefährlichen Art hatte. Nachdem ich den letzten Bissen mit Hilfe von meinem Kaffee heruntergespült habe, frage ich nach, was sie genau damit meint: „Der gefährlichen Art". Zu ihrem Ausspruch über Bens grausame Tat verkneife ich mir besser einen Kommentar. „Wieso denn gefährlich?", frage ich leise. Sie will mir gerade antworten, doch das Telefon klingelt, und Max meldet sich bei seiner Mutter. Danach geht alles ganz schnell, und sie holt eine hübsche Glasschale mit Bambusdeckel. Es passen zwei große Stücke Kuchen hinein, und wir verabschieden uns umgehend. Ich stoppe Jolinas schnellen Schritt: „Warte, nicht so schnell! Wir müssen die Gelegenheit nutzen und Max nach seinem Studienkollegen ausfragen. Der Mörder kann keiner aus unserem Bekanntenkreis sein, Ben hätte die Stimme erkannt." „Pssst!" Jolina grüßt eine ältere Frau auf der anderen Straßenseite, und ich werde rot, denn ich ärgere mich darüber, dass ich zu laut geredet habe. Leise spreche ich weiter, „eine von uns muss nach der Toilette fragen, damit wir erstmal drin sind in der Wohnung. Danach wird es sich schon ergeben, ein Weilchen mit Max zu plaudern." Sie zwinkert mir zu und grinst. In diesem Moment frage ich mich, wie gut ich eigentlich Jolina kenne? Nicht dass sie auch so viele männliche Geheimnisse hat wie Marie. Schweigend gehen wir weiter. Max wohnt im dritten Stock, ich glaube aber mich zu erinnern, dass in diesem Haus, vor dem wir mittlerweile stehen, eine Gegensprecheinrichtung vorhanden ist. Jolina hat geklingelt, und ich höre sie mit zuckersüßer Stimme sagen: „Hi Max, wir bringen dir Kuchen von deiner Mama. Mach bitte auf, Lena muss mal auf die Toilette!" „Na toll", denke ich, „wenn das so weiter geht, brauche ich einen Schnaps heute Abend, um alles zu verkraften, das ich in den letzten Stunden erfahren habe." Das Surren des elektrischen Türöffners holt mich wieder zurück in die Gegenwart, und ich gehe seufzend und langsam die vielen Treppenstufen nach oben. Auf halbem Weg überholt meine Freundin mich, um dann Max förmlich in die Arme zu fallen. Ich sehe die Beiden skeptisch an, und mein Kopfkino beginnt zu starten. „Lena, schau nicht so grimmig! Das mit Max und mir ist lange vorbei. Stimmt doch, oder?", fragt sie ihn keck. „Ja", sagt er lächelnd. „Wir waren zu jung." Jetzt kichern beide, und ich stelle die Dose mit dem Kuchen im Flur ab, bevor ich an ihnen vorbei auf die Toilette eile. Tatsächlich muss ich ziemlich dringend und bin danach sehr erleichtert, eine leere Blase zu haben. Ich lasse mir noch ein paar Minuten Zeit und schaue derweil auf mein Handy. Dabei erfahre ich, dass Sarah erst Dienstag zurückkommt. Außerdem beschwert sich meine Mutter, dass ich mich zu selten bei meinen Eltern melde und sie fragt, ob ich nicht morgen am Sonntag zum Essen kommen möchte. Schnell tippe ich eine Antwort: „Habe gerade Besuch von Jolina, melde mich heute Abend. Komme gerne morgen vorbei." Danach schicke ich ihr noch ein Smiley mit Herzchen und schließe das Handy wieder.

Als ich in das Wohnzimmer gehe, sitzen beide auf dem Sofa und schauen sich ein großes Buch an. „Lena, setz dich auf die andere Seite, dann kannst du mitgucken." Max sitzt in der Mitte und zeigt uns voller Stolz das neue Fotoalbum, das er sich nach dem Tod seiner Schwester zugelegt hat, für den Fall, dass seine Daten „abrauschen", was auch immer das bedeuten soll. Wahrscheinlich, dass die Dateien, auf denen die Fotos gespeichert sind, mit der Zeit fehlerhaft werden oder er sein Handy verliert? Ich bin begeistert, das hat er ganz toll gemacht mit dem Fotoalbum, ich kenne so etwas von meinen Eltern und überlege unverzüglich mir auch eins zuzulegen. „So habe ich für immer ein Andenken an Marie", sagt er mit zitternder Stimme, woraufhin Jolina nach seiner Hand greift. „Wer ist das denn?", sage ich und zeige auf einen dunkelhaarigen schlaksig wirkenden jungen Mann. „Ach, das ist Marcell Rönner. Das war nur eine kurze Affäre meiner Schwester. Er war nicht gerade begeistert, nachdem sie ihn abserviert hat." „Ist er jähzornig?" „Wie meinst du das denn jetzt, Lena?" „War er richtig sauer auf Marie?" „Ich bin mir nicht sicher, jedenfalls war er nach der Trennung eine Woche lang nicht in der Uni. Ab und zu spielen wir noch Squash zusammen." Ich nicke und überlege, wie ich es nun geschickt anstelle, dass ich diesen Marcell kennenlernen kann, doch Jolina kommt mir zuvor. „Oh, ich habe so lange kein Squash mehr gespielt. Wollen wir nicht mal zu viert spielen? Was haltet ihr davon?" „Äh, bist du solo, Jolina?" „Was hat das denn damit zu tun? Ich will hier niemanden aufreißen, es soll nur ein sportliches Spiel unter Freunden werden. Aber zu deiner Frage, ein deutliches Nein. Allerdings befinde ich mich derzeit in einer Fernbeziehung. Und du? Hast du eine Freundin, Max?" „Das ist eine lange Geschichte, die euch in diesem Moment nicht zu interessieren hat. Das ist sehr kompliziert." „Apropos kompliziert, deine Mutter hat angedeutet, dass Marie auch mal einen Liebhaber der gefährlichen Art hatte. Weißt du, wer das sein könnte?" Max steht auf und geht in Richtung des Flurs, dann dreht er sich zu uns um und legt seinen Kopf leicht schief. „Sagt mal, seid ihr hergekommen, um mich auszufragen? Wenn ja, warum?" „Marie zu Liebe." Jolina lächelt ihn an, während ich Farbe im Gesicht bekomme. „Ich überlege mir das mit dem Squash mal, die Idee ist gar nicht so schlecht. Wollt ihr auch etwas trinken?" Ich schüttle den Kopf, doch meine Freundin hat schon längst geantwortet. „Gerne, der Tag ist noch lang." Das ist mir fast schon peinlich, und ich fühle mich ein wenig wie das fünfte Rad am Wagen. Dennoch, wir kommen der Sache langsam näher, die verflossenen Liebhaber Maries kennenzulernen. „Einer von ihnen muss der Mörder sein", denke ich und mir läuft daraufhin ein kalter Schauer über den Rücken. „Ich vermisse Ben, vielleicht kann er mir zur Seite stehen, um nach dem wahren Mörder zu suchen. Er fehlt mir so," denke ich und atme einmal tief durch.

Als wir uns endlich wieder auf den Weg in Richtung meiner Wohnung machen, seufzt Jolina einmal laut, und ich rolle daraufhin mit meinen Augen. „Das kann doch jetzt nicht wahr sein", sage ich leicht genervt zu ihr. Ich weiß in diesem Moment ganz genau, woran sie gerade denkt, ohne es näher erläutern zu müssen. „Du hast einen neuen Freund und bist frisch verliebt?" „Ja, irgendwie schon", antwortet sie mir etwas verlegen. „Aber Max ist auch immer noch sehr süß. Auf unser gemischtes Doppel freue ich mich jetzt schon." „Auf was?", frage ich entsetzt. „Auf das Squashspiel, sonst nichts. Wirklich nicht", sagt sie und lächelt. Still gehen wir weiter, und ich stelle mir langsam wirklich die Frage, ob ich zu prüde bin oder die anderen alle zu offenherzig? Das soll uns heute aber nicht weiter beschäftigen, und ich bin mir nicht sicher, wie lange Jolina noch an diesem späten Samstagnachmittag bleiben wird.

Kaum nachdem wir die Wohnung betreten haben, schleudere ich meine Schuhe durch den Flur, und meine Freundin eilt schnellen Schrittes in Richtung des Badezimmers. Nach etwa dreißig Sekunden höre ich sie einmal laut schreien, und ich renne daraufhin zu ihr. Leider habe ich dabei nicht bedacht, dass sie die Tür von innen verriegelt hat, und ich stoße mir heftig den Kopf. Leicht verwirrt rufe ich: „Jolina, alles in Ordnung mit dir?" Ich erhalte keine Antwort, und mein Herz fängt an zu rasen. „Geht es dir gut? Bitte antworte mir!" Es erfolgt keine Reaktion Jolinas, und ich bin mit dieser Situation deutlich überfordert. „Was mache ich denn jetzt?", frage ich mich laut, als ich hinter mir eine kaum hörbare Stimme vernehme. „Ich bin es, Ben. Sie hat mich gesehen und ist bei meinem Anblick ohnmächtig geworden." „Muss ich jetzt den Notarzt rufen?", frage ich, während ich mich zu ihm umdrehe. Er ist fast durchsichtig und dadurch kaum zu erkennen. „Sie wird sicherlich gleich wieder zu sich kommen. Meine Kraft schwindet, ich komme heute Abend noch einmal zu euch." Bevor ich noch etwas sagen kann, spüre ich ihn nicht mehr neben mir, es ist, als sei er nie dagewesen. Meine Augen füllen sich mit Tränenflüssigkeit, ich komme mir in diesem Moment hilflos und verloren vor. Ich will irgendetwas tun, um Jolina beizustehen, weiß aber leider nicht, wie genau ich mich verhalten soll. „Lena!" „Ja, ich bin hier. Kannst du die Tür aufschließen?" Kaum habe ich diesen Satz beendet, steht sie kreidebleich im Türrahmen. „Setz dich erst mal hin!" Eigentlich dachte ich, dass wir in die Küche gehen, aber Jolina sinkt auf den Flurfußboden und spricht ganz leise zu mir: „Ich habe ihn gesehen, Ben war im Bad." Ich setze mich zu ihr und lege meinen linken Arm um sie. „Ich weiß, er war bei mir im Flur, nachdem du ohnmächtig geworden bist. Er kommt später noch einmal wieder, um mit uns zu sprechen. Ben wird immer schwächer, wir werden bald auf uns allein gestellt sein." Wir sitzen ein paar Minuten schweigend auf dem Fußboden, bevor Jolina mich aus meinen wirren Gedanken reißt. „Lass uns aufstehen und alles in die Geheimakte schreiben, was wir eben erlebt haben. Außerdem habe ich großen Durst. Was ein Glück, dass ich schon gepinkelt hatte, bevor ich ihn entdeckt habe, sonst hätte ich mich bestimmt nass gemacht!" Wir kichern und gehen gemeinsam in die Küche. Während ich Gläser und Getränke für uns hole, fängt sie an, über ihre Gefühle zu reden. „Lena, jetzt weiß ich genau, was alles in dir vorgegangen sein muss. Ich habe einen Untoten gesehen, das war absolut real. Du hast recht, wir dürfen niemandem davon erzählen, man würde uns für verrückt erklären. Hol mir die Kladde, wenn du nichts dagegen hast, würde ich gerne meinen Bericht zuerst abgeben, bevor du schreibst. Ich bleibe auf jeden Fall hier, ich will wissen, was er zu erzählen hat. Es tut mir so leid, dass ich Ben für schuldig gehalten habe." Ich mache etwas Zitronensirup und die Scheibe einer Limette in unsere Gläser und fülle sie danach mit Mineralwasser auf. „Genau das ist es, Jolina. Mir geht es seit der ersten Begegnung mit Ben aus dem Reich der Toten so, dass ich Angst habe, mich zu verraten, ihn zu verraten, für verrückt gehalten zu werden oder alles wieder zu vergessen. Ich hole dir die Akte."

Während sie schreibt, bin ich ganz still und wundere mich, wie viel Jolina aufschreibt, schließlich hat sie Ben, bevor sie ohnmächtig wurde, doch nur ein oder vielleicht zwei Sekunden gesehen. Mir geht es dann ähnlich, auch ich habe das Bedürfnis, meine Gefühle und Ängste neben den Tatsachen zu notieren. Als ich fertig bin, fragt sie mit weit aufgerissenen Augen. „Was ist, wenn die Geheimakte in falsche Hände gerät? Hast du eine Sicherungskopie gemacht?" „Das ist doch keine Datei! Wie stellst du dir das vor?" „Scannen, du hast doch mit Sicherheit auch einen Drucker, der dazu in der Lage ist." Ich seufze, bevor ich ihr antworte. „Das ist mir zu gefährlich, auf meinem Computer will ich die Akte aus Sicherheitsgründen nicht haben. Lass sie uns kopieren, und du nimmst die Kopie dann mit. Aber, Jolina, du musst mir schwören, dass du sie niemandem zeigst und gut versteckst!" „Ich schwöre!", sagt sie und ich sehe ihr die Anspannung dabei deutlich an. „Ich habe auch Angst, große Angst davor, was uns alles noch erwarten wird. Aber, Jolina, ich bin so froh, dass du ihn auch gesehen hast, unseren Geist." Ein kurzes Lächeln huscht über unsere Wangen, bevor ich weiterrede. „Jetzt weiß ich, dass mir meine Gedanken keinen Streich gespielt haben und ich nicht vor Trauer verrückt geworden bin." Dann versagt mir die Stimme, und die ganze Anspannung der letzten Tage fällt von mir ab. Ich fange an, heftig zu schluchzen, sodass meine Freundin mir ein Taschentuch reicht. Ich schnäuze aus, mir ist nicht entgangen, dass ihre Augen ebenfalls sehr glasig wirken. „Ich bin bei dir, Lena. Gemeinsam schaffen wir das. Wir dürfen nur keinerlei Risiko eingehen, denn es gibt immer noch irgendwo in unseren Reihen einen Mörder, der sicherlich alles dafür tun wird, dass die Wahrheit im Verborgenen bleibt." Ich nicke und wasche mir über dem Spülbecken das Gesicht ab. „Ich bin total verheult, ich glaube, ich gehe mich neu schminken, damit ich gut aussehe, wenn Ben erneut erscheint."

„Lass mich hier nicht allein, ich komme mit dir."

Jolina sitzt auf dem Badewannenrand, während ich ein neues Makeup auflege, das mich erstrahlen lässt. „Du hast ihn wohl richtig geliebt oder?" „Bring mich nicht gleich wieder zum Weinen!" Ich brauche ein paar Sekunden, um mich innerlich wieder zu beruhigen, bevor ich weiterspreche. „Uns steht noch eine große Aufgabe bevor. Am meisten Angst habe ich davor, irgendwann mit der Polizei sprechen zu müssen. Auch fällt mir der Gedanke an das bevorstehende Gespräch mit seinen Eltern sehr schwer. Ich habe ihn zweimal dort besucht, seine Familie war sehr nett zu mir. Nach seinem Tod habe ich ihnen nie mein Beileid ausgesprochen." Ein kalter Windhauch geht durch den Raum, in diesem Moment wissen wir beide, dass er bei uns ist. „Wo bist du Ben?" „Ich bin hier, aber mein Körper wird von Stunde zu Stunde schwächer. Ich muss euch noch ein wichtiges Detail zum Mörder verraten; er trägt schwarze Sneaker mit orangefarbener Sohle. Er hat mir damit einmal kräftig in mein Gesicht getreten, ich konnte einen Totenkopf erkennen." „Einen Totenkopf?", frage ich erschrocken. „Ja, auf dem Profil der Schuhsohle. Bitte findet den Mörder und sagt meinen Eltern, dass ich sie lieb habe und sie nicht aufgeben dürfen." Ich nicke und fange an, ihm, so schnell ich kann, von unseren bisherigen Erkenntnissen zu berichten. Weder Marcell Rönner noch ein unbekannter Typ aus Büsum sagen ihm etwas, doch zu dem Liebhaber der gefährlichen Art hat er einen Tipp für uns. „Mir ist eingefallen, dass Marie mir von einem heißen Flirt mit einem der Väter ihrer Freundinnen erzählt hat." Unwillkürlich schrecken Jolina sowie auch ich zusammen und starten unsere Kopfkinos. „Das kann ich gar nicht glauben, hoffentlich nicht mein Vater." „Meiner auch nicht, obwohl es wäre nicht das erste Mal, dass er meine Mutter betrogen hätte." Ben stöhnt furchterregend, und wir verfallen daraufhin in eine Art Schockstarre. „Sie holen mich, ich wehre mich mit allen mir noch verbleibenden Kräften. Sie quälen mich, ich weiß nicht, wie lange ich noch durchhalten kann. Findet den Mörder und seid vorsichtig, hier in der Vorhölle will ich euch nicht wiedersehen." „Der Vorhölle? Was meinst du damit?" Nicht nur ich habe nach seinen Worten angefangen zu zittern. Jolina ist erneut kreidebleich geworden. „Er ist weg, Jolina, ich spüre das. Aber ich glaube ganz fest daran, dass er zu uns zurückkommt, um uns bei der Suche nach der Wahrheit zu unterstützen." Wir umarmen uns und halten uns dabei ganz eng aneinandergedrückt, bis wir langsam wieder entspannen. „Danke, Lena." „Wofür?" „Für alles das, was uns hier gerade passiert, werden wir ein ganzes Leben lang diese Erinnerungen in uns tragen. Ach, ich weiß nicht, wie ich es besser formulieren soll. Ich bin so beeindruckt und irgendwie trotz allem glücklich, diese übernatürliche Erfahrung machen zu dürfen. Man hat ja doch schon so einiges gehört und immer für Spinnereien abgetan. Ab heute werde ich offen für die Erfahrungen anderer sein und sie nicht gleich vorverurteilen." Ich nicke und zeige auf unsere Geheimakte. „Fang du diesmal an!", sagt sie und nimmt sich die Fernsehzeitung, was mich zu diesem Zeitpunkt etwas verwirrt. „Kann ich hier bei dir schlafen? Ich möchte heute nicht allein zu Hause sein. Wir können eine Komödie im Fernsehen schauen, um unsere Gedanken wieder frei zu bekommen." Ich überlege kurz und nicke dann nur, denn in meinen Gedanken bin ich derzeit ganz nah bei Ben und seinen letzten Sätzen. Ich fange an, die Geschehnisse zu notieren, und mir wird dabei immer bewusster, dass wir viel Staub aufwirbeln werden. Egal mit welchem Vater, es kann ebenso der von Verena, Sarah oder Lisa gewesen sein, Marie ein Verhältnis hatte, es wird schwer herauszufinden sein. Dann kommt noch hinzu, dass sicherlich nicht alle Beteiligten begeistert über unsere Ermittlungen sein werden. Diese Gedanken beschäftigen mich so sehr, dass ich mich mitteilen muss. „Jolina, wir müssen es unbedingt herausfinden, mit welchem Vater sie eine Affäre hatte. Das kann uns richtig Ärger bringen und obendrein eventuell noch eine Familie zerstören." „Und gefährlich werden, sollte er derjenige sein, welcher…" „Ich hoffe nur, dass nicht einer unserer Väter der ist, nach dem wir suchen. Ich bin morgen zum Essen bei meinen Eltern eingeladen, willst du nicht mitkommen? Dann können wir ein wenig herumalbern und bei der Gelegenheit vielleicht auch ein paar Fragen mehr stellen in Bezug auf Marie? Dabei fällt mir ein, dass ich meine Mutter noch anrufen muss." „Ja, ich komme mit, wenn das okay für deine Eltern ist."

Natürlich freuen sich meine Eltern, und Jolina ist selbstverständlich ebenfalls herzlich eingeladen. Ich bemerke anhand der Stimme meiner Mutter, dass sie sich freut, dass ich mich nach langer Zeit mal wieder mit einer Freundin treffe. Wir haben uns am kommenden Tag zu um dreizehn Uhr verabredet. Heute liegt noch ein langer Fernsehabend vor uns. Die Wohnung werden wir nicht mehr verlassen, vom Frühstück ist noch so viel übriggeblieben, dass wir ein zweites Mal an diesem Tag richtig schlemmen können. „Dir ist bewusst, dass wir ab Montag eine Diät beginnen müssen, um unsere Figur halten zu können." „Du hast recht. Übrigens, meine Mutter hat früher fast jeden Montag eine neue Diät angefangen." Jetzt lachen wir sogar laut, bevor wir uns zuerst der heute Morgen übrig gebliebenen Waffeln widmen.

Wir haben uns bewusst für Miss Marple, sechzehn Uhr fünfzig ab Paddington, entschieden. Nicht zu spannend, aber die alte Dame ist eine hervorragende Detektivin. Wir sind uns sicher, dass wir von ihr noch etwas lernen können. „Leider haben wir keinen Mister Stringer, dafür aber ja vielleicht Ben", sage ich zu ihr, und wir lassen uns im Anschluss an unser üppiges Mahl bequem auf meinem Bett nieder, um gemeinsam Fernsehen zu schauen. Ein Wohnzimmer gibt es in dieser Wohnung nicht. Um die Kosten zu senken, habe ich den dafür vorgesehenen Raum an Sarah vermietet. Ich habe ein großes und breites Bett in meinem Zimmer. Es bietet ausreichend Platz für zwei Personen. Für die aktuelle Krimizeit mit Miss Marple lege ich zwei dicke Kissen an die Wand hinter meinem Bett, damit wir uns bequem dagegen lehnen können. Es ist gemütlich, so mit ausgestreckten Beinen auf dem Bett zu sitzen und Fernsehen zu schauen. Eigentlich ist das an einem Samstagabend in unserem Alter eher ungewöhnlich, denn es ist Partyzeit in der Stadt. Ich schaue auf mein Handy, noch ist es zu früh, aber zu späterer Stunde würden sogar gleich zwei Partys starten. Weder Jolina noch ich sind momentan in Feierlaune. Die Erlebnisse mit Ben sind schwer zu verkraften. Kein Wunder, dass wir beide erschöpft und müde wirken. Viel reden wir nicht miteinander, während Miss Marple vor unseren Augen ermittelt. Wir müssen beide eingeschlafen sein und wachen erst kurz nach Mitternacht schreckhaft auf, weil mein Handy laut klingelt. „Ja, Max? Was ist passiert?" „Wenn ihr Marcell kennenlernen wollt, kommt ins Schwimmbad, hier steigt gerade eine illegale Party. Oder traut ihr euch nicht? Ich muss Schluss machen, wir sind bestimmt noch bis zwei Uhr hier."

Jolina ist gleich heiß darauf, den uns bisher unbekannten Exfreund Maries kennenzulernen. Ich leihe ihr einen Bikini, und wir stylen uns auf. Mit Handtuch und Sektflasche im Gepäck machen wir uns gemeinsam auf meinem Fahrrad auf den Weg. Dummerweise ist samstagnachts immer viel Polizei vor Ort und ich bin schon einmal auf dem Fahrrad verwarnt worden, daher meiden wir die Hauptverkehrsstraßen. Es ist eine laue Sommernacht, abnehmender Mond, aber er spendet immer noch genug Licht, um sicher an unser gewähltes Ziel zu gelangen. Außerdem sind um diese Uhrzeit trotz Sparmaßnahmen der Stadt immer noch etliche Straßenlaternen an. Da es nicht das erste Mal ist, dass wir hier nachts zum Schwimmen verabredet sind, wissen wir genau, wie und wo man am leichtesten über den Zaun kommt. Man muss nur leise sein, während man sich durch den Garten des Hausmeisters schleicht. Sein Grundstück grenzt unmittelbar an das Schwimmbadgelände, und über eine kleine Gartenmauer ist der Einstieg dann ganz leicht. Tatsächlich hören wir fast gar keine Geräusche und fragen uns, ob die Party eventuell abgesagt wurde, doch dann sehen wir Max schemenhaft aus der Entfernung winken. Leise kommt er auf uns zu. „Wir sind nur zu viert", zwinkert er Jolina zu und mir wird daraufhin ganz anders. „Soll ich mich jetzt etwa mit einem potentiellen Mörder vergnügen?", frage ich mich im Stillen. An einer abgelegenen Stelle des

Nichtschwimmerbeckens wartet Marcell auf uns. Ich erschrecke, als ich ihn sehe und wiedererkenne. „Hallo, Lena, lange nicht gesehen", sagt er und grinst mich frech dabei an. Meine Freundin schaut mich fragend an, auch Max wundert sich. „Kennt ihr euch?" Ich komme nicht zu Wort, weil Marcell sehr schnell antwortet. „Ja, die Lady habe ich einmal in Begleitung deiner Schwester durch die Nacht begleitet." Er schaut mich durchdringend an. „Ich weiß noch genau, wo du wohnst. Ich sehe, dass ihr Alkohol im Gepäck habt, du wirst es doch wohl nicht schon wieder übertreiben?" „Das ist mir immer noch sehr unangenehm", sage ich zaghaft. „Ich hatte damals deutlich zu viel getrunken, und das tut mir sehr leid, dass ich auf deine Schuhe gespuckt habe. Ansonsten kann ich mich leider nicht mehr an viele Details dieser Nacht erinnern. Hattest du nicht schwarze Schuhe mit orangefarbener Sohle an?" „Stimmt genau, inzwischen habe ich sie aber weggeschmissen." Ich traue ihm nicht, er hat so eine überhebliche Art an sich. Ich mochte ihn schon damals nicht, als Marie ihn mir vorgestellt hat. Leider habe ich in der Nacht zu viel getrunken und kann mich dadurch heute an fast nichts mehr erinnern. „Wie lange warst du eigentlich mit Marie zusammen?" Damit habe ich scheinbar seinen wunden Punkt getroffen, wütend dreht er sich um und ich höre, wie er nach Luft schnappt. Max steht neben ihm und klopft dabei versöhnlich auf seine Schulter. „Leider viel zu kurz, Marie hat es beendet, bevor es richtig angefangen hat. Darüber bin ich sehr traurig."

„Wie gut, dass er das gesagt hat", denke ich, denn wenn er böse zu Marie gewesen wäre, hätte Max das bestimmt mitbekommen und wäre jetzt nicht so nett zu ihm. Die Tatsache, dass er jedoch diese besagten Turnschuhe besaß, lässt mich nun doch wieder zweifeln. Wir sind noch ziemlich am Anfang unserer Ermittlungen, mir bleibt keine andere Wahl, und ich beschließe, mich locker mit Marcell anzufreunden, um weitere Details von ihm erfahren zu können. „Marcell, das tut mir sehr leid für dich, auch ich leide heute noch darunter, was Marie passiert ist." Schon wieder kommen mir die Tränen, und ich ärgere mich darüber. „Wollen wir den Sekt aufmachen?", fragt er mich doch tatsächlich. Jetzt sieht er sogar richtig freundlich aus, so wie er mich anlächelt. „Ach, besser nicht", antworte ich ihm und zwinkere ihm zu. Aus der Entfernung hören wir das Wasser, Jolina und Max müssen schwimmen gegangen sein. „Lass uns abkühlen", sage ich und ziehe mich aus. Nicht etwa sexy, ganz bestimmt nicht, denn ich möchte ihn nicht anmachen, meine Gefühle sind einzig und allein bei Ben. „Lass uns die Klamotten mit zum großen Becken nehmen, falls wir schnell flüchten müssen", sagt er und geht voran. „Marcell sieht von hinten noch etwas besser aus als von vorne", denke ich und überhole ihn auf dem Weg zum Becken. Max gibt uns ein Zeichen, leise in das Wasser zu kommen, offenbar hat er meinen Sprint richtig gedeutet. Am liebsten wäre ich jetzt aus vollem Lauf in das kühle Nass hinein gesprungen. Es ist so angenehm, bei diesen Temperaturen ganz für uns allein, nur im Schatten des Mondes, zu schwimmen. Ich genieße es und fange an, meine Bahnen zu ziehen, so wie früher mit meinem Vater. Wieder eine Assoziation, in diesem Moment muss ich erneut daran denken, dass einer der Väter etwas mit Marie gehabt hat. Ich finde diesen Gedanken abstoßend. Wenn ich bedenke, dass mein Vater schon fünfundvierzig Jahre und Sarahs Vater sogar schon über fünfzig ist, ist die Vorstellung an Sex mit so einem alten Typen für mich nicht gerade sehr erregend. „Du legst ja ein ganz schönes Tempo vor, warst du früher mal Leistungsschwimmerin?" Max ist neben mir, wir stoppen am Beckenrand, und ich verzichte auf eine erneute Wendung. „Ja, aber nur kurz. Ein Muskelfaserriss hat meine sich anbahnende Schwimmkarriere damals vorzeitig beendet. Wo sind die anderen denn?" „Die plantschen inzwischen im Nichtschwimmerbecken, das liegt etwas weiter abseits im Verborgenen. Ich bin mir gar nicht so sicher, ob es hier vielleicht doch Überwachungskameras inklusive Bewegungsmelder gibt. Lange sollten wir nicht mehr bleiben." Wir verlassen daraufhin das Becken, als ich schnellen Schrittes zu den anderen eilen will, hält Max mich am Handgelenk fest. „Warte, Lena, es ist mir ein bisschen unangenehm, aber kannst du mir sagen, wie ernst es Jolina mit ihrem neuen Freund ist?" Ich verkneife mir das Kichern; „wie süß", denke ich. „Max, ich weiß es nicht genau, doch wenn du ernste Absichten hast, dann würde ich innerhalb der nächsten drei Wochen alles regeln. In vier Wochen will er zu Besuch kommen." „Danke", sagt er, mehr nicht. „Mir wird langsam kalt, Lena. Es ist auch schon spät, lass uns lieber verabschieden." Offenbar ist meiner Freundin

54

klar geworden, dass sie Max mit ihrem Verhalten Hoffnungen gemacht hat und sie sich nun doch lieber wieder zurückziehen möchte. „Okay, lass mich noch zwei Bahnen schwimmen, bitte!" „Hier im kleinen Becken wird es nicht lange dauern", denke ich. Doch auf das Kraulen verzichte ich, um nicht zu viel Lärm zu machen. Als ich am gegenüberliegenden Beckenrand angekommen bin, spüre ich einen Druck an meinen Beinen. Irgendetwas ist da im Wasser, und ich bin kurz davor loszuschreien, als ich Ben höre. „Ich bin es, Ben. Er ist es nicht, seine Stimme klingt ganz anders als die des Mörders. Im Wasser fällt es mir leichter, mich zu zeigen. Pass auf dich auf, ich liebe dich!" Ich verschlucke mich und muss laut husten. Marcell kommt angerannt. „Alles in Ordnung mit dir?", fragt er besorgt. „Ja", sage ich und greife nach seiner in meine Richtung ausgestreckten Hand. Mit einem gekonnten Schwung zieht er mich aus dem Wasser. Das ist schon beeindruckend, und ich erröte leicht. Zum Glück ist es hier so dunkel, dass das niemand bemerken wird. Eher schweigsam trocknen wir uns ab. Die Einladung von Max, noch auf einen Drink mit zu ihm zu kommen, lehnen Jolina und ich direkt ab. Etwas enttäuscht machen sich die Jungs auf den Weg, nicht ohne uns vorher noch angeboten zu haben, uns sicher nach Hause zu begleiten. Natürlich haben wir auch dieses Angebot abgelehnt, jedoch erwähnt, dass wir uns über ein gemeinsames Squashspiel in nicht allzu ferner Zukunft freuen würden.

In meiner Wohnung angekommen, bittet Jolina mich, ihre Konversation mit Marcell in die

Geheimakte schreiben zu dürfen, da sie ihn ein wenig ausgefragt hat, während ich mit Max geschwommen bin. Ich nicke und warte geduldig ab, bis sie fertig ist. Mittlerweile ist es schon fast drei Uhr morgens, und mir fällt es schwer, mich zu konzentrieren. Ich vermeide es, ihre Zeilen zu lesen, bevor ich alles notiert habe, was mir durch den Kopf geht. Am schwersten fällt es mir, den letzten Satz von Ben aufzuschreiben: „Ich liebe Dich!". Ich reiße mich zusammen, um nicht erneut anzufangen zu schluchzen. Ich liebe Ben auch immer noch, viel mehr, als ich diese Tatsache wahrhaben möchte. Die letzten Monate hatte ich nur verdrängt, was ganz tief in meinem Herzen verankert ist; meine Gefühle für den Mann, mit dem ich mein ganzes Leben verbringen wollte. Jetzt, wo ich weiß, dass es ein Leben nach dem Tod geben wird, frage ich mich zum ersten Mal, ob wir vielleicht doch noch eine Chance auf eine gemeinsame Zukunft haben. „Bist du fertig?", unterbricht meine Freundin meine Gedanken. „Ja, ich kann nicht mehr, lass uns schlafen gehen und morgen früh in Ruhe über alles reden." Tatsächlich schlafen wir beide umgehend ein, nachdem wir uns hingelegt hatten, und wachen erst gegen zehn Uhr morgens wieder auf.

Es sind immer noch Brötchen vom Vortag übrig; da meine Eltern uns zu um dreizehn Uhr eingeladen haben, können wir den Tag ganz entspannt beginnen lassen. Tatsächlich nehme ich mir für die kommende Woche eine strenge Diät vor. Auf keinen Fall möchte ich, dass Ben mitbekommt, dass ich mich gehen lasse; er war immer so begeistert von meiner Figur. Zu dürr mag er aber auch nicht; mit diesem Gedanken kann ich gut leben und beiße herzhaft in ein Croissant. „Darf ich zuerst lesen, was du aufgeschrieben hast, Lena?" „Klar, ich räume den Tisch ab, lass dir Zeit." Nach einer Weile schreit sie laut los: „Was? Er war gestern im Schwimmbad, und du hast nichts gesagt? Nicht einmal hinterher erzählt, dass Marcell als Täter nicht in Frage kommt? Das war nicht nice ..." „Das tut mir wirklich leid, Jolina, aber die Jungs sollten es auf keinen Fall mitbekommen, und als wir wieder zu Hause waren, war ich so müde, dass gar nichts mehr ging. Entschuldigung!" Sie sitzt mir gegenüber und schaut mich vorwurfsvoll an, obendrein schüttelt sie auch noch ihren Kopf. Jetzt habe ich tatsächlich ein richtig schlechtes Gewissen. „Das wird nicht wieder vorkommen, versprochen. Dieses Squashspiel sollten wir unbedingt machen, vielleicht weiß Marcell ja, mit wem Marie nach ihm zusammen war." „Okay, ich habe aber ein bisschen Angst davor, Max zu nahe zu kommen." Jetzt muss ich kurz lachen. „Das fällt dir aber spät ein. Es ist doch ganz offensichtlich, dass es gewaltig zwischen euch beiden knistert. Du musst dir klar werden, was du willst, sonst wird es schwierig." „Ach, Lena, warum bist du nur immer so vernünftig?" Ich zucke mit den Schultern und lächle sie dabei an. Daraufhin schiebt Jolina mir die Akte zu. „Jetzt bist du dran!" Konzentriert fange ich an zu lesen, sie nennt Marcell nicht beim Namen, sondern den Verdächtigen Nummer eins, darüber muss ich schmunzeln. Ich fahre fort: „Der Verdächtige Nummer eins macht einen sehr netten Eindruck, allerdings weicht er meinen Fragen nach seiner

Beziehung zu Marie aus. Er gesteht mir dann aber, dass er sehr verknallt in die Schwester von Max war und dass es ihn hart getroffen hat, dass Marie ihn wegen eines alten Knackers abserviert hat." Ich stocke für einen Moment, doch ich will erst zu Ende lesen, bevor ich mit Jolina darüber sprechen werde. Ich erfahre, dass ihr neuer Liebhaber mit Marie übers Wochenende nach Paris geflogen ist, und bin entsetzt darüber. Hauptsächlich schockt es mich, dass ich meine damals beste Freundin so wenig gekannt habe, mir gegenüber hat sie nie etwas von Paris erwähnt. Ein bisschen traurig bin ich darüber, zu ihren Lebzeiten so wenig von ihrem Leben erfahren zu haben. „Wir waren doch beste Freundinnen und haben uns ganze Nächte lang nur über Jungs unterhalten. Warum hat sie mir denn damals nicht alles erzählt? Ob es ihr unangenehm war?" Meine Gedanken lassen mich nicht zur Ruhe kommen, offenbar merkt Jolina, was in mir vorgeht. „Lena, es tut mir leid, wenn ich zu grob zu dir war. Gemeinsam schaffen wir es, den wahren Mörder von Ben und Marie zu finden. Wir kommen mit jedem Tag ein kleines Stück weiter voran. Jetzt brauchen wir doch eigentlich nur noch herausfinden, welcher Vater mit Marie in Paris war." „Das sagst du so leicht. Ich stelle mir das ziemlich schwer vor. Vielleicht sollten wir zu allererst herausfinden, ob einer der Väter beruflich in Frankreich war. Mein Onkel ist in der Lebensmittelbranche tätig, er fährt regelmäßig auf die Messe nach Paris." „Dein Onkel? Hat er Marie gekannt?" Entsetzt schaue ich Jolina mit weit aufgerissenen Augen an, denn tatsächlich hat er das.

„Auf Familienfesten hat sie ihn zumindest mal kennengelernt." Ich überlege einen Moment: „Meine Tante aber auch und die ist ein ganz schön heißer Feger." Wir müssen kichern, danach verschieben wir die Fortsetzung unseres Gesprächs auf einen späteren Zeitpunkt, da es schon kurz nach zwölf Uhr ist. „Lass uns die Geheimakte kopieren, damit ich die Kopie nachher mit zu mir nach Hause nehmen kann, nur zur Sicherheit." „Aber, Jolina, bitte pass auf! Es wäre fatal, würde die Kopie in falsche Hände geraten." „Ja, ich weiß, du kannst dich auf mich verlassen."

Bis wir fertig gestylt die Wohnung verlassen, ist es dann doch schon ziemlich spät geworden, und wir müssen uns beeilen, um pünktlich bei meinen Eltern zu erscheinen. Die Wiedersehensfreude ist groß, ich sehe es meiner Mutter an, dass sie sich sehr darüber freut, dass ich in Begleitung einer Freundin bin. Auf die Frage, ob es etwas Neues gibt, habe ich eine überraschende Antwort für Mama und Papa: „Ich werde in zwei Wochen für eine Woche allein nach Büsum zu Maries Tante fahren. Sie hat dort eine kleine Pension und noch ein Zimmer für mich frei. Ist das nicht klasse?" „Du ganz alleine? Pass bloß gut auf auf dich, meine Kleine!" Mein Vater ist wie immer besorgt, das war er schon mein ganzes Leben lang. „Wie bist du denn auf die Idee gekommen?" „Ach", sage ich, „ich möchte schon so lange einmal wieder an die Nordseeküste fahren. Ich liebe die Ebbe und die Flut." Jetzt sehe ich den passenden Moment gekommen, auch meine Eltern zu befragen. „Sagt mal, wann wart ihr eigentlich zuletzt im Urlaub? Ich kann mich gar nicht daran erinnern, dass ihr mal

Ferien hattet." „Gut, dass du das ansprichst, wir dachten uns, nach zwei Jahren ohne wegzufahren endlich in diesem Herbst eine Hütte in den Bergen zu mieten. Falls du mit möchtest, sag Bescheid, es sind zwei Schlafzimmer vorhanden, wir haben uns schon informiert." Papa hat zum Glück auch noch etwas Interessantes zu berichten: „Fast wäre ich letzten Herbst mit Thomas nach Paris auf die Messe gefahren. Er hat mir das schon länger angeboten, aber dann ist doch wieder etwas dazwischen gekommen." „Was denn?", fragt Jolina meinen Vater, der daraufhin anfängt, leicht zu stottern, was uns sofort stutzig macht. „Äh, ja, einer der Kollegen meines Bruders hat kurzfristig die Anweisung der Geschäftsleitung bekommen, einen Salesmanager mitzunehmen, und somit war der freie Platz im Flieger vergeben. Was machst du denn eigentlich so, Jolina?" „Gut abgelenkt", denke ich und grüble über die Worte meines Vaters nach, bis Mama mich bittet, ihr in der Küche zu helfen. Leise spricht sie zu mir: „Mäuschen, ich glaube eher, dass einer der Kollegen deines Onkels heimlich eine Frau mit in die Stadt der Liebe genommen hat. Wahrscheinlich ein verheiratetes Exemplar von Mann." „Mama!" Ich tue entsetzt. „Wer könnte das denn gewesen sein? Kenne ich sie oder ihn vielleicht, das klingt dann doch irgendwie spannend." „Ach, jetzt merke ich gerade wieder, dass du kein kleines Kind mehr bist. Lass uns ein anderes Mal weiterreden, das Essen wird sonst kalt."

Während des Essens stößt Jolina mir unsanft gegen mein Schienbein, offenbar hat sie Neuigkeiten für mich. Als wir dann den Nachtisch holen, nutze ich die Gelegenheit, meine Mutter direkt zu fragen. „Kannst du dir vorstellen, dass Onkel Thomas Tante Andrea betrügt?" Der Blick meiner Mutter spricht Bände. „Nicht jetzt, komm doch Donnerstagabend vorbei, da ist dein Vater wie fast jeden Donnerstag beim Schwimmtraining." Ich nicke und lächle.

Wir verabschieden uns kurze Zeit später. Da Jolina und ich in unterschiedliche Richtungen müssen, verabreden wir uns auf ein ausgedehntes Telefonat am Abend. Kurz nachdem ich im Bus sitze, fällt mir Ben wieder ein und seine Worte über das Wasser. Da es ihm im Wasser, offenbar leichter fällt Kontakt aufzunehmen, beschließe ich heute noch einmal, allerdings zu den normalen Öffnungszeiten, in das Schwimmbad zu fahren. Es ist Sonntag, da ist es zu dieser Jahreszeit immer proppenvoll im Bad. Ich schaue im Handy nach den Öffnungszeiten und freue mich, dass sie heute bis zweiundzwanzig Uhr geöffnet haben. Nach dem geplanten Telefonat mit Jolina werde ich mich später umgehend auf den Weg machen, um dann hoffentlich dort meinen Freund zu treffen. Ich bekomme langsam Angst vor meinen düsteren Gedanken. Immer häufiger denke ich über meinen Tod und das Leben danach nach und frage mich, ob es eine Chance auf eine glückliche Vereinigung mit Ben geben kann, und beschließe mit ihm darüber zu reden. Ich weiß, dass unsere Redezeit sehr begrenzt ist, mehr als drei Sätze hintereinander haben wir nicht geschaff‚t miteinander zu kommunizieren in den letzten Tagen. Wenn meine Eltern wüssten, welche wirren Gedanken derzeit meinen Geist leiten, würden sie mich höchstwahrscheinlich umgehend in eine psychiatrische Klinik stecken.

Zu Hause angekommen, schnappe ich mir zuerst die Geheimakte und versuche ganz ehrlich und wahrheitsgetreu meine Gedanken und Erlebnisse niederzuschreiben. Ebenso die Worte meiner Mutter wie auch meine Todessehnsüchte. Obwohl es auf gar keinen Fall bedeutet, dass ich gerne sterben möchte, nein, es soll heißen, dass ich mit aller mir zur Verfügung stehenden Kraft sehr gerne bei Ben wäre, um mit ihm gemeinsam eine Zukunft zu haben. Jolina soll das auf gar keinen Fall falsch verstehen, wenn sie später diese Kladde lesen wird. In diesem Moment bemerke ich, dass mein Herz ganz schnell schlägt, und ich lege die rechte Hand auf meine Brust. „Ben, bist du hier irgendwo?", frage ich laut und sehe mich um, doch ich spüre ihn nicht, noch sehe ich ihn. Enttäuscht gehe ich in mein Zimmer und lege mich aufs Bett, die letzten Tage waren sehr anstrengend für mich, nicht nur körperlich. Als ich wieder aufwache, erschrecke ich mich, denn es ist schon neunzehn Uhr, und ich realisiere, dass ich fast vier Stunden geschlafen haben muss. Zuerst suche ich nun meine Badesachen zusammen, bevor ich Jolina anrufe. „Lena, Entschuldigung, ich bin noch ganz verschlafen, das war ein anstrengendes Wochenende. Wie geht es dir?" „Nicht so gut, ich kann nicht aufhören, ständig an Ben zu denken. Ich gehe gleich noch ins Schwimmbad, vielleicht lässt er sich ja zu später Stunde noch dort blicken. Hast du noch etwas von meinem Vater erfahren, als ich mit Mama in der

Küche war?" „Nicht viel, aber dein Onkel muss irgendetwas gemacht haben, was deinen Vater verärgert hat. Er hat in einem Nebensatz erwähnt, dass sein Bruder Thomas manchmal nicht nachdenkt, bevor er handelt. Hätte er normalerweise so etwas zu mir gesagt, wenn es nichts Schlimmes gewesen wäre? Für mich ist er unser Verdächtiger Nummer zwei!" „Das werde ich gleich so notieren, wenn es dir recht ist. Ich treffe mich übrigens Donnerstag nach der Arbeit mit Mama, da ist Papa beim Schwimmtraining. Ich habe so das Gefühl, dann noch etwas mehr über unseren Verdächtigen Nummer zwei zu erfahren. Es dauert ja auch nicht mehr lange, bis ich in Büsum bin, da soll es ja auch einen Liebhaber geben." „Sei bloß vorsichtig! Bei allem, was du tust, ich habe Angst um dich. Lena, du kannst mich vierundzwanzig / sieben anrufen, das ist dir doch wohl hoffentlich klar oder?" „Ja, du mich auch!" Jetzt müssen wir beide lachen, da man meinen letzten Satz auch deutlich falsch verstehen kann. Wir vereinbaren, dass ich ihr nach dem Schwimmbadbesuch noch eine kurze Nachricht auf ihr Handy schicke. Nachdem wir das Telefonat beendet haben, wird mir deutlich, wie glücklich ich darüber bin, mich mit Jolina mittlerweile so gut zu verstehen.

Im Schwimmbad ist mehr los, als ich gedacht hätte. Ich bin enttäuscht darüber, weil ich so gerne möchte, dass Ben sich heute noch mit mir in Verbindung setzt. Ich muss unbedingt mit ihm über unsere Zukunft sprechen. Es dauert nicht lange, und ich sehe zwei Freundinnen aus unserer Clique, Verena ruft nach mir, Lisa winkt ebenfalls. Es bleibt mir nichts anderes übrig, als mich zu ihnen zu setzen. Ein bisschen freue ich mich auch darüber, wir haben uns schon lange nicht mehr privat getroffen, und das lag nicht an den beiden, das ist mir bewusst. Ich sehe jetzt auch die Chance, noch einmal offen über Marie zu sprechen. Es ist nicht ausgeschlossen, dass es noch mehr Verdächtige werden als mir bisher bekannt sind. Wir umarmen uns herzlich. „Wie schön, dass du auch hier bist, Lena. Wir haben dich so vermisst in den letzten Monaten." „Ich weiß, das tut mir wirklich leid. Ich habe getrauert, doch ich weiß auch, dass es Marie und Ben nicht zurückbringen wird, wenn ich nur noch zu Hause sitze. Ich will wieder anfangen zu schwimmen, nur zu meiner Fitness." Mir ist nicht entgangen, dass bei dem Wort „Ben" beide zusammengezuckt sind. Ich muss jetzt aufpassen, nichts Falsches zu sagen und auch ganz ruhig zu bleiben, sollten sie ihn schlecht machen. „Wie geht es euch denn? Fahrt ihr in den Urlaub?" Nach ein wenig Smalltalk erwähne ich, dass ich in genau zwei Wochen zu Maries Tante nach Büsum fahren werde, um mich dort eine Woche zu entspannen. „Das ist ja toll, viel Spaß. Sie fehlt uns allen sehr. Marie hatte so eine lockere Art an sich, ich werde sie immer vermissen. Lena, du kannst dich jederzeit melden, wenn du mal reden möchtest." „Oder mal shoppen gehen", mischt sich Lisa ein und präsentiert uns stolz ihren neuen Bikini, bevor sie in Richtung der Rutsche verschwindet. „Na hoffentlich kommt dann der neue Bikini gleichzeitig mit Lisa unten im Becken an", witzelt Verena. Die Stimmung ist gelöst, und ich nutze die Chance über Maries Liebhaber zu sprechen. „Im Nachhinein habe ich erfahren, dass Marie mehrere Liebhaber gehabt haben soll, von denen ich nichts mitbekommen habe. Einen habe ich bereits kennengelernt, er heißt Marcell und ist ein Studienkollege von Max." Mehr sage ich nicht und schaue Verena aufmunternd an, in der Hoffnung, dass auch sie etwas zu erzählen hat. „Ja, mir hat sie auch mal etwas unter dem Mantel der Verschwiegenheit erzählt. Ich weiß gar nicht, ob ich jetzt darüber sprechen darf." „Ich glaube schon", sage ich. „Frau Becker war auch ganz offen und hat mir von Marcell erzählt." „Ja, ist jetzt ja eigentlich auch egal. Marie hat mir mal von ihrem Fahrlehrer vorgeschwärmt." Ich wundere mich: Das muss doch schon ein paar Jahre her sein oder?" „Nein, sie hat ihn auf einer Party wiedergetroffen, ich glaube Anfang letzten Jahres. Er ist verheiratet und hat zwei Kinder. Ich glaube, seine Frau hat etwas rausbekommen, weil Marie mal betrunken dort angerufen hat. Die ganze Geschichte ging dann wohl sehr unschön zu Ende."

„Oh", sage ich nur, und Verena gibt irgendetwas in ihr Handy ein und hält mir danach den Bildschirm hin. „Das ist er." Ich lese „Fahrschule Carsten Müller" unter seinem Bild. „Gut sieht er ja aus, aber ein bisschen zu alt für mich. War er sehr sauer auf Marie?" „Ja, er hat sie sogar eine Weile gestalkt. Ich glaube, dass sie dann deshalb zu ihrer Tante nach Büsum gefahren ist, um ihn hier endgültig loszuwerden." „Verdächtiger Nummer vier", denke ich, und versuche noch etwas mehr von Verena herauszubekommen. Als Lisa wiederkommt, nutze ich die Anwesenheit beider aus und frage direkt: „Kennt ihr jemanden, der in den letzten Jahren mal in

Paris war?" Zum Glück verneinen beide und wollen natürlich wissen, warum ich diese Frage stelle. Ich kann ja schließlich schlecht sagen, dass ich auf der Suche nach Verdächtigem Nummer fünf bin oder die Vermutung habe, dass vielleicht einer ihrer Väter eine Affäre mit Marie gehabt haben könnte, und so sage ich. „Schade, ich überlege, vielleicht mal einen Trip durch Frankreich zu machen, aber erst nächstes Jahr, wenn überhaupt." Gegen einundzwanzig Uhr verabschieden sich Lisa und Verena, ich bleibe noch unter dem Vorwand, jetzt ein paar Bahnen schwimmen zu wollen. Es ist schon längst nicht mehr so viel los im Schwimmbad wie noch vor einer Stunde, deshalb beschließe ich in das Nichtschwimmerbecken zu gehen. Tatsächlich ist außer mir nur noch eine ältere Dame hier, die offenbar ebenfalls einige Bahnen trainieren will. Wahrscheinlich schwimmt sie, um sich fit zu halten. Ich gleite langsam in das Becken und denke dabei ganz intensiv an Ben. „Wenn ich die Macht haben sollte, ihn irgendwie anzulocken, dann bin ich gerade dabei", denke ich und freue mich schon auf ein Wiedersehen mit dem Mann, für den mein Herz schlägt. Ich seufze und komme dabei leicht aus dem Rhythmus. „Papa würde jetzt schimpfen, er ist ein guter Schwimmtrainer, ihm entgeht nichts". Meine Gedanken sind nun wieder ganz bei meinem Atem in Zusammenarbeit mit meinen Schwimmbewegungen. Ich merke, wie ich meine Muskeln beanspruche, und nach einer Weile wird mir bewusst, dass ich wohl morgen Muskelkater bekommen werde, und fange an, meine Bewegungen zu verlangsamen und mich dadurch immer mehr treiben zu lassen. Es kommt eine Ansage durch den Lautsprecher, dass das Bad in einer halben Stunde ebenso schließt wie auch die Duschen. Da ich mittlerweile allein hier bin, spreche ich laut: „Ben, wo bist du? Ich warte auf dich!" „Hier!", höre ich und suche ihn. Ich sehe etwa zehn Meter vor mir sich das Wasser bewegen und schwimme direkt auf ihn zu. Kurz bevor ich ihn erreiche, tauche ich ab und sehe ihn deutlicher als die letzten Male. Er schaut mich an und gibt mir ein Zeichen aufzutauchen, doch ich schüttle den Kopf. Hier unter der Wasseroberfläche sind wir irgendwie vereint, in weiter Entfernung von dem Rest der Welt. Seine Zeichen werden deutlicher, und ich merke, dass mir die Atemluft bald ausgehen wird. Für einen ganz kurzen Moment überlege ich, einfach hier unten bei ihm zu bleiben, doch ich weiß, dass dieses Becken innerhalb der Öffnungszeiten auf jeden Fall Video überwacht wird, und so tauche ich auf und schnappe nach Luft. Ich kann hier stehen und Ben baut sich vor mir auf. „Was soll das, Marie? Tue das nie wieder, hörst du! Anderenfalls werden wir uns nie wiedersehen oder gar sprechen können. Glaube nicht, dass wir vereint werden können, solltest du jetzt sterben; das funktioniert nicht." „Es tut mir leid." Ich nehme meinen ganzen Mut zusammen und frage ihn, ob es denn nicht doch noch irgendeine Möglichkeit für eine gemeinsame Zukunft für uns beide gibt, doch seine Antwort ist niederschmetternd. „Nein, keinesfalls. Das ist ausgeschlossen. Sollte dein Leben aufgrund meines aktuellen Verhaltens zu Ende gehen, werden sie mich büßen lassen, bis in alle

Ewigkeit. Denke nie wieder daran, dir etwas anzutun. Du musst leben, Lena, damit das alles hier einen Sinn für mich hat." Nach seinem letzten Satz winkt er mir zu und verschwindet. Wie in Trance verlasse ich das Becken, schnappe meine Sachen und verriegele die Umkleidekabine. Erst jetzt bemerke ich, dass ich weine. Zum Glück ist Musik über die Lautsprecher zu hören, und ich hoffe, dass niemandem auffällt, was mit mir los ist. Rote Augen haben mehrere Menschen, die Schwimmbäder verlassen, doch meistens liegt es an dem Chlorgehalt im Wasser und nicht an Liebeskummer.

Zu Hause angekommen, gehe ich zuallererst unter die Dusche, bevor ich mich an unseren Küchentisch setze und meine Erlebnisse des Tages in die Geheimakte schreibe. Ich habe diesmal viel zu tun. Allein die Begegnung mit Lisa und Verena lässt mich mehr notieren, als vorher erhofft. Doch am allerschlimmsten sind meine heutigen Erlebnisse mit Ben. Während eine Träne auf meiner Schrift für die Ewigkeit verdeutlicht, in welcher Verfassung ich mich derzeit befinde, versuche ich mich immer wieder aufs Neue zusammenzureißen. Erst als mein Handy klingelt, finde ich wieder zurück in die Realität. „Was ist passiert?", fragt Jolina mich mit zitternder Stimme. Ich versuche, ihr möglichst detailgetreu alles zu erzählen, indem ich einfach die Akte zitiere. „Ich bin geschockt", sagt sie. „Lena, Ben hat recht, du musst leben. Es wäre so ungerecht, wenn du dein Leben einfach verschenkst, ohne es gelebt zu haben. Jetzt, wo du doch die Chance dazu hast, noch einmal neu anzufangen. Du bist erst zwanzig Jahre alt und wirst dich mit Sicherheit noch einmal neu verlieben, wenn …" sie stockt für einen Moment. „Wenn du es schaffst, Ben gehen zu lassen. Lass uns erst einmal darauf konzentrieren, den wahren Mörder zu finden!" Sie macht keine Pause und lenkt weiter von meinem Kummer ab. „Das, was Lisa und Verena dir erzählt haben, dem müssen wir nachgehen. Mein Cousin hat letztes Jahr Führerschein bei dem Müller gemacht, ich sehe ihn nächsten Samstagabend, dann werde ich ihn mal ganz vorsichtig ausfragen, nach der Größe seines Fahrlehrers und ob er zufällig schwarze Turnschuhe mit orangenen Sohlen getragen hat." „Ist gut, wenigstens ein Ansatz, auch bei Nummer vier weiter zu kommen." Tatsächlich fragt Jolina mich, ob sie noch vorbeikommen soll, doch ich verneine, weil ich unbedingt gleich schlafen gehen muss, um morgen fit für die Arbeit zu sein. Da ich mir ganz sicher bin, dass Ben sich an diesem Abend nicht noch einmal bei mir melden wird, schlafe ich schnell ein. Tatsächlich werde ich erst wieder durch das laute Brummen meines Weckers geweckt. Darüber ärgere ich mich kurz, denn eigentlich sollte ich mit Radiomusik geweckt werden und nicht mit so einem lauten und obendrein noch schiefen Ton. Wenigstens hat es zur Folge, dass ich unverzüglich aufstehe. Ein Blick in den Spiegel lässt mich lächeln, denn ich habe tatsächlich etwas Farbe im Gesicht bekommen, das freut mich sehr. In letzter Zeit musste ich oft hören, wie blass ich doch geworden bin. „Das wird sich jetzt ändern, wo ich doch vorhabe, nun wieder regelmäßig ins Schwimmbad zu gehen", denke ich. Und schon wieder krampft sich mein Herz zusammen, denn nun kommen mir Bens mahnende Worte wieder in den Sinn. Ich nehme die Geheimakte aus der Schublade und lese seine letzten Worte erneut: „Glaube nicht, dass wir vereint werden können, solltest du jetzt sterben, das funktioniert nicht." Und: „Sollte dein Leben aufgrund meines aktuellen Verhaltens zu Ende gehen, werden sie mich büßen lassen, bis in alle Ewigkeit. Denke nie wieder daran, dir etwas anzutun. Du musst leben, Lena, damit das alles hier einen Sinn für mich hat." Ich drücke die Akte an meine Brust, es ist, als würde ich ihn dadurch umarmen. Ein Funke Hoffnung kommt auf, und ich spüre seine Wärme ganz nah bei mir. Ich fange an, laut mit ihm zu sprechen, obwohl ich in diesem Moment weiß, dass er nicht anwesend ist. „Ben, ich glaube immer noch an eine gemeinsame Zukunft für uns zwei. Wenn es möglich ist, mit dir, einem Geist aus der Zwischenwelt, zu sprechen, dich zu sehen, dann gehe ich jetzt davon aus, dass noch viel mehr möglich ist als die Menschheit bisher geglaubt hat. So schnell gebe ich nicht auf. Ich werde für unsere Liebe kämpfen, hörst du!" Still verharre ich einen Moment, insgeheim warte ich auf eine Reaktion, irgendein Zeichen, doch es tut sich gar nichts. Die Vögel zwitschern wie jeden Morgen, und die Sonne ist längst aufgegangen. Auch heute steht wieder ein wunderschöner Sommertag bevor.

Auf der Arbeit vergeht die Zeit an diesem Montag sehr schnell, und wie ganz fest angenommen, erhalte ich nun auch offiziell die Genehmigung meines Nordseeurlaubs durch meine Chefs. Eigentlich müsste es mir besser gehen, doch das tut es nicht. Jetzt, nachdem ich den Kontakt zu meinem verstorbenen Freund aufgenommen habe oder besser er zu mir den Kontakt aufgenommen hat, wird alles irgendwie nur noch schlimmer. Ich habe das Gefühl, dass ich mit jedem Tag, der vergeht, meinen Lebensmut ein kleines Stückchen mehr verliere. Der Schmerz um die große Liebe, die ich verloren habe, wird von Stunde zu Stunde stärker.

Als ich an diesem Abend nach Hause komme, erwartet Sarah mich freudestrahlend. „Hi, Lena. Ich habe deine Badesachen gesehen; gehst du wieder schwimmen? Das ist Klasse, ich will nachher auch noch ins Schwimmbad. Kommst du mit?" Ich nicke, und Sarah freut sich. „Gib mir ein paar Minuten Pause, ich muss erst den Arbeitsalltag loswerden", sage ich zu ihr und verschwinde daraufhin in meinem Zimmer. Solange das Wetter so bleibt, habe ich mir sowieso vorgenommen, jeden Abend ins Schwimmbad zu gehen, immer in der Hoffnung, dort erneut auf Ben zu treffen.

Von Montag bis einschließlich Freitag wird das Schwimmbad schon um einundzwanzig Uhr für normale Besucher geschlossen. Für das Schwimmtraining, an dem donnerstags auch mein Vater als Trainer teilnimmt, sowie für Wassergymnastik und andere Aktivitäten des Sportvereins bleibt das Bad unter der Woche jedoch noch eine Stunde länger geöffnet. Sarah ist gut gelaunt und motiviert mich dazu, die große Rutsche zu nutzen. Es macht Spaß, obwohl die Fahrt nur kurz ist. Diese Abwechslung tut mir gut wie auch Sarahs ansteckendes Lachen. Leider ist das Nichtschwimmerbecken heute Abend sehr gut gefüllt, und ich ziehe es daher vor, ein paar Bahnen im großen Becken zu schwimmen. Für morgen Abend habe ich mich mit Jolina direkt nach der Arbeit hier im Bad verabredet. Ich bin mir ganz sicher, dass Ben nicht riskieren wird, sich gleich mehreren Leuten auf einmal zu zeigen. Leider habe ich recht, und an diesem Abend spüre ich seine Anwesenheit nicht. Auf dem Nachhauseweg erzählt Sarah mir, dass am Freitag ihr neuer Freund zu Besuch kommt. Ich tue so, als würde ich mich für sie freuen, die Realität sieht jedoch anders aus, denn ich habe überhaupt keine Lust darauf, dem frisch verliebten Paar beim Liebesspiel zuzuhören. Außerdem ist es bei diesen Temperaturen einfach unmöglich, die Fenster zu schließen, und ich suche im Geiste schon jetzt auf dem Nachhauseweg nach einer alternativen Beschäftigung für den Freitagabend und beschließe, gleich noch, Jolina anzurufen, vielleicht hat sie ja sogar Neuigkeiten in Sachen verdächtiger Personen. Zum Glück erreiche ich meine Freundin schon beim ersten Versuch und klage ihr mein Leid. „Lena, was hältst du davon, wenn ich Max anrufe und frage, ob wir Freitagabend Squash spielen wollen? Die Halle ist bis vierundzwanzig Uhr geöffnet." „Woher weißt du das? Bist du sicher?" „Äh, ich habe schon im Internet nachgeschaut, wann die Squashhalle im Sommer geöffnet hat. Wir wollen doch schließlich Marcell und Max noch weiter ausfragen oder? Soll ich Max gleich versuchen zu erreichen? Ich rufe dich hinterher wieder an, okay?" „Super!", sage ich, und wir beenden das Gespräch. Nach einer Dreiviertelstunde bekomme ich Zweifel, dass Jolina vielleicht vergessen hat, sich noch einmal bei mir zu melden. Nach dem dritten Versuch wird mir klar, dass sie anscheinend immer noch mit Max telefoniert. Ich will das nicht verurteilen, doch mache ich mir Sorgen, wie das ausgehen wird. Jolina muss sich dringend für einen ihrer Verehrer entscheiden. Ehrlich gesagt, wäre mir Max lieber, er ist ein Super-Typ und sieht obendrein auch noch sehr sexy aus. Kurz bevor ich mich schlafen legen will, ruft Jolina endlich an und entschuldigt sich für die Wartezeit. Sie braucht mir gar nichts zu erklären, ich lag mit meinen Gedanken richtig, Max hat sie kräftig angeflirtet. Wichtig für mich ist, dass wir dann höchstwahrscheinlich bis Mitternacht in der Squashhalle sein werden, denn Max wird sich darum kümmern. So wie ich ihn kenne, wird er sich diese Gelegenheit nicht entgehen lassen, Jolina näher zu kommen. Ich gehe mittlerweile auch davon aus, dass Max, sollte kein Termin in der Halle mehr frei sein, ein Alternativprogramm für uns Vier organisieren wird. Etwas mulmig ist mir bei dem Gedanken, denn ich habe nicht vor, Marcell zu nah an mich heranzulassen. Die Geheimakte bleibt an diesem Abend geschlossen, heute sind wir nicht weitergekommen in unseren Ermittlungen. Ich bin müde und erschöpft, doch hoffe ich, dass Ben sich heute Nacht bei mir melden wird. Mit weit geöffneten Fenstern schlafe ich tief und fest ein.

Enttäuscht wache ich kurz vor dem geplanten Klingeln meines Weckers auf. Ben hat sich nicht bei mir gemeldet, und ich bekomme Angst, dass er vielleicht nichts mehr von mir wissen will. Dass ihm mein Verhalten im Schwimmbad nicht gefallen hat, hat er mir schließlich mehr als deutlich gemacht. Ich bekomme noch mehr Angst und beschließe mich abzulenken, indem ich eine Yogaübung mache. Ganz tief atme ich in meinen Körper hinein und stelle dabei fest, dass irgendetwas anders ist. Ich kann das gar nicht genau sagen, was es ist, aber ich atme anders, als ich es gewohnt bin. Ich spüre einen Druck in meinem Brustbereich und auf meinem Hals. „Ben", sage ich, „Ben, machst du das? Ich bekomme Angst. Was tust du?" „Bleibe ganz ruhig, ich nutze deinen Atem und deine Stimme, um mit dir zu kommunizieren. Meine Kräfte sind nahezu aufgebraucht. Jolina und du, ihr werdet bald ganz auf euch allein gestellt den Mörder finden müssen. Seid vorsichtig und passt auf euch auf. Keinerlei Risiko eingehen, hörst du. Du musst Leben, Lena! Ohne mich!" „Nein!" In diesem Moment ist er wieder verschwunden. Ich spüre, dass er mich und meinen Körper wieder verlassen hat. Mehr als die Tatsache, dass er jetzt nicht anwesend ist, schmerzen seine Worte. Ich will nicht ohne ihn weiterleben und werde für eine gemeinsame Zukunft kämpfen. Wild entschlossen setze ich mich an meinen Schreibtisch und notiere diese Begegnung der anderen Art mit Ben. Zum ersten Mal, dass er mir und meinem Körper so nah war, dass ich ihn deutlich und anhaltend gespürt habe. Doch seine Worte sprechen eine andere Sprache als die meines Herzens. Während ich so darüber nachdenke, finde ich meine Gedanken ein wenig kitschig, doch sie sind aufrichtig.

Die Arbeit vergeht auch heute wieder wie im Flug. Zum Glück habe ich gerade noch rechtzeitig daran gedacht, meine Badesachen einzupacken, bevor ich am Morgen das Haus verlassen habe. Die Begrüßung mit Jolina ist herzlich, und sie fragt mich direkt, ob wir es wagen können, hier zu reden, obwohl so viele Menschen anwesend sind. „Lass uns das auf morgen verschieben", sage ich. „Am Besten, ich komme dann zu dir nach Hause, damit Sarah nichts mitbekommt." „Max will morgen bei mir vorbeikommen und mir berichten, ob es geklappt hat, die Halle für Freitag zu mieten." Ich schaue sie nur an, und sie weiß ganz genau, was ich jetzt am liebsten zu ihr sagen würde. „Du hast recht, Lena, ich werde reinen Tisch machen und die Affäre mit Florian wieder beenden. Das mache ich dann aber erst am Donnerstag, sonst ruft er womöglich morgen Abend ständig an." „Ich bin fassungslos, pass bloß auf, dass du rechtzeitig Schluss machst. Lass uns rutschen und ablenken." Ich stehe auf und Jolina kommt mir hinterher. Wir sind dann für kurze Zeit oben allein auf dem großen Turm, und ich erzähle ihr von der morgendlichen Begegnung mit Ben. Mit aufgerissenen Augen schaut sie mich an. „Wir zwei? Ganz allein sollen wir den Mörder finden?" Ich nicke nur und lasse mich danach in den Rutschtunnel fallen. Heute kommt mir die Rutsche sehr langsam vor, doch irgendwie habe ich das Gefühl durch dieses kurze Abenteuer neue Energie zu bekommen und bemühe mich, im Becken Platz für Jolinas Ankunft zu machen. „Das würde uns noch fehlen, jetzt gegeneinander zu prallen", denke ich und schwimme zum Beckenrand. Anschließend sitzen wir eine Weile still nebeneinander auf unseren Handtüchern und denken nach. „Donnerstag bin ich bei meiner Mutter, um über meinen Onkel zu sprechen", sage ich leise. „Ehrlich gesagt, glaube ich kaum, dass er derjenige sein könne, nach dem wir suchen. Vielleicht kann er uns allerdings bei seinem Nachfolger behilflich sein." „Oder, das ist direkt der Fahrlehrer. Da hoffe ich am Samstag Weiteres von meinem Cousin zu erfahren", meint Jolina. Nach einer Weile beschließen wir, das Bad zu verlassen und ich bin mir noch nicht sicher, ob ich bei diesem Getümmel morgen noch einmal hierher kommen soll.

Heute kann ich nur sehr schlecht einschlafen, meine Gedanken sind einzig und allein bei Ben. Mein Verstand kämpft förmlich mit meinen Gefühlen. Jetzt sagt mir mein Verstand sogar, dass er gerade dabei ist, in den Hintergrund zu treten. Hier geschehen derzeit Dinge, die sich mit dem normalen Menschenverstand einfach nicht erklären lassen. Diese Erkenntnis macht mir inzwischen keine Angst mehr, im Gegenteil, ich versuche, meine Vorteile daraus zu gewinnen. Ich verdränge die Tatsache, dass Ben unter den Mächten der Finsternis zu leiden hat und teilweise gequält wird, wie er mehrfach angedeutet hat. Ich will mich mit ihm vereinen, um mit ihm gemeinsam zu leben. Ich weiß, dass meine Gedanken sich derzeit nicht logisch erklären lassen, daher bin ich dabei, mir meine eigene Welt zu schaffen. In dieser neuen Welt werden Ben und ich glücklich miteinander vereint werden.

Inzwischen bin ich so wach, dass ich mich erneut an meinen Schreibtisch setze und eine neue Rubrik erschaffe, indem ich die Mitte unserer Geheimakte aufschlage und als Überschrift: „WUNSCHTRÄUME" notiere. Dann fange ich an zu schreiben:

Liebe Unterwelt oder was auch immer du bist!

Ich heiße Lena, bin zwanzig Jahre alt und lasse mich von dir nicht unterdrücken. Im Gegenteil, ich bin stärker, als du es dir vorstellen kannst, und werde die Macht über dich haben. Gib mir Ben lebend zurück, und wir werden aus deinem Universum verschwinden. Anderenfalls werde ich mich mit der Macht des Bösen verbrüdern und gegen dich kämpfen. Du hast es zugelassen, dass Ben aus deiner Welt zu mir kam, jetzt musst du auch die Konsequenzen dafür tragen. Ich will eine neue Chance, eine neue Zukunft mit ihm, und ich werde dafür alles in meiner Macht Stehende tun. Ich warte auf eine baldige Antwort deinerseits.

Hochachtungsvoll L wie das Leben

Ich bin dann doch schockiert über das, was ich dort geschrieben habe und voller Selbstzweifel. „Ist das jetzt der Anfang einer beginnenden Geisteskrankheit? Brauche ich Abstand von Ben, um wieder in die normale Realität zurück zu kehren?" Ich bin mir nicht einmal sicher, ob ich diese gerade frisch geschriebenen Zeilen jemals Jolina zum Lesen geben soll. Meine Mutter würde wahrscheinlich umgehend an Exorzismus denken, um mir den Teufel auszutreiben, doch das weiß ich besser, ich bin nicht vom Teufel besessen, sondern dann eher von einem

Engel, der zurück auf die Erde in die „normale" Welt möchte.

Ich atme ganz tief durch und verschließe danach die Geheimakte in meiner Schreibtischschublade, bevor ich einen erneuten Versuch unternehme einzuschlafen. Immer wenn ich die Augen schließe, sehe ich schlimme Bilder der Verdammnis und des Höllenfeuers, und ich frage mich, ob ich mit meiner Kampfansage an die Unterwelt vielleicht viel zu weit gegangen bin. Es würde schon reichen, dass die Geheimakte in die falschen Hände gerät, und ich wäre gesellschaftlich für immer gebrandmarkt, um nicht zu sagen, am Ende. Für einen Moment überlege ich, die mittleren Blätter einfach herauszureißen und zu verbrennen. Es wird schon wieder hell draußen, als ich endlich einschlafen kann.

„Lena! Du bist dabei zu verschlafen! Steh auf, der Kaffee ist fertig!" „Danke, Sarah!" Mühsam erhebe ich mich und versuche nicht mehr an all das zu denken, was meine Gedanken gestern Abend in den Bann gezogen hat. Ich nehme mir fest vor, alles zu verdrängen, um von nun an wieder konzentriert auf Mördersuche gehen zu können.

Offenbar haben beide Chefs mir am gestrigen Abend noch ein paar Bänder zum Abtippen der Tonaufzeichnungen hingelegt. Diese Aufgabe fordert meine vollste Konzentration, und ich bin für Stunden von allem Anderen abgelenkt. Gegen vierzehn Uhr muss ich anfangen zu gähnen, worüber ich nicht erfreut bin, denn ein Mandant wartet bereits im Besprechungsraum darauf, dass die Mittagspause meiner Chefs endet. Bei geöffneter Zimmertür kann er jetzt mein unüberlegtes Gähnen sogar gehört haben. Leicht errötet frage ich ihn, ob er etwas trinken möchte und bringe ihm daraufhin ein stilles Mineralwasser. Wir haben auch heute wieder einen herrlichen Sommertag mit dementsprechenden Temperaturen. Trotz allem beschließe ich, heute nicht mehr in das Schwimmbad zu gehen und stattdessen früh zu schlafen, um mich zu erholen.

Auf dem Nachhauseweg entscheide ich mich dann kurzentschlossen, Marie neue Blumen an ihr Grab zu bringen und ihr bei der Gelegenheit auch gleich noch zu erzählen, was alles so passiert ist. Natürlich werde ich nur dann laut reden, wenn kein anderer Mensch in der Nähe ist. Ich wähle heute einen Strauß rosa Rosen, kurzgebunden. Ihr Grab sieht wie immer gepflegt aus, mein Blumenstrauß von letzter Woche ist nicht mehr da. Bei diesen Temperaturen halten sich die Blumen nicht lang, doch ich freue mich, meiner Freundin jetzt einen neuen Strauß bringen zu können. „Ach", sage ich, während ich ihn in die Vase mit dem frisch geholten Wasser stelle. „Wenn du wüsstest, Marie, was hier gerade passiert." Ein Windhauch erwischt mich, und ich erschrecke daraufhin. „Du weißt es oder?" Irgendwie wird mir etwas flau, und ich setze mich auf die Bank vor der großen Tanne. In diesem Moment spüre ich diesen Druck auf meiner Brust wieder. Ganz leise vernehme ich an meinem linken Ohr eine Stimme. „Ich bin es, Ben, lass Marie ruhen. Sie ist angekommen in dem Reich der Toten. Die Geister der Toten hier auf dem Friedhof sind unantastbar." „Ich hatte gar nichts Böses vor", stammele ich verunsichert. „Ich weiß, du bist nicht böse, Lena. Du bist liebenswert und ehrlich. Dafür werde ich dich immer lieben. Doch glaube mir, wir haben keine gemeinsame Zukunft, unsere Wege werden sich in absehbarer Zeit für immer trennen."

„Küss mich!" sage ich, doch ich erhalte keine Antwort mehr. So schnell er hergekommen ist, so schnell ist er auch wieder verschwunden. Traurig sitze ich nun allein auf dieser Bank, und mir läuft eine Träne nach der nächsten über die Wangen. Ich bin an diesem lauen Sommerabend nicht die einzige Person, die sich zu Marie begibt. Schnell wische ich mir die Tränen ab und suche verzweifelt nach dem Gesichtspuder in meiner großen Tasche. Marcell hat mich entdeckt, bevor ich mich nachschminken kann, und reicht mir ein Stofftaschentuch. „Oldschool", denke ich und bedanke mich dafür. Er bringt ebenfalls einen Strauß rosa Rosen zu ihr, und wir müssen darüber gemeinsam lächeln. Er setzt sich neben mich auf die Bank, und wir genießen für einen kurzen Moment die Ruhe. Danach fängt er an zu erzählen: „Max hat die Squashhalle am Freitag ab halb elf abends gemietet. Wir dachten, dass wir vorher gemeinsam zum Italiener gehen können. Was hältst du davon, Lena?"

„Gerne, aber ich nehme nur Salat, so viel, wie ich in den letzten Tagen gegessen habe." Er schaut mich fragend an, und mir ist schon klar, dass er gleich noch etwas Kritisches sagen wird. „Du bist jetzt aber nicht eine von denen, die jede Kalorie auf die Goldwaage legt und ständig Diäten macht?" „Nein, ich bin ein Genießer!" „Du hast jetzt aber nicht absichtlich die männliche Form benutzt oder?" Ohne groß nachzudenken, sage ich daraufhin: „Und du bist anscheinend ein Klugscheißer. Wer hier wohl mit der Goldwaage arbeitet." Die Stimmung ist im Eimer, es nützt auch nicht viel, dass ich mich gleich im Anschluss an meine Worte entschuldige. Wir verabschieden uns trotzdem einigermaßen freundlich und gehen danach in unterschiedliche Richtungen.

Ich entscheide mich dafür, nach dem Duschen direkt schlafen zu gehen, obwohl es erst neunzehn Uhr ist. Damit mich keiner stört, habe ich Sarah einen Zettel hingelegt und meiner Mutter wie auch Jolina geschrieben, dass ich dringend Schlaf brauche und daher heute versuchen werde, jetzt schon einzuschlafen. Es klappt fantastisch, und nach einer erholsamen Nacht wache ich dann gegen fünf Uhr ausgeschlafen und gut gelaunt auf. Ganz automatisch gehe ich als erstes zum Schreibtisch, doch dann erinnere ich mich an meine letzten Worte, die ich in die Kladde geschrieben habe, und lasse die Geheimakte unangetastet. Ich will diesen schönen Sommertag nicht gleich mit einer Enttäuschung beginnen, stattdessen schaue ich in meinem Handy nach, welche Öffnungszeiten das Schwimmbad morgens hat. „Perfekt", denke ich, denn das Bad öffnet in nicht ganz einer Stunde. Als ich mir ein Kleid aus dem Schrank nehmen will, fällt mir ein Stapel T-Shirts in die Hände, und ich sortiere leicht seufzend meine Wäsche, bevor ich dann Badekleidung unterziehe und Ersatzklamotten einpacke. Es ist einfacher, nach dem Schwimmen direkt zur Arbeit zu fahren als vorher noch einmal nach Hause zu kommen. So früh morgens ist es noch frisch draußen, und ich ziehe sogar die bunte Strickjacke über. Ich komme heute erst spät wieder nach Hause, da ich nach der Arbeit direkt zu meinen Eltern fahre. Papa werde ich nur kurz begrüßen können, weil er kurze Zeit später zum Schwimmtraining fährt. Mit Mama habe ich vor, ausgiebig über Männer zu reden, insbesondere über Onkel Thomas. Heute bin ich mal diejenige, die den Kaffee kocht. Ich lege Sarah einen Zettel hin, dass ich erst schwimmen fahre, danach zur Arbeit und von dort aus direkt zu meinen Eltern, also, dass es heute Abend spät wird, bis ich zurückkomme. Wir haben uns das irgendwann mal vorgenommen, uns gegenseitig zu informieren, wenn wir etwas an unserem normalen Tagesablauf ändern, nur damit wir uns keine Sorgen machen müssen. Genau genommen, machen wir das erst seit Maries Tod.

Tatsächlich ist es noch fast leer im Schwimmbad, als ich kurz nach sechs dort eintreffe. Ein paar Rentner*innen sind schon da. Das wünsche ich mir später auch mal so, mit Freund*innen schwimmen zu gehen. Es hält fit und ist gelenkschonend, wenn man es nicht übertreibt. Alle Personen befinden sich im großen Becken, daher zieht es mich mal wieder in den Nichtschwimmerbereich. Mir ist bewusst, dass ich seinetwegen hier bin. Ich würde sonst etwas dafür geben, ihm zu begegnen, Ben nahe sein zu dürfen. Irgendwie bin ich immer noch wie besessen von der Vorstellung, ihn doch heiraten zu können. Verstand hin oder her, momentan ist alles durcheinander. Ich bin so froh darüber, dass Jolina Ben ebenfalls begegnet ist, das macht es für mich einfacher, in anderen Dimensionen zu denken. Jetzt schüttle ich meinen Kopf, denn meine Gedanken sind derzeit sogar für mich selbst schwer zu verstehen. Langsam lasse ich mich in das Wasser gleiten. „Wir sind ganz allein hier, Ben. Komm zu mir!" Ich habe nicht laut gesprochen, doch ich weiß, dass ich das nicht brauche. Ich bin mir sicher, dass der Mann meines Lebens weiß, was ich denke. Langsam schwimme ich meine Bahnen, Runde für Runde, doch nichts tut sich. Ich bin immer noch allein hier im Becken, weit und breit ist kein anderer Mensch um mich herum. „Warum meldet er sich jetzt nicht bei mir?" Tief in meinem Inneren weiß ich, warum er sich nicht meldet, denn er hat alles gesagt, was zu sagen ist. Im schlimmsten Fall wird er sich erst dann wieder melden, wenn wir einen Verdächtigen gefunden haben, zu dem die Stimme passt. Diese böse Stimme, die Ben in dem Moment vernommen hat, als er aus diesem Leben gerissen wurde. Im allerschlimmsten Fall wird er sich vielleicht nie mehr melden, und wir sind ganz auf uns allein gestellt. Ich denke intensiv an Ben, stelle mir sogar seinen warmen, weichen und nackten Körper vor, doch heute nützen auch diese Gedanken nichts, und ich bleibe allein im Becken. Um rechtzeitig auf der Arbeit sein zu können, muss ich nun das Bad verlassen.

Ich fahre von hier aus nur eine kurze Strecke mit dem Bus, doch diese Zeit nutze ich, um mich ganz auf Ben zu konzentrieren. „Er versucht mir deutlich zu machen, dass wir in der realen Welt keine gemeinsame Zukunft mehr haben werden. Bei fast jedem unserer kurzen Gespräche erwähnt er, dass ich bald für immer ohne ihn auskommen muss. Ich frage mich nun, ob es denn in einer mir nahezu unbekannten Welt möglich wäre, mich erneut mit Ben zu vereinen. Sterben will ich nicht, davor hat Ben mich sogar ausdrücklich gewarnt. Noch habe ich die Hoffnung nicht aufgegeben, dass das Unmögliche doch noch wahr werden kann." Schweren Herzens reiße ich mich aus meinen Wunschträumen und stehe auf. Der Bus ist zu dieser Uhrzeit gut gefüllt, mit der einen Hand umklammere ich meine große Tasche und mit der anderen die Haltestange. Ein gutaussehender junger Mann lächelt mich an, und ich drehe daraufhin mit einer schnellen Bewegung meinen Kopf zur anderen Seite. In diesem Moment ist mir mein Verhalten peinlich, doch meine Augen und ganz besonders mein Herz sind derzeit nicht empfänglich für irgendwelche zwischenmenschliche Beziehungen. Trotzdem finde ich mein Verhalten etwas kindisch, und ich drehe meinen Kopf langsam wieder zurück. Er schaut mich immer noch an und zuckt freundlich mit den Schultern, während er mich dabei anlächelt. Ich mache das einfach nach und bemerke, dass die Anspannung etwas von mir abfällt und ich mich wieder wohler fühle. Zum Glück muss ich jetzt aussteigen und sage tatsächlich „Ciao" zu ihm, bevor ich aus dem Bus aussteige.

Ich bin wie immer die erste Person auf der Arbeit und bereite umgehend im Besprechungszimmer alles für ein Mandantengespräch vor. Der Kaffee läuft gerade durch, als mein Chef hereinkommt und verkündet, dass ich die ganze nächste Woche Sonderurlaub erhalte, weil er kurzfristig ebenfalls Urlaub gebucht hat wie auch sein Kompagnon. Ich freue mich darüber und plane daraufhin, mir umgehend ein Fahrsicherheitstraining bei der Firma Müller zu buchen. Ich werde es sehr dringlich machen, da ich ja nach Büsum in den Urlaub fahren möchte. Die Fahrt an die Nordsee wird allerdings per Zug stattfinden, doch das werde ich meinem Fahrlehrer verschweigen. Ich sehe in dem Training die perfekte Gelegenheit, Herrn Carsten Müller persönlich kennenzulernen. Ich nutze den Moment, als meine Chefs zur Pause außer Haus sind, bei der Fahrschule anzurufen: „Fahrschule Carsten Müller. Was kann ich für Sie tun?" „Lena Ritschler, ich habe Bedarf an einem Fahrsicherheitstraining oder auch ein paar Auffrischungsstunden, da ich in vierzehn Tagen in den Urlaub an die Nordsee fahre. Wäre das kurzfristig noch möglich?" „Oh, das wird zeitlich aber sehr eng. Wie alt sind Sie denn, wenn ich fragen darf?" „Zwanzig." „Haben Sie Ihren Führerschein bei uns gemacht, Frau Ritschler?" „Leider nein, hätte ich mal besser machen sollen. Meine Fahrkünste sind noch ausbaufähig." „Möchten Sie denn das Fahrtraining mit Ihrem PKW oder einem unserer Firmenfahrzeuge absolvieren?" „Was haben Sie denn da so im Angebot?", frage ich, und er räuspert sich. „Nun, wir können einen VW nehmen, klein, wendig und spritzig. Dann hätten wir noch einen Opel Antara, sehr geräumig und komfortabel, gerne aber auch den großen Audi, wenn Ihnen der mehr zusagen sollte." Ich höre anhand seines Tonfalls, dass er angefangen hat, mit mir zu flirten, und ich entscheide mich schnell. „Ich nehme den Audi, der hat bestimmt ein paar Pferdestärken mehr oder? Können wir dann auch eine kurze Spritztour auf der Autobahn machen?" „Sehr gerne, passt es Ihnen gleich am Montag um sechzehn Uhr, dann hätten wir so lange Zeit, wie Sie möchten." „Aber gerne doch, wo soll ich denn hinkommen?" Treffen wir uns am Markt, Punkt sechzehn Uhr!" „Abgemacht!"

Nachdem ich den Hörer aufgelegt habe, merke ich, dass ich während des Telefonats immer mehr angefangen habe zu schwitzen. Das Gespräch war anstrengend für mich, da er mir nicht sehr sympathisch ist. Ich frage mich, ob er der Mörder von Marie und Ben sein kann, und wische mir ein paar kleine Schweißperlen aus dem Gesicht. Bevor meine Chefs aus der Pause zurück sind, habe ich mich wieder frisch gestylt und auch meine bösen Gedanken verdrängt. Fast hätte ich vergessen, nach der Arbeit nicht nach Hause zu fahren, sondern direkt zu meinen Eltern. Seit Ben mir das erste Mal im Schlaf begegnet ist, habe ich Konzentrationsschwierigkeiten, da ich ununterbrochen an ihn denken muss. Es ist mir ein bisschen unangenehm, dass ich keine Blümchen für meine Mama geholt habe, sie liebt Blumen, das weiß ich genau. Papa kommt mir ein paar Schritte entgegen und drückt mich. „Wie schön, dass du wieder ins Leben zurückgefunden hast, Lena. Wenn du möchtest, begleite mich doch gleich zum Training, ich würde mich freuen." „Oh, Papa, ich war heute Morgen schon im Bad. Ich würde gerne über ein paar Frauenangelegenheiten mit Mama sprechen." Er nickt, doch ich sehe ihm seine Enttäuschung über meine Entscheidung, ihn nicht zu begleiten, deutlich an. „Papa, ich komme nächsten Donnerstag mit, wenn du magst." Jetzt lächelt er wieder, nach ein paar Minuten bricht er dann auch endlich zum Schwimmtraining auf.

Mama hat einen kleinen Snack nur für uns zwei vorbereitet, so wie früher, wenn Papa übers Wochenende zu einem Wettkampf gefahren ist und wir zwei allein zu Hause geblieben sind. „Wie damals, sehr schön. Danke, Mama!" Ganz gemütlich setzen wir uns zusammen aufs Sofa. Trotz des warmen Wetters zündet meine Mutter ein Teelicht an. „So meine Kleine", sagt sie lächelnd, „jetzt können wir einmal ausgiebig über die Männer schludern. Wir haben zwei Stunden Zeit, bis dein Vater zurück nach Hause kommt."

Für einen ganz kurzen Moment bin ich versucht, ihr alles über Ben zu erzählen, doch ich tue es nicht und beherrsche mich schweren Herzens. „Onkel Thomas", sage ich und schaue sie dabei erwartungsvoll an. „Da reichen zwei Stunden wahrscheinlich nicht", sagt sie, worauf wir kichern müssen. „Ist er wirklich so schlimm?" „Schlimmer, mir tut Tante Andrea seit Jahren sehr leid. Ich glaube, sie weiß viel mehr, als er denkt. Frauen sind auf diesem Gebiet im Allgemeinen sensibler als Männer." „Hast du schon mal mit ihr darüber geredet? Zum Beispiel über Paris?" Jetzt holt meine Mutter ganz tief Luft, bevor sie spricht. „Es fällt mir nicht leicht, Lena, mit dir darüber zu reden, aber du bist schließlich kein kleines Kind mehr und wirst es wohl verkraften können, was ich zu berichten habe." „Marie? War es Marie, mit der er letztes Jahr nach Paris gefahren ist?" Meine Mutter schaut mich mit Tränen in den Augen an und nickt. „Ach, Mama", sage ich und nehme sie in den Arm. Daraufhin müssen wir beide kurz weinen. „Onkel Thomas ist schwanzgesteuert! Entschuldige bitte meine Ausdrucksweise, aber mit Marie ist er deutlich zu weit gegangen. Sie war deine Freundin, vor den Augen aller Anderen hat er sie mit zur Messe genommen. Deinen Vater hat er dafür sogar wieder ausgeladen, damit er seine Gespielin mitnehmen konnte. Auch Marie tat mir sehr leid, denn sie ist auf ihn und seine großzügigen Schmeicheleien hereingefallen, da sind Andrea und ich uns einig. Deine Tante kennt und liebt ihren Mann seit fast fünfundzwanzig Jahren. Er kann einfach nicht treu sein, doch Marie war zu jung. Die beiden hatten einen gewaltigen Ehekrach deswegen, um ein Haar hätten sie sich sogar scheiden lassen. Stell dir vor, Tante Andrea hat sogar mit Marie telefoniert."

„Wie bitte? Hat Tante Andrea dieses Verhältnis toleriert?" „Nein, natürlich nicht, ich glaube, dass sie deiner Freundin die Augen geöffnet hat. Noch in derselben Woche hat Marie dann mit deinem Onkel Schluss gemacht. Er hat kurz danach deine Tante zur Versöhnung auf die Malediven eingeladen, das hat ein Vermögen gekostet. Recht geschieht es ihm!" „Das ist aber ganz schön viel auf einmal", sage ich und nehme mir ein Schnittchen. „Ja, danach habe ich nichts mehr mitbekommen von irgendwelchen Affären." „War Onkel Thomas danach sauer auf Marie?" „Das kann ich mir beim besten Willen nicht vorstellen. Ich hoffe, dass er ein schlechtes Gewissen ihr gegenüber hatte." „Du Mama, ich habe ihn immer als nett und liebenswert erlebt. Meinst du, dass er auch gewalttätig werden kann?" „Ach du meine Güte, wie kommst du denn darauf, Lena?" „Nur so, er war doch immer nett zu Tante Andrea? Oder hat er sie sogar mal geschlagen?" „Nein, nein, das würde er nie machen, dafür kenne ich ihn zu gut. Vergiss nicht, dass dein Vater und ich uns schon im Teenageralter kennengelernt haben und somit oft mit Thomas gemeinsam unterwegs waren. Er war schon immer ein Frauenheld, aber ein liebenswerter, kein bösartiger Typ." Ich seufze laut: „Da bin ich aber beruhigt." Mama fragt mich kurze Zeit später nach meinem Liebesleben aus, und es fällt mir sehr schwer, darüber zu reden. Um abzulenken, erzähle ich ihr von dem Typen heute Morgen im Bus und von Marcell, mit dem Jolina, Max und ich morgen Squash spielen gehen. Mama ist mit meiner Antwort zufrieden. Es ist mittlerweile spät geworden, und ich hatte einen langen Tag. Ich verabschiede mich und bin wieder ein großes Stück weitergekommen auf der Suche nach einem skrupellosen Mörder. Onkel Thomas ist es jedenfalls nicht.

Zu Hause angekommen, liegt ein Zettel von Sarah für mich auf dem Küchentisch mit der Nachricht, dass sie heute bei ihrem neuen Freund schlafen wird. Umgehend schaue ich nach, ob sie ihr Fenster geschlossen hat, damit ich nicht wieder mitten in der Nacht aufstehe, um zu schauen, ob ihr Fenster zu ist. Alles ist verschlossen, und ich bin beruhigt. Mein Zimmer hat sich allerdings sehr aufgeheizt, und ich öffne daraufhin alle Fenster bis auf das in Sarahs Raum. Danach nehme ich die Geheimakte und setze mich damit auf die Terrasse, um akribisch zu notieren, was mir heute alles zu Ohren gekommen ist. Onkel Thomas habe ich im Geiste von der Liste der Verdächtigen gestrichen, genauso habe ich es auch notiert. Der Hauptverdächtige ist derzeit der Fahrlehrer für mich. Seine ganze Art gefällt mir nicht, er scheint ein sehr oberflächlicher Typ zu sein. Ich werde ihn am Montag kennenlernen, ehrlich gesagt, habe ich ein wenig Angst davor. Meine Ängste notiere ich ebenfalls. Jetzt muss ich schlafen gehen, denn ich kann meine Augen kaum noch offenhalten. Bis auf das große Fenster in meinem Zimmer verriegle ich alles und schließe die Haustür sogar zweimal ab, irgendwie ist mir so danach.

Ich träume, dass ich im Winter wieder in dem Café sitze und nach draußen schaue. Der Sturm lässt die Schneeflocken erneut durch die Luft wirbeln, doch an diesem Tag haben sie sich mit roten Blutstropfen vermischt. Ich spüre eine aufkommende Panik und schaue mich um. Ich bin ganz allein hier, niemand ist da, keine Bedienung, kein anderer Gast, und sogar das Licht ist aus. Es kommt mir jetzt so vor, als würde ich hier allein in einem geschlossenen Lokal sitzen, aber wie bin ich hierhergekommen? Ich muss das träumen, denke ich und schaue auf den Stuhl neben mir. Ben ist nicht da, ich versuche aufzuwachen, doch das funktioniert nicht. Der Kaffee, der vor mir auf dem kleinen Bistrotisch steht, dampft, und mir ist bewusst, dass irgendetwas nicht real zu sein scheint. Jetzt wird mir auch noch ganz kalt. „Lena, ich bin bei dir." Ich höre Bens Stimme, doch ich kann ihn nicht sehen? „Wo bist du?" „Ich bin bei dir, in deinem Traum. Wenn du bereit dafür bist, nehme ich dich jetzt mit in meine Erinnerungen." „Nein!", schreie ich und wache auf. Mein Herz schlägt viel zu schnell, und ich bekomme Angst, falsch gehandelt zu haben. Das wäre jetzt höchstwahrscheinlich die Chance gewesen, den Mörder sehen zu können, doch ich habe mich nicht getraut, in Bens Erinnerungen einzutauchen. „Wie konnte ich nur so doof sein und diese vielleicht einmalige Gelegenheit ungenutzt lassen?", denke ich und werde richtig wütend auf mich. Ich schaue auf meinen Wecker, es ist kurz nach drei, mitten in der Nacht. „Ben, bist du noch hier?" Diese Frage hätte ich mir sparen können, da ich weiß, dass er sich wieder von mir entfernt hat. „Warum habe ich denn nicht ja gesagt?" Dann wüsste ich jetzt vielleicht, nach wem ich in der realen Welt zu suchen habe. Wieder muss ich weinen, finde aber nach kurzer Zeit zurück zu meiner neuen Stärke. „Es klingt gut, wenn ich von meiner neuen Stärke rede", denke ich und lächle wieder. Es ist tatsächlich so, dass mich die Gedanken an die Zukunft stark machen. Ben gibt mir seit unserer ersten mysteriösen Begegnung die Kraft, die ich im letzten halben Jahr vermisst habe. „Er ist unschuldig, und ich werde es beweisen!"

Ich sitze fast zwei Stunden an meinem Schreibtisch, um alle Eindrücke, Begegnungen, Vermutungen und auch Gefühle zu notieren. Es ist inzwischen sehr viel passiert, seit Jolina das letzte Mal in die Geheimakte geschaut oder auch selbst hineingeschrieben hat. Vielleicht werde ich sie morgen überreden können, von Samstag auf Sonntag bei mir zu übernachten. Ich brauche eigentlich gar nicht weiter darüber nachzudenken, denn ich ahne, dass sie die nächste

Zeit mehr in Bens Wohnung verbringen wird, als ich mir das jetzt vorstellen möchte. Trotzdem hoffe ich, dass sie mich weiter bei der Suche nach dem Mörder unserer Freunde unterstützen wird. Mir wird in diesem Moment bewusst, dass ich maximal noch zwei Stunden Schlaf bekommen kann, daher sollte ich mich umgehend wieder hinlegen. Es bleibt mir gar nichts anderes übrig, und ich freue mich schon darauf, ab nächster Woche zwei Wochen Urlaub zu haben. Diesen einen Freitag werde ich auch mit wenig Schlaf gewohnt professionell überstehen.

Meine Chefs sind ausgesprochen freundliche Menschen. Ich fühle mich hier wirklich sehr wohl. Nicht nur, dass meine Chefs mir eine Woche zusätzlichen Urlaub geschenkt haben, dann liegt auch noch ein Umschlag auf meinem Platz, in dem sich zweihundert Euro und alle guten Wünsche für einen schönen Urlaub befinden. Ich freue mich sehr und bedanke mich herzlich dafür. Natürlich bleibe ich gern eine halbe Stunde länger an diesem Tag, um meinen Arbeitsplatz aufgeräumt hinterlassen zu können.

Heute Abend sind Jolina und ich um acht Uhr gemeinsam mit den Jungs beim Italiener verabredet. Endlich entspanne ich mich, denn ich realisiere, dass ich genug Zeit habe, um mich noch etwas auszuruhen. Mit gemischten Gefühlen denke ich an das bevorstehende Squashspiel heute zu später Stunde. Mir ist bewusst, dass ich derzeit nicht in körperlicher Höchstform bin, zum Glück habe ich die letzten Tage ein leichtes Schwimmtraining absolviert. Trotzdem werde ich wahrscheinlich am morgigen

Tag Muskelkater haben, Squash ist ein anstrengendes Spiel. Ich suche mir passende Kleidung für heute Abend heraus, bevor ich mich hinlege. Meinen Handywecker habe ich vorsichtshalber auf achtzehn Uhr gestellt, denn man kann ja nie wissen, was noch so alles passiert.

Tatsächlich habe ich bis zum Weckerklingeln geschlafen. Ich drücke ausnahmsweise mal nicht die Snoozetaste und stehe stattdessen umgehend auf. Nach einer kurzen Dusche schlüpfe ich in eine Leggings und ziehe ein Longtop darüber, das sieht einigermaßen gut aus, und zur Not kann ich nachher auch in diesen Klamotten Squash spielen. Vorsichtshalber nehme ich aber den kleinen Rucksack mit Turnschuhen und Ersatzkleidung mit. Ich kann mir gut vorstellen, dass ich bei der bevorstehenden körperlichen Anstrengung sehr ins Schwitzen komme. Ich lege ein Abendmakeup auf und bekomme ein schlechtes Gewissen Ben gegenüber. Nicht, dass er denkt, ich würde mich für Marcell hübsch machen. Ich bin die erste bei unserem Lieblingsitaliener, der Tisch ist auf Maximilian Becker reserviert, und ich muss mich darüber amüsieren. Was ich so mitbekommen habe, ist, dass Max sich schließlich nie mit Maximilian vorgestellt hat, sondern immer nur mit Max. „Naja", denke ich, „er ist auch schon erwachsen mit mittlerweile fast sechsundzwanzig Jahren."

Um nicht so ganz ohne Beschäftigung allein am Tisch zu sitzen, bestelle ich mir nach einiger Überlegung einen Gin Tonic. Eigentlich hatte ich mir vorgenommen, solange die Ermittlungen laufen, gar keinen Alkohol zu trinken. Mir kommt es sehr lang vor, bis die anderen eintreffen, und mein Drink ist bereits geleert. „Lena!" Jolina knuddelt mich, worüber ich mich freue. Die Jungs haben sich richtig in Schale geschmissen, und ich komme mir jetzt etwas unscheinbar vor. In diesem Moment fällt mir der Grund für unser Treffen wieder ein, denn wir sind einzig und allein deshalb mit den beiden verabredet, um herauszufinden, ob Marcell eventuelle weitere Liebhaber Maries kennt. Diese würden dann ebenfalls auf unsere Verdächtigenliste kommen. So wie Jolina Max anhimmelt, scheint für sie etwas anderes Priorität bekommen zu haben. Einerseits freue ich mich für die beiden, andererseits wird es mit Sicherheit von Zeit zu Zeit hinderlich für unsere Ermittlungen. Marcell spricht mich mit einem Augenaufschlag an, und ich zucke zurück. „Lena, darf ich für dich aussuchen?" „Auf gar keinen Fall!" „Schade!" „Was hättest du denn ausgesucht?" Jetzt fällt mir wieder ein, dass er sehr sensibel mit gesprochenen Worten umgeht, und ich erwarte umgehend, von ihm kritisiert zu werden, doch er lächelt mich an. „Ich würde eine große Antipasti-Platte bestellen, danach die Scampi-Pfanne und zum Schluss das Tiramisu, das ist der Hammer." „Okay, kannst bestellen!", sage ich lächelnd und leicht verlegen. Jetzt meldet Max sich zu Wort. „Ihr wisst schon, dass wir danach noch Sport treiben werden? Nicht, dass ihr euch übergeben müsst." „Max!" Jolina und ich haben gleichzeitig empört seinen Namen gerufen, um ihn zu tadeln. „Wir wollen erstmal das Essen hier genießen", sagt meine Freundin und schaut Max dabei in seine großen Augen. „Natürlich, entschuldigt bitte! Lassen wir es uns schmecken!"

Alles schmeckt fantastisch und ich kann mich leider nicht beherrschen zu viel zu essen, weder bei den Antipasti noch bei den Scampi. Das Tiramisu sorgt nun dafür, dass ich mir einen gemütlichen Fernsehabend eher vorstellen kann als ein anstrengendes Squashspiel.

Tatsächlich denke ich jetzt, dass ich lieber auf Max gehört hätte, denn schon nach der ersten Viertelstunde Aufwärmtraining in der Squashhalle bin ich ziemlich platt. Doch ich sehe den anderen deutlich an, dass es ihnen ähnlich geht, und traue mich etwas zu sagen. „Max, du hattest recht, ich habe zu viel gegessen. Ich bin jetzt schon außer Atem." „Sag ich doch, aber ich habe mich ja auch nicht beherrschen können, Penne mit Sahnesauce zu bestellen. Versuchen wir, nicht zu kräftig zuzuschlagen, damit die Bälle nicht zu schnell werden." „Ob ich das hinkriege, weiß ich nicht." Marcell scheint nicht sehr begeistert von der Idee zu sein. Da ich mit ihm zusammenspiele, soll es mir recht sein. Nach einer weiteren halben Stunde brauchen wir eine Pause. Mit roten Köpfen sitzen wir auf dem Boden und atmen schwer. „Ich hole uns Wasser", sage ich und stehe auf, um an die Sportbar zu gehen. Hier bestelle ich gleich zwei große Flaschen stilles Wasser und vier Pfandbecher, der Umwelt zuliebe. Als ich Marcell seinen Becher reiche, flirtet er mit mir. Ganz sicher bin ich mir nicht, aber er hat mir zugezwinkert, und ich habe gar nicht darauf reagiert. Jolina muss mal auf die Toilette, und Max begleitet sie. Ich nutze die Chance, um Marcell auszufragen. „Warst du mit Marie auch mal hier?" „Nein, eigentlich waren wir ja auch nur ganz kurz zusammen." „Stimmt, du hattest mir erzählt, dass sie einen älteren Freund nach dir hatte. Hat das denn lange gehalten?" „Ne ganze Weile, aber wollen wir nicht lieber über etwas anderes reden? Ich meine nur, natürlich will ich das Andenken an Marie bewahren, nicht, dass du denkst, dass ich gar nicht mehr über sie sprechen will." „Ich will ganz ehrlich zu dir sein, Marcell. Ich interessiere mich für ihre Liebhaber, um dadurch mehr von meiner verstorbenen Freundin zu erfahren. Weißt du zufällig, mit wem sie im Anschluss an den alten Mann zusammen war?" Jetzt habe ich so schnell gesprochen, dass er gar nicht die Chance dazu hatte, mich zu unterbrechen. „Du forderst mir ganz schön etwas ab mit deiner Fragerei. Bisher fiel es mir verdammt schwer, überhaupt nur an Marie zu denken. Du hast es geschafft, dass ich sogar wieder über sie reden kann. Du musst wissen, Lena, dass Marie mir damals das Herz gebrochen hat." Jetzt sieht er ganz traurig aus, und es tut mir alles sehr leid, doch ich muss diese Frage heute noch von ihm beantwortet bekommen. „Das tut mir sehr leid, Marcell. Beantworte mir doch bitte noch diese eine Frage, und ich höre auf, über Marie zu reden." Ich schaue ihm zum ersten Mal bewusst in seine Augen, worauf er lächeln muss. „Oh, Lena, na gut. Dann frag, was du unbedingt noch wissen willst, damit ich danach meine Gedanken endlich wieder neu strukturieren kann." Ich schlucke, gehe aber in keiner Weise auf seine Art der Formulierung ein, um einen erneuten Streit zwischen uns beiden zu vermeiden. Er schafft es irgendwie immer wieder, mich durch seine Ausdrucksweise zu provozieren. „Danke", sage ich erleichtert darüber, dass er mir antworten will, und hoffe, dass Max und Jolina noch ein paar Minuten länger diesem Court fernbleiben. „Von welchem Mann, außer dem Älteren, weißt du noch, dass er mal etwas mit Marie gehabt hat?" „Muss das sein?" „Leider ja." „Der arrogante Fahrlehrer, den kann ich gar nicht ausstehen." Ich schaue ihn weiterhin erwartungsvoll an, und er seufzt laut und unbeherrscht, das widerspricht seinen sonstigen Benimmregeln. „Ja, einer ist da noch, der mir bekannt ist. Ich kann dir aber nicht sagen und will es auch gar nicht wissen, ob es da eventuell zusätzlich noch weitere Liebhaber gegeben hat." „Gut, dann erzähle mir noch von dem Einen!" „Später" sagt er, denn Max und Jolina kommen lächelnder Weise endlich wieder zurück zu uns. „Schlechtes Timing", denke ich und nicke. Ich will gar nicht wissen, was die beiden außerhalb unserer Sichtweite getrieben haben, und nehme den Schläger in die Hand, bevor ich mich wieder auf meine Spielposition begebe. Die drei anderen tun es mir nach. Wir halten nur noch etwa eine Viertelstunde durch, bevor wir zu dieser späten Stunde geschlossen aufgeben. Unsere gebuchte Zeit wäre sowieso bald zu Ende gewesen. Wir sind uns einig, dass wir vier das irgendwann wiederholen werden, aber nicht mehr so spät am Abend, und schon gar nicht mehr direkt im Anschluss an ein feudales Essen. Jolina und ich verabreden uns für den kommenden Tag, sie kommt mich gegen Mittag besuchen. Arm in Arm schlendern die beiden verliebt in die andere Richtung, während Marcell darauf besteht, mich sicher bis zu meiner Haustür zu begleiten. Dieses Mal nehme ich das Angebot an, denn ich warte immer noch auf den letzten Teil seiner Antwort. Nachdem wir in die nächste Straße eingebogen sind, bitte ich ihn, mir nun zu verraten, wer denn der andere sei? Marcell tut sich schwer, mir zu antworten. „Lena, du bist immer mal wieder mein Stimmungskiller." Er macht eine kurze Pause, bevor er fortfährt, offenbar wartet er auf eine Reaktion meinerseits, doch ich verharre still und schaue ihn dabei an. „Du bist so hartnäckig, dass es schon wieder cool ist. Zu oft darfst du das aber nicht mit mir machen, das geht an meine Grenzen. Also gut, er ist schon etwas älter, hat lange schwarze Locken und spielt elektrische Gitarre in einer Band." „In welcher Band und wie heißt er?" „Jannik, den Namen der Band weiß ich nicht, dafür aber, dass sie letztes Jahr als Vorband für Momania unterwegs waren." Oh, jetzt baut er sich vor mir auf und stemmt seine Hände in die Hüften. „Lena, mehr sage ich zu diesem Thema ganz bestimmt nicht mehr. Mir reicht es jetzt!" „Ist okay, vielen lieben Dank. Möchtest du noch auf einen Kaffee mit raufkommen?" Kaum habe ich diese normalerweise zweideutigen Worte ausgesprochen, überkommt mich ein ganz komisches Gefühl, und ich wünsche mir, ich hätte sie nicht gesagt. „Nein, Danke, vielleicht ein anderes Mal, ich bin müde." Wir nehmen uns kurz zum Abschied in die Arme, und er wartet dann noch solange, bis ich im Hausflur verschwunden bin, er benimmt sich ganz gentlemanlike.

Als ich die Wohnungstür öffne, höre ich eindeutige Geräusche aus Sarahs Zimmer. Jetzt bin ich erstrecht froh, dass Marcell nicht mehr mit rauf gekommen ist. Ich schließe mich beim Duschen ein und verriegele danach mein Zimmer, bevor ich mich an den Schreibtisch setze, um die Erkenntnisse dieses Tages zu notieren. Nachdem ich den Namen Momania notiert habe, öffne ich für einen kurzen Moment mein Handy, um zu recherchieren. Zum Glück hatten sie bei uns in der Gegend nur eine Vorband in der in Frage kommenden Zeit. „Oh", denke ich, als ich lese, wie lange es diese Band aus dem Norden Deutschlands schon gibt. „Wahrscheinlich ist dieser Jannik tatsächlich wieder ein älteres Modell von Mann", denke ich und schaue mir die Bilder an. Er sieht wirklich gut aus, obwohl ich ihn auch auf Mitte bis Ende dreißig schätze. Ich schaue mir noch kurz den aktuellen Spielplan seiner Band an, bevor ich das Handy wieder schließe. So gerne möchte ich diesen Jannik kennenlernen, zumindest, um ihn von der Liste der Verdächtigen streichen zu können. Nach und nach stellen sich die ersten Ermittlungsergebnisse bei uns ein, immerhin konnten wir schon zwei Männer von unserer Liste streichen. Ich atme tief durch, denn mir fällt ein, dass auch wieder ein neuer dazu gekommen ist. Wir müssen sie alle unter die Lupe nehmen, irgendwann wird eine einzige Person übrigbleiben, und wir haben unseren Mörder. Weiter möchte ich noch gar nicht darüber nachdenken, wie wir dann mit der Polizei verfahren sollen. Dieser Gedanke überfordert mich zurzeit, und ich merke, dass ich richtig erschöpft bin. „Yeah!", rufe ich zu mir selbst. „Ich habe ab sofort zwei Wochen Urlaub!"

So gut wie in dieser Nacht habe ich schon lange nicht mehr geschlafen. Es ist fast elf, als ich endlich aufstehe. Für den Fall, dass Sarahs Besuch noch da ist, ziehe ich mir lieber etwas über, bevor ich das Bad aufsuche. Ich höre niemanden, ihre Zimmertür ist geschlossen. Ich verhalte mich leise, obwohl es sein kann, dass die beiden gar nicht mehr in der Wohnung sind. Die Kaffeemaschine wurde heute schon einmal benutzt, die Spuren sind eindeutig. Ich setze noch eine halbe Kanne Kaffee auf, bevor ich die Balkontür öffne und überrascht feststelle, dass wir Hochsommer haben und ein Traumwetter draußen ist, viel zu schön, um zu Hause zu bleiben. Meine Gedanken drehen sich sofort um das Schwimmbad, doch an einem Sonnabend und dazu noch bei diesem Wetter ist das nicht zu empfehlen. Ben würde sich höchstwahrscheinlich nicht dort blicken lassen. Enttäuscht lasse ich mich auf einem der Stühle auf unserem Balkon nieder, stehe dann aber umgehend wieder auf, um mein Handy zu holen. Ich erinnere mich, dass Jannik morgen mit seiner Band irgendwo in nicht allzu weiter Ferne spielt. Für einen kurzen Moment überlege ich, Marcell zu fragen, ob er nicht Lust hat, mit mir auf das Konzert zu gehen. Doch nachdem ich noch einmal darüber nachdenke, halte ich diese Idee für alles andere als gut. Schließlich weiß Marcell ganz genau, wer Jannik ist und auch aus welchem Grund ich ihn kennenlernen will. Jolina wäre die bessere Begleitperson, um den Verdächtigen Nummer fünf, oder gar schon sechs? Jetzt bin ich unsicher geworden und muss mich konzentrieren, damit mir alle Liebhaber Maries auf Anhieb wieder einfallen. Nummer eins war Marcell, der scheidet als Mörder aus, weil Ben seine Stimme als die falsche identifiziert hat. Ich hole mir unsere Geheimakte und erstelle eine Liste aller Verdächtigen. Hierzu nutze ich die Innenseite des Bucheinbands, so haben wir die Verdächtigen gleich in der Übersicht. Ich notiere:

Verdächtiger Nummer 1: Marcell Rönner, wurde von Ben als nicht-schuldig identifiziert, hat falsche Stimme;

Verdächtiger Nummer 2: Onkel Thomas Becker, scheidet aus, ist zu lieb;

Verdächtiger Nummer 3: Unbekannter Liebhaber aus Büsum;

Verdächtiger Nummer 4: Carsten Müller, Fahrlehrer, unsympathisch

Verdächtiger Nummer 5: Gitarrist Jannik.

Irgendwie ist mir so, als hätte ich noch einen Liebhaber vergessen. „Aber eigentlich reichen die fünf Verdächtigen auch aus", denke ich und hoffe, dass kein weiterer dazu kommt. Da Jolina bald eintreffen wird, räume ich kurz auf und wische den Tisch ab. Der Kaffee ist fertig, ich liebe den Duft von frisch gekochtem Kaffee. Scheinbar scheint Sarah tatsächlich nicht zu Hause zu sein, und ich denke, dass ich das Risiko eingehen kann, die Geheimakte mit in die Küche zu nehmen. Für den Fall, dass jemand Fremdes unvorhergesehen den Raum betritt, habe ich einen Stoffbeutel bereit gelegt, in dem die Akte innerhalb von Sekunden versteckt werden kann.

Jolina kommt laut schnatternd die Treppe hinauf zu meiner Wohnung. Sie ist total aufgedreht: „Tut mir leid, Lena. Ich komme direkt von Max, wenn du verstehst, was ich meine." Natürlich weiß ich genau, was passiert ist, doch möchte ich jetzt keine Details aus ihrem Sexleben hören und hoffe, dass sie das Thema wechselt. Meine Freundin ist außer Atem, mit leicht gerötetem Gesicht, als sie am Küchentisch Platz nimmt und ich ihr einen Milchkaffee serviere. Breit lächelt sie mich an, und ich schiebe ihr unsere Geheimakte rüber. „Lies bitte, es ist so viel passiert!" Jolina nickt und vertieft sich in meine Aufzeichnungen. Zwischenzeitlich höre ich ein „Oh", „Ah" und „Puh".

Sie klappt die Kladde zu und bittet danach um einen Stift. Es wird nicht lang dauern, da sie seit unserer letzten Begegnung nicht viel erfahren hat, erzählt sie mir. Kurz danach wird sie ernst. „Meinst du wirklich, dass wir zwei morgen zu dem Konzert von diesem Jannik fahren sollen?" „Oh", sage ich. „Das hätte ich dich gleich auch noch gefragt. Er ist Verdächtiger Nummer fünf, ich glaube, die Musik schockt. Es ist Rock vermischt mit ein bisschen Heavy Metal." „Zeit hätte ich, Max will morgen Abend zu

102

seinen Eltern. Aber wie kommen wir da hin? Oder hast du ein Auto zur Verfügung." „Nein", sage ich mit ruhiger Stimme, „aber wir fahren doch sonst auch meistens Bus und Bahn." „Meinst du nicht, dass das Konzert erst nachts endet? Dann wäre der Fahrplan sehr dürftig." Ich klappe mein Handy auf und suche nach einer passenden Verbindung für den Sonntagabend. „Du hast recht, viel Auswahl haben wir nicht. Ich gehe mal davon aus, dass die Band höchstens bis halb eins spielt und wir dann bequem den Zug um ein Uhr fünf nehmen können. Der nächste geht dann aber erst um zwei Uhr dreißig und dann erst wieder fünf Uhr fünf." „Lena, ich denke, dass wir uns nachher noch Backstage mit Jannik unterhalten wollen, um mit ihm über Marie zu sprechen. Vor zwei Uhr dreißig wird das dann wohl nichts mit der Rücktour." Wir seufzen beide, sind uns aber einig, dass diese aufwendige Tour zum Konzert morgen Abend sein muss, um Maries Mörder wieder ein Stückchen näher zu kommen. Und sei es deswegen, weil wir danach eventuell einen weiteren Verdächtigen von unserer Liste streichen können.

„Lena?" „Jolina", sage ich und schaue sie fragend an. „Max hat mir erzählt, dass der Fahrlehrer kein guter Mensch ist und dass er schon von mehreren Schülerinnen gehört hat, denen er versucht hat, zu nahe zu kommen. Willst du wirklich das Risiko eingehen und dich am Montag allein mit ihm treffen?" Ich beiße mir auf die Unterlippe und überlege. „Natürlich hätte ich dich gerne dabei, aber wenn wir zu zweit sind, wird er sein wahres Ich wohl nicht zeigen." „Dann komme ich auf jeden Fall mit, bevor er dir noch etwas antut!" „Das geht nicht, Jolina. So weit wird er nicht gehen. Das hoffe ich zumindest. Jetzt hast du mir Angst gemacht." „Nimm Pfefferspray mit!" „Bei diesen Temperaturen explodiert es womöglich in meiner Handtasche. Ich werde einfach ganz vorsichtig sein und für alle Fälle mein Zweithandy einpacken." „Du hast ein Zweithandy?" „Für Notfälle", sage ich und versuche dabei nicht zu lächeln. „Eigentlich habe ich mir dieses Prepaidhandy vor ein paar Monaten kaufen müssen, weil mir mein iPhone aus Versehen in die Toilette gefallen ist und es ein paar Tage dauerte, bis es wieder funktionierte." Jolina schaut mich überrascht an, sagt aber nichts weiter dazu. Danach schreibt sie kurz in unsere Geheimakte. „Fertig! Ich habe nur das von Herrn Müller hineingeschrieben, ansonsten habe ich keine neuen Infos. Bis auf die, dass ich meinen Cousin heute Abend sehe. Ihn werde ich dann nach seinem ehemaligen Fahrlehrer ausfragen, bis ins kleinste Detail. Ich fahre gleich nach Hause, damit ich nachher pünktlich zu unserem Familienfest komme. Ich bin morgen aber spätestens um siebzehn Uhr wieder bei dir, ist das okay?" Ich nicke, und wir drücken uns zum Abschied, bevor Jolina die Treppen hinuntereilt. Ich habe irgendwie so das Gefühl, dass sie von ihrem direkten Nachhauseweg für eine kurze Begegnung mit Max abweichen wird. Ich werde traurig bei dem Gedanken, dass Ben jetzt irgendwo in einer Zwischenwelt steckt und es ihm nicht gut dabei geht. Vielleicht wird er sogar gequält. Im ersten Moment schnappe ich mir die Akte und will die Stelle nachlesen, an der er mir erzählt hat, dass sie ihn so quälen, doch dann lasse ich es lieber bleiben, um nicht in eine schwere Depression zu verfallen.

Es ist schon wieder Samstagabend, und das Schwimmbad hat bis zweiundzwanzig Uhr für alle geöffnet. Nachdem ich die Geheimakte zurück an ihren Platz gelegt habe, suche ich mir meine Schwimmkleidung zusammen. Dieser Drang, Ben nahe sein zu wollen, lässt mich an nichts anderes mehr denken, als schnellstmöglich die Wohnung zu verlassen, um die Chance auf ein Wiedersehen mit meiner großen Liebe zu haben. „Jetzt bloß nicht heulen", denke ich und putze mir die Nase.

Als ich mit dem Rad um die Ecke biege und die Schlange vor dem Eingang sehe, erschrecke ich mich. Es ist gleich halbsieben, und trotzdem warten hier viele Menschen darauf, hineingelassen zu werden. „Sie haben Einlasstop!" Eine ältere Frau sieht mir an, was mir durch den Kopf geht. „Ist das schon lange so, dass gar nichts mehr geht?" „Nein, eben war ein Bademeister hier und hat uns erklärt, dass die maximale Besucheranzahl erreicht ist. Da viele kleine Kinder im Becken sind, rechnen sie aber damit, dass sich das Areal innerhalb der nächsten halben Stunde deutlich leert." Ich bedanke mich und beschließe, geduldig zu warten. Ich rechne sowieso nicht vor einundzwanzig Uhr mit Bens Erscheinen.

Ich bekomme dann etwas später als geplant einen sehr schönen Liegeplatz. „Schade, dass ich kein Buch mitgenommen habe", denke ich. „Es müsste aber eine Komödie sein, Thriller habe ich im wahren Leben schon genug." Ich schaue mich um und entdecke auf den ersten Blick keine Personen aus meinem

Freundeskreis. Einige von ihnen befinden sich derzeit auch im Sommerurlaub, was mir ganz gut passt, da ich jetzt allein sein möchte. Zum aktuellen Stand unserer Ermittlungen können keine weiteren Personen in unsere Recherchen einbezogen werden, da uns noch handfeste Beweise fehlen. Wenn ich ehrlich bin, freue ich mich sehr auf das morgige Konzert. Es ist eine Herausforderung, sich so nah an die Band heranzuwagen, dass sie bereit für einen Smalltalk sind, zumindest Jannik. Dafür müssen wir uns dann auch sexy anziehen, was wieder hinderlich für unsere Bahnfahrt zu später Stunde sein wird. Ich grübele eine Weile, bevor ich eine Idee habe: „Jetzt weiß ich, wie wir das machen!" Fast hätte ich meine Gedanken laut ausgesprochen, aber wir werden uns für die Rückfahrt Ersatzkleidung mitnehmen und sie in einem Bahnschließfach deponieren. So können wir aufgestylt das Konzert genießen und hinterher in normaler, nicht aufreizender Kleidung in der Bahn sitzen. Nachts kann es gefährlich für zwei freizügig angezogene junge Frauen werden, das Risiko müssen wir so gering wie möglich halten. Ich nehme mein Handy und schreibe Jolina eine Nachricht. Sie findet die Idee mit dem Schließfach super. „Verhör läuft!" Diese Zeilen erreichen mich ebenfalls von ihr, und ich freue mich darüber.

Einige Minuten danach lasse ich mich in das tiefe Becken gleiten und versuche ein paar Bahnen zu schwimmen. Ich genieße eine herrliche Abkühlung und muss aufpassen, mit niemandem zusammenzustoßen. Ein paar Jugendliche provozieren den Bademeister immer wieder aufs

Neue mit ihren Wasserballspielchen. Ich sehe, dass einer der frechen Jungs aus einiger Entfernung mit dem Ball auf mich zielt. „Nicht mit mir", denke ich, hole tief Luft und tauche ab. Die Geräuschkulisse hat sich deutlich gemildert, und ich genieße es, für einen Moment für mich ganz allein unter Wasser zu sein. Viele Beine sehe ich um mich herum, aber keinen Ben. Traurig tauche ich wieder auf und schnappe nach Luft. Ich habe vorher gewusst, dass er sich nicht blicken lässt, sollten mehrere Menschen um mich herum sein. Ich seufze und werde traurig. So gerne wäre ich jetzt im wahren Leben mit Ben vereint.

Die Sonne hat auch um acht Uhr abends noch richtig Kraft, und mein Bikini trocknet sehr schnell. Die Anzahl der Kinder, insbesondere der kleinen Kinder, hat sich deutlich reduziert, und meine Gedanken sind schon wieder bei Ben. Mir wird bewusst, dass der Verstand aussetzt, sobald die Liebe in den Vordergrund tritt. Ich ärgere mich darüber und versuche mich abzulenken, indem ich das Handy zücke. Ich gebe den morgigen Veranstaltungsort in das Suchfeld ein und lande schnell auf der Homepage des Open-Airs. Dass das Konzert draußen stattfindet, war mir vorher gar nicht bewusst. Ich lese alles, was dort steht, klicke sämtliche Links an und lande schließlich bei einem ausführlichen Zeitungsbericht über die Band: „Louder Than". Ich wundere mich über den Namen. Nur „Louder Than" klingt irgendwie komisch. Aber dieser Name ist mir nicht unbekannt und mir fällt ein, dass ich die Jungs vor mindestens fünf Jahren schon einmal live gesehen habe, und zwar mit Marie an meiner Seite. Zu der Zeit haben sie bei uns in der Stadt gespielt, Jannik war auch damals schon mit von der Partie. Ich lese, dass er einer der Gründungsmitglieder ist und vor kurzem frisch geschieden wurde. Aufgrund dieser neuen Informationen gebe ich den Bandnamen in das Suchfeld ein und erfahre mehr, viel mehr. Umgehend schreibe ich eine Nachricht an Jolina: „Band heißt Louder Than. Er ist ein Schläger, wir müssen vorsichtig sein! LG Lena". Blöderweise zeigt mein Akku an, dass er nur noch acht Prozent Akkukapazität hat. Ich schließe und verstaue das Handy, es ist deutlich ruhiger geworden, und ich begebe mich in Richtung des Nichtschwimmerbeckens. Eine ältere Frau grüßt mich freundlich, ich bin ihr hier vor kurzem schon einmal begegnet. Bewusst fange ich mit meinem leichten Schwimmtraining erst dann an, als sie am gegenüberliegenden Beckenrand angekommen ist. Ich brauche meine ganze Konzentration für mich. Ich spüre etwas, kann aber noch nicht sagen, ob es Ben ist oder irgendetwas anderes. Ich lächle, vielleicht wartet er nur darauf, dass die Dame aus dem Wasser geht. Letzte Woche hat sie ihr Schwimmtraining auch um diese Uhrzeit beendet. Es dauert nicht lang, und sie verabschiedet sich aus dem Becken. Kaum ist sie außer Sichtweite, spüre ich wieder diesen Druck auf meiner Brust. Es macht mir Angst, dass Ben offenbar schon so schwach ist, dass er sich nicht einmal mehr im Wasser ohne meine Hilfe zeigen kann. „Ich bin bei dir. Ich bin so stolz auf euch, ihr werdet es schaffen, die Person zu finden, die Marie und auch mir das angetan hat." „Bitte Ben, bleib noch bei mir, geh nicht schon wieder!" „Lena, bitte verliebe dich neu und werde ohne mich glücklich. Mein Körper zerfällt, mein Geist ist gequält. Ich war das letzte Mal hier im Schwimmbad. Es geht zu Ende, im Geiste bin ich immer bei euch, ihr schafft das auch ohne mich. Für Immer …", sagt er und wirft mir einen Handkuss zu, während er sich entfernt. Ich halte mich am Beckenrand fest und bin kurz davor, ohnmächtig zu werden. Da ich die Zeichen meines Körpers kenne, steige ich schnell aus dem Becken und setze mich auf die Wiese. Ich bin so unendlich traurig, dass ich nicht einmal weinen kann. Ich konnte mich nicht von ihm verabschieden, denn ich bin immer noch wie versteinert. Es wird mir unendlich schwerfallen, diese, seine offenbar letzten Worte, später in die Geheimakte zu schreiben. Schweren Herzens verlasse ich das Bad.

Obwohl es noch keine zweiundzwanzig Uhr ist, lege ich mich umgehend schlafen. Eine unruhige Nacht ohne Träume lässt mich ständig hin- und herdrehen. Als ich dann endlich aufstehen darf, ist es, als hätte ich keinerlei Energie mehr. Erst jetzt bemerke ich den Zettel von Sarah, dass sie erst Montagabend wiederkommt. Mein Handy ist schwarz, ich habe gestern vergessen, es auf die Ladestation zu legen. Nicht einmal Kaffeedurst habe ich, stattdessen setze ich mich in meiner Unterhose und dem dünnen Shirt auf den Balkon und starre in die Umgebung. Es scheint, als hätten alle anderen gute Laune und freuen sich über dieses Wetter. Viele Geräusche dringen an mein Ohr, doch nicht zu mir durch. Es dauert eine Weile, bis ich bemerke, dass das Klingeln von unserer

Türklingel kommt, und ich erhebe mich, um dann zaghaft nachzufragen, wer denn dort unten steht. „Hi, Lena, bitte lass mich rein, ich habe mir Sorgen gemacht, weil du nicht zu erreichen warst. Heute habe ich Brötchen dabei." Gut gelaunt kommt Jolina in die Wohnung, bis sie mich sieht. „Was ist passiert?" Ich fange an zu schluchzen, und sie nimmt mich in den Arm. „Er kommt nicht mehr wieder", sage ich und zittere am ganzen Körper. „Was hältst du davon, wenn ich Kaffee koche und Frühstück mache, während du duschen gehst und dich dann anziehst? Danach kannst du mir alles erzählen. Oder gib mir die Akte, dann lese ich, während du im Bad bist." „Ich konnte es noch gar nicht aufschreiben, muss ich aber dringend, bevor es raus ist aus meinem zerstreuten Kopf", sage ich und versuche zu lächeln. „Kaffee?" Jolina zwinkert mir zu, und ich antworte nur „Duschen" und gehe in mein Zimmer, um mir Kleidung herauszusuchen.

Nach der ersten Tasse Milchkaffee und einem herrlich duftenden frischen Brötchen geht es mir etwas besser, und ich bin in der Lage zu erzählen. Diesmal schreibt Jolina alles in unsere Geheimakte, das ich sage. Ich bin derzeit nicht in der Verfassung, diese für mich niederschmetternden Zeilen selbst zu notieren. Als meine Freundin fertig geschrieben hat, dreht sie sich weg und schnaubt in ein Taschentuch. „Das tut mir so leid für dich, Lena. Das ist ungerecht. Ich fühle mich schuldig, weil ich gerade so glücklich mit Max bin." Einen kurzen Moment weinen wir gemeinsam, bevor wir uns zusammenreißen und beschließen, ab sofort unsere Konzentration auf die

Ermittlungen zu beschränken. Professionell wollen wir die übrig gebliebenen Verdächtigen unter die Lupe nehmen, um irgendwann Bens Ansehen zu rehabilitieren. Im Geiste sehen wir schon einen großen Pressebericht auf der ersten Seite der Tageszeitung vor uns. „Lena, jetzt lese ich dir vor, was ich geschrieben habe, damit du auch im Bilde bist, was mein Cousin geantwortet hat." „Ja, daran habe ich gar nicht mehr gedacht, morgen treffe ich mich schließlich schon mit Herrn Müller." Sie lehnt sich zurück und liest laut und deutlich vor:

„Am Samstagabend habe ich meinen Cousin André getroffen, der letztes Jahr Führerschein bei der Fahrschule Carsten Müller gemacht hat. Sein Fahrlehrer war jedoch ein anderer, aber die Theoriestunden hat der Chef persönlich unterrichtet. Zitat André: „Cooler Typ, sehr von sich eingenommen und ein absoluter Womanizer. Die Mädchen sind ihm reihenweise verfallen. Ich glaube, dass er die ein oder andere flachgelegt hat. Aber nicht während der Fahrschulzeit, sondern hinterher. Er ist verheiratet und hat zwei Kinder. Er redet sehr streng mit seiner Frau. Von den Turnschuhen weiß ich nichts, da habe ich nicht drauf geachtet, vorstellen könnte ich mir das aber. Er war immer sehr modisch angezogen."

Mir zugewandt redet sie weiter. „Das war's auch schon. Wie geht es dir jetzt, Lena?" „Viel besser, ich danke dir." „Lass uns heute Abend Spaß haben und mit den Musikern flirten. Ich muss wieder los, hole dich aber rechtzeitig ab. Ist das okay für dich?" „Ja, bis später."

111

Dieser kurze Besuch meiner Freundin hat mich wieder aufgebaut. Jetzt fühle ich mich schon viel besser und stark genug, um den Kampf gegen das Böse zu gewinnen. Mit Jolina an meiner Seite werden wir es schaffen, den wahren Täter zu überführen.

Wie gut, dass ich rechtzeitig ins Badezimmer gegangen bin, um mich schick zu machen. Zweimal habe ich mich wieder umgezogen, bis ich das richtige Outfit gefunden habe. Ich sehe nun zum ersten Mal seit Maries Tod wieder sexy und aufreizend aus. Das tue ich für Ben, denn so werden die Chancen deutlich größer sein, die Aufmerksamkeit der Bandmitglieder zu gewinnen. Natürlich vergesse ich nicht, meinen Rucksack für die Rücktour zu packen. Meine Gedanken sind momentan bei dem Ersatzhandy, und vorsichtshalber lade ich auch diesen Akku auf. Da ich mich für Stiefeletten entschieden habe, die ein schwarzes Stretchbündchen haben, kommt mir eine Idee. Mit ein paar Nadelstichen nähe ich den Umschlag fest und probiere aus, ob das Ersatzhandy hineinpasst. Perfekt ist es nicht geworden, aber kein Mensch wird auf das Bündchen meiner Stiefeletten schauen, wenn er mich anguckt. Ich lächle, denn ich muss zugeben, dass ich in diesem schwarzen Minikleid wirklich heiß aussehe. Dazu habe ich mich für eine gürtelähnliche Bauchtasche entschieden. Ich schaue in den großen Spiegel an meinem Kleiderschrank und drehe mich erst nach links und dann nach rechts. Ich bin erstaunt, dass ich trotz der kulinarischen Versuchungen der letzten Wochen immer noch eine super Figur habe. Nun warte ich auf Jolina und bin gespannt, in welchem Outfit sie hier eintreffen wird. Vorsichtshalber stecke ich noch eine Flasche Wasser und meine Lieblings-Turnschuhe in den Rucksack. Es dauert nicht mehr lange, und meine Freundin strahlt mich an. Ich muss zwei Mal hinschauen, um sie zu erkennen. „Wow", sage ich, „dein Makeup ist überwältigend. Wie lange hast du für diese Augen gebraucht?" „Du siehst auch zum Anbeißen aus, meine Süße. Wir müssen nachher echt aufpassen, dass uns niemand zu nahekommt." „Es sei denn, wir legen es darauf an." Jetzt kichern wir, und die Vorfreude auf diesen spannenden Abend ist uns deutlich anzusehen. Ich atme einmal tief durch und versuche danach, besonders ernst und sachlich zu klingen. „Wir dürfen unsere Mission nicht dadurch gefährden, dass wir uns von irgendwelchen hübschen Männern ablenken lassen, es sei denn, er heißt Jannik und ist der Gitarrist von „Louder Than"."

Schon bei dem ersten Schritt auf die Straße spüren wir die Blicke der vorbeigehenden Menschen auf unseren Körpern. Wir strahlen genau das aus, was wir uns für diesen Abend vorgenommen haben. Selbstbewusst und zielstrebig gehen wir zum nicht allzu weit entfernten Bahnhof. Eine Gruppe angetrunkener Jugendlicher kommt grölend auf uns zu, und wir fühlen uns bedroht, bleiben trotzdem cool und gehen einfach weiter. Mit einem leichten Druck schieben wir die Personen beiseite, die uns den Weg versperrt haben. Zum Glück hören wir einen Mann von der gegenüberliegenden Straßenseite rufen: „Hey, lasst die Ladys sofort passieren!" Wir drehen uns nicht um und gehen stattdessen zielstrebig weiter. In einiger Entfernung flüstere ich: „Das ist gerade noch einmal gutgegangen. Nachher nehmen wir uns ein Taxi vom Bahnhof nach Hause!" „Gute Idee!"

Im Bahnhof sind wir nicht die einzigen Partygänger*innen. So viele Menschen hätte ich hier gar nicht erwartet. Da wir uns mitten in der Urlaubszeit befinden, sehen wir auch zu dieser Uhrzeit noch viele Menschen mit ihren Koffern auf den Bahnsteigen stehen und auf die kommenden Züge warten. Dieses Gefühl der Freiheit, des Neuanfangs und irgendwie auch des Verborgenen lässt hier eine ganz besondere Stimmung herrschen. Ich fühle mich wie auf einer großen Bühne, in einer Rolle, die keinem festen Drehbuch unterliegt. Ich habe nie Theater gespielt, doch jetzt lasse ich mich immer mehr in diese Rolle fallen, die ich mir für diesen Abend vorgestellt habe. Jolina scheint es ähnlich zu gehen. Blicke reichen, um in diesem Moment unsere innere Verbundenheit zu spüren. Sie nickt mir zu, das soll wohl heißen, dass wir das schaffen werden und diesen Abend souverän überstehen. Ich lächle sie an, gemeinsam sind wir stark. Nicht nur das, durch das Wissen um Ben und seine Rückkehr aus dem Jenseits fühle ich mich nicht einfach nur stark, sondern irgendwie auch behütet und den normalen Menschen überlegen. Überheblich will ich aber nicht sein, und versuche aufmerksam, auf meine Umwelt zu achten.

Ein paar Minuten später sitzen wir im Zug, auch hier liegt eine ganz besondere Stimmung in der Luft. Lange habe ich dieses Gefühl von Freiheit und gleichzeitig den Drang, auf der Suche nach dem anderen Geschlecht zu sein, nicht mehr verspürt. Eine gewisse Spannung macht sich in meinem ganzen Körper breit. Das hat zur Folge, dass ich gerader sitze als sonst, immer ein waches Auge auf die direkte Umgebung habe und vor allem meine Gesichtszüge kontrolliere. Niemand soll mir ansehen können, was in mir vorgeht und welches Geheimnis der wahre Grund dieser Wandlung meiner Persönlichkeit verbirgt. Ich bin bereit für dieses Konzert und dessen eventuelle Folgen.

Die Zugfahrt vergeht schnell, und wir nehmen uns gleich nach der Ankunft ein Schließfach für die Rucksäcke. Überraschender Weise erwartet uns am Zielbahnhof ein Shuttle zu unserem Event. Jetzt fällt es mir auch wieder ein, bei meiner ganzen Recherche nach Jannik irgendwo einen Hinweis darauf gelesen zu haben. Das war mir im Anschluss daran jedoch wieder entfallen, um so erfreuter bin ich nun. Jolina ergeht es ebenso. Normalerweise zeigt man dem Busfahrer sein Festivalticket vor. Doch nachdem er einen Blick auf unser Outfit geworfen hat, glaubt er uns, dass wir ein Ticket an der Abendkasse kaufen möchten, und lässt uns einsteigen. Unter gut gelaunten Gleichgesinnten wird unsere Fahrt nun fortgesetzt. Auch die vielversprechenden Blicke einiger männlicher Anwesender lassen uns hoffen, dass wir den Bandmitgliedern näherkommen dürfen. Völlig unverhofft dreht Jolina ruckartig ihren Kopf in meine Richtung und schaut mich dabei mit großen Augen an. „Was ist?", frage ich, und sie zückt daraufhin ihr Handy. Sie tippt eine Nachricht für mich ein und reicht mir danach das Telefon. Bevor ich ihre Zeilen lese, überzeuge ich mich, dass keine ungewollten Blicke unsere Mitteilungen einsehen können. Niemand ist daran interessiert, Notiz von unseren Nachrichten zu nehmen, hier sind alle in ausgelassener Partystimmung. Aus allen Richtungen hören wir Gesang und lautes Geschnatter. Völlig unbeobachtet lese ich also: „Habe keine Notiz in der Akte gelesen über Jannik. Du hast mir doch geschrieben, dass er ein Schläger sein soll. Was hat das zu bedeuten?" Ich erschrecke mich, denn sie hat recht. Die Ermittlungsergebnisse von meinen Internetrecherchen über Jannik habe ich tatsächlich vergessen in die Akte zu schreiben. „Vergessen! Ich lasse nach, sorry!", antworte ich und gebe Jolina das Handy zurück. „Inwiefern Schläger?" Ich tippe zurück: „Seine Exfrau hat ihn angezeigt, häusliche Gewalt". „Egal was ist, wir bleiben heute Abend immer zusammen, ja?" Ich nicke, und meine Freundin lächelt mir zuversichtlich zu. Ich ärgere mich darüber, dass ich die Erkenntnisse über Jannik nicht notiert habe. Als Entschuldigung habe ich jedoch die im Anschluss an meine Ermittlungsarbeit gefolgte Diskussion mit Ben. Ich weiß, dass ich die Gedanken an seine niederschmetternden Worte so schnell wie möglich wieder verdrängen muss, um nicht noch mehr Fehler zu begehen. Die Shuttlefahrt ist beendet, und wir stellen uns an der Schlange der Tageskasse an, als hinter uns plötzlich ein lautes Gekreische zu hören ist. Wir drehen uns um und sehen eine Stretch-Limousine an einem Seiteneingang halten. Abgeschirmt durch mehrere Bodyguards steigen offenbar einige Musiker aus. In diesem

Moment weiß ich, dass das unsere Chance sein kann, auf uns aufmerksam zu machen; ich weiß nur nicht, wie. Jolina ist da etwas schlagfertiger und eilt ein paar Meter auf das Geschehen zu, um dann einen Handkuss in Richtung des Schlagzeugers zu senden. Die anderen Musiker waren schon durchgeschleust. Tatsächlich bekam sie ein Lächeln und ein Augenzwinkern zurück. Nachdem sie wieder neben mir steht, flüstere ich ihr zu. „Danke, der erste Schritt ist getan."

Es dauert noch eine weitere halbe Stunde, bis wir endlich die Arena betreten können. In der Zwischenzeit haben wir beschlossen, uns ganz nach vorn durchzukämpfen, wenn es irgendwie möglich ist. Oberste Priorität hat dabei allerdings, dass wir immer zusammenbleiben und uns nicht aus den Augen verlieren. Irgendwie machen wir das ganz geschickt und verärgern nur wenige Personen bei unserer Mission. Wahrscheinlich klappt das deshalb so gut, weil derzeit eine andere Band auf der kleineren, gegenüberliegenden Bühne spielt. Uns interessiert nur der Gitarrist von „Louder Than", und so schaffen wir es tatsächlich, einen Platz direkt vor der Bühne zu ergattern. Aus den Lautsprechertürmen links und rechts von uns ertönt derzeit in einer atemberaubenden Lautstärke die aktuelle Livemusik der anderen Band. Ich flüstere Jolina ins Ohr: „Wir hätten uns Ohrstöpsel mitnehmen müssen!" Sie zuckt mit den Schultern und schreit: „Ich verstehe dich nicht. Es ist zu laut hier. Uns fehlt ein Gehörschutz." Ich nicke und mache den Daumen nach oben. Wir haben an vieles gedacht, doch nicht daran, uns vor der Lautstärke zu schützen. Ich weiß jetzt schon, dass morgen meine Ohren den ganzen Tag piepen werden, so nah wie ich jetzt an den großen Lautsprechern stehe. Ich sehe den Schlagzeuger auf die Bühne kommen und hinter sein Drumset gehen. Jolina winkt aufgeregt in seine Richtung. Normalerweise wäre mir das jetzt sehr peinlich, doch in diesem Moment hoffe ich, dass er ihrem Winken Beachtung schenkt. Er schaut nicht in unsere Richtung und schraubt stattdessen an seinen Trommeln herum. Jetzt bemerkt er meine Freundin und lächelt. Dann kommt er auf uns zu, und mir bleibt fast das Herz stehen, so aufgeregt bin ich. Er reicht Jolina über den Sicherheitsgraben hinweg einen signierten Stick und zwinkert ihr erneut zu. Ich glaube, dass ich jetzt genauso strahle wie auch meine Freundin. Unsere Chancen, den Jungs nach diesem bald beginnenden Konzert näher zu kommen, vergrößern sich von Minute zu Minute. Ein Blick nach hinten lässt mich erschrecken, Menschenmassen stehen inzwischen hinter uns und warten ebenso wie wir darauf, dass „Louder Than" endlich anfangen zu spielen. Genaugenommen warten Jolina und ich schon darauf, dass sie endlich fertig sind und dass wir nach ihrem Konzert unsere Chance bekommen, mit Jannik sprechen zu können. Ich denke sogar schon weiter und hoffe so sehr, dass Ben sich heute Nacht noch einmal bei mir zu Hause sehen lässt, um mir dann zu verkünden, ob er Janniks Stimme erkannt hat oder nicht. Das ist der eigentliche Grund, warum wir hier sind. Die Scheinwerfer auf der Bühne erleuchten, und es beginnt eine grandiose Lichtschau. Nach und nach erscheinen die Musiker in einer bunt eingefärbten Nebelwolke auf der Bühne. Ich muss husten, das ist dann doch ein Nachteil, so dicht an der Bühne zu stehen, der künstliche Nebel oder auch Wasserdampf genannt, kratzt in meinem Hals. Wir haben ganz vergessen, uns etwas zu trinken zu holen. Jolina hustet ebenfalls, ein gegenseitiger Blick reicht aus, um zu verstehen, dass wir da jetzt durchmüssen, und wir schlagen unsere rechten Handinnenflächen aneinander. Zum Glück verzieht sich der Nebel schnell, und das Intro endet in einem melodiösen Gitarrenriff. Erst jetzt erkenne ich, dass Jannik keine fünf Meter von mir entfernt steht. Der kleine Sicherheitsbereich zwischen Publikum und Bühne ist höchstens zwei Meter breit. Mittlerweile steht Sicherheitspersonal in diesem Bereich, um die Musiker vor ungewünschten Übergriffen der Fans zu schützen. Ich bekomme Angst davor, dass die Massen von hinten zu stark aufrücken und uns eventuell an das Gitter drücken könnten, doch diese Angst stellt sich nach den ersten drei Liedern zum Glück als unbegründet heraus.

Es dauert lange, bis Jannik das erste Mal bewusst zu mir herüberschaut. Ich versuche ihn sexy anzulächeln und befürchte, dass ich diese Kunst der Verführung verlernt habe. Es dauert zwei ganze Lieder, bis sich unsere Augen erneut treffen, und ich spüre förmlich seine männliche Kraft anhand seines Blickes in mich eindringen. „Wow", denke ich. „Meine Güte, der weiß, wie man Frauen verführen kann. Da stört sein Alter gar nicht." Unmittelbar danach bekomme ich ein schlechtes Gewissen Ben gegenüber. Jolina stupst mich mit ihrem Ellenbogen an und zeigt danach auf unsere Schuhe. Ich verstehe erst nicht, was sie damit sagen will, bis ihr Kopf zur Bühne deutet. Jannik hat seinen linken Fuß auf eine der Monitorboxen gestellt, dabei wird die orangene Farbe seiner Schuhsohlen deutlich sichtbar, und ich fange an zu zittern. Von einer auf die andere Sekunde wird mir bewusst, dass das eventuell die Schuhe sind, die Ben totgetreten haben. Ich suche nach Jolinas Hand, und wir halten uns eine Weile ganz fest. Ein Lied weiter sind wir zum Glück erneut bereit, unsere Körpersprache der aktuellen Situation anzupassen, und strahlen zur Musik wippend auf die Bühne. Ich zweifle, ob wir wirklich den ganz nahen Kontakt zur Band aufnehmen sollen, doch der Drang, die Wahrheit über den Tod unserer Freunde herauszufinden, ist stärker als die Angst, dabei selbst verletzt zu werden.

Nach ihrem letzten Song sind die Jungs von der Bühne verschwunden, und wir grölen im Takt mit den anderen Fans: „Zugabe, Zugabe, Zugabe!" Der ungeliebte Nebel verkündet eine Rückkehr der Musiker auf die Bühne. Drei weitere Lieder folgen, bevor sie sich verabschieden und auf die folgende Band verweisen. Kurz bevor ich realisieren kann, dass wir nun offenbar die Chance verpasst haben, der Band doch noch näher kommen zu können, kommt der Schlagzeuger auf Jolina zu. „Warte hier!" steht auf einem weiteren Stick, den er ihr über einen der Security-Männer zukommen lässt. Wir strahlen über das ganze Gesicht, die Tatsache, dass er nur „warte" und nicht „wartet" geschrieben hat, ignorieren wir.

Der Platz um uns herum hat sich inzwischen geleert, und die Livemusik der gegenüberliegenden Spielstätte findet mehr Beachtung als diese Bühne, auf der die Helfer derzeit dabei sind, das Schlagzeug abzubauen. Nach zwanzig Minuten Wartezeit kommen uns Zweifel, ob überhaupt noch jemand herkommt, um mit uns zu sprechen. Einer der Sicherheitsleute öffnet plötzlich ein Tor und bittet uns einzutreten. Wir folgen ihm durch einen schmalen Gang hinter die Bühne. Von dort geht es über eine Rasenfläche bis zu einem Zelt. Er hält uns den Eingang auf und gibt uns ein Zeichen einzutreten. Für einen Moment werde ich unsicher und bleibe stehen, doch Jolina schnappt meine Hand und zieht mich hinein. Zwei rote Sofas stehen in diesem jetzt eher klein wirkenden Raum, auf einem sitzen zwei Frauen und der Bassist, das andere ist unbesetzt. Auch hier ist laute Musik zu hören. An der gegenüberliegenden Seite ist ein Buffet aufgebaut, dort steht neben Jannik und ein paar weiteren Personen auch der Drummer. Als er Jolina sieht, kommt er auf sie zu, gefolgt von unserem Verdächtigen Nummer Fünf. Zum Glück ist das Licht hier gedimmt, denn ich habe aufsteigende Hitze bekommen. „Hi, schön, dass ihr hier seid, meine Süßen!" Sie reichen uns die Hände zur Begrüßung, gleich danach werden wir gefragt, was wir trinken wollen. „Wasser!" sage ich und ernte Gelächter. Kurze Zeit später hält Jolinas Verehrer in der einen Hand zwei Flaschen Bier und in der anderen eine Flasche Sekt. Sie zeigt auf den Sekt, Gläser gibt es keine, und wir stoßen nacheinander mit der großen Flasche an. Gut unterhalten kann man sich aufgrund der Lautstärke auch hier nicht. Sie fordern uns mit einer Geste dazu auf, uns auf das freie Sofa zu setzen. Wir können gar nicht so schnell schauen, wie sich die beiden links und rechts neben uns setzen. Auf der Couch ist es zu eng zu viert, und das ist von den Herren sicherlich auch genauso gewollt, denn so kommen sie uns deutlich näher. Rib oder Ripp oder so ähnlich nennen sie den Trommler, als sich die anderen Bandmitglieder samt Anhang verabschieden. Inzwischen spielt die letzte Band des Abends auf der großen Bühne. Jetzt wird es spannend, wie sich die Jungs uns gegenüber weiter verhalten. Bis auf die Schuhe haben wir noch keine weiteren Erkenntnisse gewinnen können. Durch ständiges Anstoßen animieren uns die beiden dazu, mehr zu trinken, als wir das eigentlich wollen, und unsere Flasche neigt sich dem Ende zu. Ripp steht auf und zieht Jolina mit hoch, dann kommt er ihr sehr nahe mit seinem Körper und fängt an, sie zu küssen. Ich bin geschockt und versuche mit aller Kraft daran zu arbeiten, meine Mimik in den Griff zu bekommen. Jannik hat inzwischen eine Hand auf meinen Oberschenkel gelegt und dreht sich immer weiter in meine Richtung. Ich bin kurz davor aufzuspringen, verharre stattdessen starr und bewege mich gar nicht. Sein Mund ist inzwischen bei meinem Ohr angekommen, und er fragt mich, ob ich nicht Lust hätte, ihn auf sein Hotelzimmer zu begleiten. „Ich bin mit meiner Freundin hier. Wir kommen aus einer anderen Stadt und müssen zusammenbleiben." Er zieht die Augenbrauen hoch und gibt Ripp ein Zeichen, mit ihm sprechen zu wollen. Dummerweise verstehe ich keinen Ton dieses Männergesprächs, doch ich nutze die Chance und eile zu Jolina. „Lena, entweder hauen wir genau jetzt ab, oder wir werden Sex mit ihnen haben. Was machen wir?", fragt sie mich. Als sie in mein entsetztes Gesicht schaut, sagt sie: „Abbruch, dann schaffen wir gerade noch den Zug um halb drei." Beide eilen zu uns, als sie bemerken, dass wir aufgestanden sind und uns offenbar verabschieden wollen. „Bleibt doch! Wir sind wirklich gut in dem, was wir können!" Jannik baut sich vor uns auf, und ich sehe ihn im Geiste als Mörder vor mir. Ripp zieht Jolina zu sich heran und bittet um einen letzten Kuss. „Vielleicht beim nächsten Mal, wir müssen uns beeilen, um unseren Zug noch zu bekommen." „Sollen wir euch zum Bahnhof fahren?" Ich schüttele den Kopf, und wir eilen aus dem Zelt; mittlerweile ist es dunkel, und wir sehen den Ausgang erst auf den zweiten Blick. Zum Glück folgen sie uns nicht, und es steht sogar noch ein Shuttlefahrzeug vor dem Gelände.

Als wir abgehetzt bei den Schließfächern ankommen, schaffen wir es gerade noch rechtzeitig, unsere Rucksäcke zu holen, um damit zum Bahnsteig zu eilen. Der Zug steht schon abfahrbereit dort, zum Umziehen sind wir zeitlich nicht gekommen. Wir sind jetzt nur froh, dass wir gesund hier in den Zug einsteigen können, und entscheiden uns dazu, Sitzplätze in einem Großraumwagen zu nehmen. Hier sind wir am sichersten und atmen erstmal tief durch, nachdem wir Platz genommen haben. So mitten in der Nacht ist nicht viel Betrieb, weder auf dem Bahnsteig, noch im Zug. Ein paar

Rucksacktouristen sitzen ganz vorn, und kurz hinter uns befindet sich ein knutschendes Pärchen. Ich hole mein Handy heraus und tippe dort folgende Nachricht für meine Freundin ein: „War doch okay oder? Was hältst du von Jannik?" „Bin unsicher". Ich beiße mir auf die Unterlippe, denn Jolina hat recht. Dieses Mal können wir keine endgültige Entscheidung treffen, dazu haben wir ihn nicht gut genug kennengelernt. Ich schreibe erneut: „Akte! Nachher alles aufschreiben, bevor wir schlafen gehen." Jolina nickt zustimmend.

Zum Glück hat sich niemand mehr für uns interessiert, weder im Zug, noch auf dem Bahnhof. Zur Sicherheit nehmen wir uns dann aber trotzdem ein Taxi für die Nachhausefahrt. In der Wohnung angekommen, verhalten wir uns leise, da kein Zettel von Sarah auf dem Küchentisch liegt. Wir gehen davon aus, dass sie schon schläft. „Lena, darf ich zuerst duschen? Du kannst ja schon anfangen zu schreiben." „Klar, nimm dir, was du brauchst, Handtücher sind in dem kleinen Schrank", sage ich und hole umgehend unsere Geheimakte. Da ich das letzte Mal einige Erkenntnisse über Jannik vergessen habe zu notieren, bin ich nun umso länger beschäftigt. Leider kann ich wirklich schlecht ein Urteil fällen, ich habe zu wenig Anhaltspunkte. Hier brauche ich Fakten und keine vagen Vermutungen. Mein Gefühl ist nicht gut, ich mag ihn nicht, doch das kann ganz andere Gründe haben. Einer ist, dass ich viel zu sehr an Ben hänge, als dass ich mich jetzt freiwillig mit jemand anderem einlassen würde. Jannik bekommt in unserer Liste der Verdächtigen ein Fragezeichen, ich bin gespannt, wie Jolina das sieht. Im schlimmsten Fall müssen wir weitere Recherchen anstellen. So weit möchte ich jetzt aber noch gar nicht denken. Morgen Nachmittag werde ich mich erstmal mit dem Herrn Carsten Müller treffen und Autofahren üben. Ich weiß, dass ich viel zu wenig fahre und ich deswegen unsicher im Straßenverkehr bin. So ein zusätzliches Fahrtraining kann nicht schaden. Mir ist inzwischen jedoch bewusst geworden, dass ich ihm die Wahrheit über meine Fahrkenntnisse sagen muss. Mir wäre es tatsächlich lieber, erst einmal auf einem großen Parkplatz zu üben, bevor es auf die Autobahn geht. Papa hat mir schon so oft angeboten, sein Auto auszuleihen. Nach dem Urlaub werde ich das einfach mal machen und mit Jolina irgendwo hinfahren, um mehr Fahrpraxis zu bekommen. Als sie mit nassen Haaren aus der Dusche kommt, ist sie wie ausgewechselt und voller Energie. „Lena, ich habe nachgedacht. Wollen wir nicht seine Exfrau ausfindig machen und sie mal über den Charakter ihres Exmanns ausfragen?" „Dann aber erst nach meinem Urlaub, vorher habe ich nicht mehr viel Zeit." „Oh, ich habe noch etwas ganz Wichtiges vergessen, dich zu fragen." „Was denn?", frage ich neugierig. „Marcell und Max wollen uns Freitag wieder einladen. Erst ins Schwimmbad und danach zum Essen. Und dann mal sehen, was so geht?" „Mal sehen, was so geht? Spinnst du? Ich liebe Ben!" „Ja, ich weiß. Hast du denn trotzdem Lust auf Schwimmbad und Essen?" Ich nicke und schiebe ihr die Kladde über den Tisch. „Jetzt gehe ich erstmal duschen!"

Auch ich bin mittlerweile wieder frisch, als ich zurück in die Küche komme. „Lena, viel habe ich gar nicht mehr dazu geschrieben. Ich sehe das genauso wie du. Wir können Jannik noch nicht von unserer Liste streichen. Bist du immer noch sicher, dass du den Fahrlehrer morgen alleine treffen willst?" „Ja, das wird schon gut gehen. Das Zweithandy kommt mit. Lass uns jetzt schlafen gehen!" In diesem Moment hole ich ruckartig Luft, daraufhin schaut mich Jolina fragend an. „Entschuldige, ich musste gerade an Ben denken. Vielleicht zeigt er sich heute Nacht, um uns mehr über Jannik zu berichten." „Ehrlich gesagt, habe ich Bedenken, dass es heute die ganze Zeit zu laut war und er seine Stimme gar nicht identifizieren konnte." „Trotzdem kann es sein, dass er sich meldet. Wenn er mich doch nur noch einmal fragen würde, ob ich mit in seine Gedankenwelt eintauchen möchte, um die Stimme des Mörders persönlich zu hören. Gesehen hat Ben ja nur die Maske und die Unterseite seiner Schuhe." „Lena?" „Ja?" „Eigentlich müsste ich in drei Stunden aufstehen, um zur Arbeit zu fahren, aber das schaffe ich nicht. Oder soll ich es versuchen? Was meinst du?" „Piepen deine Ohren auch so laut?" „Leider ja. Ich glaube, ich geh nicht hin, weil ich Ohrenschmerzen habe. Ein schlechtes Gewissen habe ich dann aber trotzdem. Ich stelle mir den Handywecker, um meine Kollegin morgen früh anzurufen." „Gut, dann lass uns jetzt endlich zu Bett gehen!"

Irgendwann werde ich von einem Hip-Hop-Song geweckt und erschrecke, weil ich im ersten Moment nicht weiß, woher die Musik kommt, noch nicht einmal, wo ich gerade bin. Es dauert ein paar Takte, bis ich realisiere, dass es der Weckton des Handys meiner Freundin ist, der meinen Puls in die Höhe schlagen lässt. „Jolina, wach auf! Dein Handy nervt! Ruf deine Kollegin an und lass uns danach weiterschlafen!" Nach einem Murren erhebt sie sich und geht in die Küche. Als sie wiederkommt, ist sie ganz erleichtert. „Ich habe heute und morgen frei und darf Überstunden abbummeln, ist das nicht nice?" „Ja, leg dich bitte wieder hin, wir haben gerade einmal drei Stunden geschlafen." Dummerweise bin ich nun diejenige, die nicht gleich wieder einschlafen kann, und denke stattdessen intensiv an Ben. Für einen Moment überlege ich sogar, Wasser in die Badewanne laufen zu lassen und mich dann hineinzulegen, um ihm den Kontakt so angenehm wie möglich zu machen. „Alles Quatsch!", entscheide ich dann aber und drehe mich auf die andere Seite, um eine bessere Schlafposition zu bekommen. Dann muss ich tatsächlich gleich eingeschlafen sein, denn ich werde erst wieder wach, als Jolina mit einer Tasse Kaffee vor meiner Nase herumwedelt. „Guten Morgen, Lena. Aufstehen, es ist gleich elf." „Upps, wirklich?" Ganz langsam kommen meine Erinnerungen an das Konzert von gestern Abend zurück, und ich spüre eine deutliche Abneigung Jannik gegenüber. Ich bin sehr froh, wenn ich ihn nicht mehr treffen muss, aber das kann ich zu diesem Zeitpunkt gar nicht genau sagen. Meine Freundin ist schon frisch geschminkt und verkündet mir, dass sie am liebsten gleich shoppen gehen möchte und ob ich nicht Lust hätte mitzukommen. Habe ich nicht, da ich mich nachher ganz ausgeruht mit Carsten Müller treffen möchte. Wir vereinbaren daher, dass ich ihr eine Nachricht schreibe, sobald ich von meinem Fahrunterricht zurück bin. Ich halte mir allerdings die Option frei, mich aus der Innenstadt zu melden, je nachdem, wie spät es nach dem Treffen mit Herrn Müller ist.

Ich bin nun schon zwei Stunden allein zu Hause, aber irgendwie bin ich sehr angespannt. Mir wird bewusst, dass ich sogar Angst vor dem Treffen nachher habe. Ich kann allerdings nicht genau sagen, ob es die Angst vor dem Fahren oder die vor dem Fahrlehrer ist. Es wird Zeit, mich fertig für diesen Auftritt zu machen, auf gar keinen Fall werde ich ein Kleid anziehen. Während der Fahrt, womöglich noch beide Hände am Lenkrad, wäre ich ihm ausgeliefert, sollte er mich unsittlich berühren wollen. Die enge Jeans muss her, die Tatsache, dass sie nicht einmal frisch gewaschen ist, ist mir egal. Ich will ihm nicht imponieren, ich will herausfinden, was er für ein Typ ist und ob er in der Lage gewesen sein könnte, Marie und Ben zu töten. Mittlerweile schaffe ich es, klare Gedanken zu behalten, während ich an den Tod meiner besten Freunde denke. Am Anfang unserer Ermittlungen musste ich immer weinen, sobald meine Gedanken zu Marie und Ben wanderten. Ich seufze laut und ziehe mir ein etwas längeres T-Shirt an, dessen Unterteil ich unter großer Anstrengung mit in die enge Hose stecke, feste Turnschuhe runden mein Outfit ab. Jetzt gibt es allerdings keine Möglichkeit mehr, mein Zweithandy irgendwo zu verstecken. Es bleibt mir keine andere Wahl, als eine

128

Handtasche mitzunehmen, um alles Notwendige dabei zu haben.

Ich sitze kurz nach drei im Bus, um rechtzeitig vor ihm an unserem vereinbarten Treffpunkt anzukommen. Im Sommer herrscht am Marktplatz immer Hochbetrieb, ganz besonders vor der Eisdiele. Da ich noch über eine halbe Stunde Zeit habe, stelle ich mich trotzdem an der langen Schlange an, um mir eine Kugel Maracujacreme zu gönnen. Das Eis schmeckt hier ganz besonders gut, und ich genieße kurze Zeit später diese besondere Geschmacksexplosion. Ich muss mich beherrschen, nicht anzufangen zu stöhnen, so begeistert bin ich. „Hi, Lena! Welche Sorte hast du denn? Die muss ich mir auch holen." Ruckartig drehe ich meinen Kopf zur Seite und schaue Marcell direkt in seine strahlenden Augen. „Marcell, du hast mich erschreckt." „Man siehts", sagt er und entschuldigt sich dafür, dass ein Teil meines Eises nun auf meinem T-Shirt klebt. Ich drücke ihm den Rest meiner Waffeltüte in die Hand und eile in den Waschraum. Mit einem großen dunkelblauen und nassen Fleck kehre ich leicht errötet zurück. Marcell kommt auf mich zu und fragt, ob er mir eine neue Kugel Eis spendieren darf, doch ich lehne freundlich ab und frage mich, ob mein T-Shirt in zehn Minuten wieder vollständig hergestellt ist. Ich stelle mich in die Sonne direkt auf den Marktplatz, von hier aus habe ich die Übersicht auf alle ankommenden Autos. Marcell ist mir gefolgt, und ich erzähle ihm von meinem Fahrtraining. Er schaut mich verunsichert an, denn ich ahne, was er mich gleich fragen wird, doch er stellt eine ganz andere, ablenkende Frage. „Hat Jolina dich schon gefragt wegen Freitag?" „Ja, sehr gerne. Also Schwimmen und Essen, meine ich." „Was sonst?", fragt er und lächelt mich an. Das wird mir jetzt fast schon zu viel, und ich freue mich, als ich den Audi entdecke, und verabschiede mich daraufhin von Marcell.

Ich sehe, dass der Fahrer einen roten Schal umgebunden hat. Das sieht sehr merkwürdig aus, so im Hochsommer, und ich muss mir das Grinsen verkneifen, als ich ihn begrüße. Er steigt aus und gibt mir nicht die Hand, stattdessen zeigt er auf seinen Hals und krächzt: „Bin erkältet, auf der Fahrt ziehe ich gleich eine Maske an. Mit Küssen wird das heute also leider nichts." Das sollte wohl ein Scherz sein, doch ich finde das gar nicht lustig und gehe zur Beifahrerseite. „Bitte erstmal zu einem Übungsplatz fahren." Er nickt, und wir fahren ein paar Kilometer Richtung südlichem Stadtrand. Ganz wohl ist mir nicht, doch die Tatsache, dass er erkältet ist, hält ihn etwas weiter von mir entfernt. Ich erkenne das Gelände, durch dessen großes Tor wir gerade fahren, es handelt sich um das TÜV-Gelände. Hier war ich letztes Jahr zusammen mit meinem Vater, als sein Auto geprüft werden musste. Hinter dem eigentlichen Prüfgelände mit den Gruben befindet sich ein großer Übungsplatz. Wir sind nicht die einzigen Teilnehmer hier, und mein Fahrlehrer fährt zu einem kleinen Häuschen, um dort eine Art Nutzungsgebühr für dieses Gelände zu zahlen. Er erklärt mir ein paar Details, dieses Auto betreffend, zum Beispiel, dass der Wagen sehr viele

Pferdestärken besitzt und ich ganz vorsichtig mit dem Gaspedal umgehen soll. Es gefällt mir eigentlich ganz gut, wie ruhig er mir alles zeigt. Danach darf ich mich hinter das Steuer setzen und muss zu allererst Sitz und Spiegel neu einstellen, bevor ich ein paar Runden im Kreis fahre. Die Bremsproben machen richtig Spaß, ich glaube uns beiden. Mit den Ausweichmanövern habe ich so meine Probleme, und mir wird deutlich, wie wichtig dieses Fahrtraining für mich ist. Ich hatte vorher gar nicht gefragt, was es mich kosten wird, aber das ist mir egal, mir hilft es dabei, neues Vertrauen in das Autofahren zu gewinnen. Aufgrund seiner Halsschmerzen redet er nicht so viel, wie ich das erhofft habe. Ich bin mir gar nicht sicher, ob Ben ihn mit dieser heiseren Stimme wiedererkennen würde. Die Rücktour zum Markt überlasse ich ihm und behalte mir vor, ihn nach meinem Urlaub erneut zu kontaktieren. Er gibt mir mündlich noch ein paar Autobahnfahrtipps und zwinkert mir zu, nachdem er mir einen schönen Urlaub an der Nordsee wünscht.

Jetzt ärgere ich mich, dass ich meine Badesachen nicht dabeihabe, die Uhrzeit wäre perfekt dafür, Ben im Schwimmbad zu treffen. Ich bin doch so gespannt, was er zu Jannik wie auch dem Fahrlehrer zu sagen hat. So eile ich nun nach Hause, diesmal wieder zu Fuß, denn ich möchte einen Abstecher über den Friedhof machen, um Marie zu besuchen. Sie fehlt mir immer noch so sehr. „Jolina ist anders, inzwischen ist auch sie eine sehr gute Freundin geworden, aber Marie kann sie derzeit noch nicht ersetzen". Ich schäme mich für diese Gedanken, aber das ist meine gefühlte Wahrheit.

Ein bunter Sommerstrauß ist es geworden, und ich lächle ihn an und bin gleichzeitig doch wieder sehr traurig. Ich dachte, ich hätte es inzwischen besser im Griff, doch auch dieses Mal kommen mir wieder die Tränen, während ich auf ihren Grabstein schaue. Das Grab ist frisch geharkt, offenbar waren ihre Eltern vor kurzem erst hier. „Marie", sage ich leise, „ich werde mein Bestes geben, um euren Mörder zu finden. Ich habe dich so lieb. Mach's gut!" Ich setze mich für einen Moment auf die Bank vor der großen Tanne und genieße deren Schatten. Es ist so friedlich und harmonisch hier, und ich frage mich, welche Geschichten sich wohl hinter den einzelnen Toten verbergen. Ich stocke, denn ein ausstehender Gang kommt immer näher. Der Kondolenzbesuch bei Bens Eltern ist dringend überfällig, auch möchte ich unbedingt wissen, wo er genau beerdigt ist. Rote Rosen will ich ihm bringen, sobald ich weiß, wo seine Hülle liegt. Nach meinem Urlaub werde ich mich darum kümmern, das nehme ich mir ganz fest vor.

Mein Handy klingelt, während ich die Wohnungstür aufschließe. Im ersten Moment denke ich an meine Mutter, doch es ist Jolina, die zum einen wissen möchte, wie ich mit Carsten klargekommen bin, und zum anderen mitteilt, dass sie sich gleich mit Max trifft und daher heute nicht mehr vorbeikommen wird. Wir verabreden uns morgen ganz früh im Schwimmbad, da Max einen Job in den Semesterferien angenommen hat und dafür schon um sieben Uhr die Wohnung verlässt. Ich freue mich, denn zu dieser frühen Stunde ist die Chance deutlich größer, dass Ben sich im Wasser sehen lässt. Insgeheim hoffe ich darauf, dass er heute Nacht zu mir kommt. Ich bin erschöpft von den Verdächtigen, das Konzert gestern war für mich sehr anstrengend. Den Fahrlehrer habe ich jetzt als nicht so schlimm empfunden, aber er war ja auch geschwächt, vielleicht verläuft ein weiteres Treffen im Anschluss an meinen Nordseeurlaub ganz anders. Ich schreibe alles Wichtige in unsere Geheimakte und ziehe mich dazu in mein Zimmer zurück, da Sarah in der Wohnung ist. Mit weit geöffnetem Fenster schlafe ich früh ein und wache tatsächlich erst gegen sechs Uhr wieder auf. Ben hat in dieser Nacht leider keinen Kontakt zu mir aufgenommen, darüber bin ich enttäuscht und traurig. Eigentlich habe ich gewusst, dass er seine letzten Kräfte schonen muss und sich deswegen wohl nicht melden wird. Trotzdem habe ich es mir von Herzen gewünscht, mit ihm sprechen zu können. Ich atme einmal tief durch, suche mein Schwimmzeug zusammen und mache mich auf den Weg zum Training. Ich bin verliebt, meine Gedanken lenken mich von der Straße und dem morgendlichen Berufsverkehr ab. Um ein Haar wäre ich zu früh über die Fahrbahn gelaufen. Es ist gut gegangen, und ich erhole mich schnell von diesem Schreck. Ich rechne erst in einer guten halben Stunde mit Jolinas Eintreffen, daher eile ich zum Nichtschwimmerbecken und freue mich sehr, denn außer mir ist keine weitere Person anwesend. Ich mache mich flüchtig nass und gleite in das zu dieser frühen Stunde doch noch kalte Wasser. Ich schwimme meine Bahnen heute so, wie es mich mein Vater gelehrt hat und achte dabei auf jeden Millimeter meines Körpers. Nach kurzer Zeit spüre ich die Schmerzen in meinen Muskeln, was mich heute nur noch mehr beflügelt, dieses Training fortzusetzen. Ich bin wütend und verzweifelt, als ich am Beckenrand verweile und dabei schnaufe. „Ich will so nicht weitermachen, ich will ihn zurück. Ben komm zu mir und nimm mich mit!" Ich presse meine Gedanken förmlich aus mir heraus. Von weitem sehe ich die mir bekannte ältere Dame auf eine der Außenduschen zugehen. „Bitte geh in das große Becken!", denke ich, als ich Ben endlich spüre. Es tut weh, er lässt meinen Oberkörper verkrampfen, zum Glück weiß ich genau, dass es Ben ist, der hier bei mir ist, und kein körperliches Gebrechen, wie zum Beispiel ein Herzinfarkt oder ähnliches. „Lena, lass das! Rufe mich nur noch in absoluten Notfällen, du verärgerst mich." „Ben, ich liebe dich so sehr. Kannst du mich nicht mit in dein Reich nehmen? Ich tue alles, was du willst dafür!" „Ich konnte weder die Stimme des Gitarristen noch die des Fahrlehrers erkennen. Ich kann sie nicht bejahen, aber auch nicht verneinen. Ich gehe jetzt, und du verliebst dich neu. Niemals können wir erneut ein Paar werden, weder im Leben noch im Tod, und schon gar nicht in den verborgenen Welten." „Ich möchte ein Kind von dir!" „Das geht technisch überhaupt nicht mehr, kapier das endlich! Aber lieben werde ich dich immer. Ich werde Wochen brauchen, mich von diesem Gespräch zu erholen!" Er entfernt sich von mir, und unter körperlichen wie auch seelischen Schmerzen muss ich ihn ziehen lassen. Erst jetzt bemerke ich, dass Jolina hinter mir steht. „Ich habe ihn gehört, aber nicht sehen können. Das ist ja so traurig!" Nun schluchzt sie laut los, während ich nur wie versteinert am Beckenrand klebe. In diesem Moment ist es mir nicht möglich, auch nur einen Ton herauszubringen. Weinen kann ich jetzt auch nicht, denn ich realisiere, dass meine Wünsche wohl nicht mehr in Erfüllung gehen werden.

„Du musst aus dem Wasser kommen, sonst erkältest du dich." Jolina reißt mich aus meiner Lethargie, und ich stimme ihr zu. Langsam ziehe ich mich am Treppengeländer aus dem Becken und setze mich auf mein Handtuch. „Ich bin bei dir, Lena. Ben hat recht, du musst dich emotional von ihm lösen, damit du nicht in eine langanhaltende schwere Depression fällst." „Das hat er aber nicht so gesagt", entgegne ich ihr. „Aber so gemeint. Das Beste für dich wäre, wenn du dich neu verlieben würdest, und sei es, um dich abzulenken." „So eine bin ich aber nicht, ich kann das nicht." „Ich weiß, aber es wäre so gut für dich. Könntest du mit Marcell nicht eine Ausnahme machen?" Ich schaue sie an und zucke mit den Schultern. „Ich möchte nach Hause. Es ist, als hätte man mir den Stecker herausgezogen." Jetzt kichert sie, und ich schüttele den Kopf. „Du bist unmöglich, Jolina!" „Hattest du schon Kaffee und etwas zu essen?" „Nein." „Dann warte hier, ich hole uns einen kleinen Snack, danach wird es dir bestimmt besser gehen." Meine Freundin kümmert sich wirklich fürsorglich um mich, und ich bin ihr dafür sehr dankbar. Tatsächlich schafft Jolina es, mich mehrfach zum Lachen zu bringen, indem sie lustige Geschichten über Max erzählt. „Hat er tatsächlich Mama zu dir gesagt?" „Nur einmal, aber es war ihm sehr peinlich, er ist daraufhin sogar rot geworden." Gegen zehn füllt sich das Bad rasant, und wir beschließen, zu mir zu fahren, um unsere Geheimakte zu aktualisieren. Gemeinsam entscheiden wir uns für den langen Fußweg durch die Stadt. „Können wir einen Umweg über den Friedhof machen? Du warst schon so oft bei Marie. Ich war leider nach der Beerdigung noch kein einziges Mal dort. Ich hatte mir das damals so fest vorgenommen, doch irgendwie kam immer etwas dazwischen." „Gerne, ich war zwar gestern erst bei ihr, aber mittlerweile genieße ich die Ruhe auf dem Friedhof." Nach kurzer Überlegung füge ich hinzu: „Es sei denn, Marcell nervt oder Ben weist mich zurecht." „Jetzt bin ich ja bei dir. Gefällt dir Marcell denn wirklich gar nicht?" „Das kann man so nicht sagen, es ist aber der absolut falsche Zeitpunkt, mich auf einen anderen Mann einzulassen. Außerdem legt er jedes Wort auf die Goldwaage, das ist anstrengend." „Dafür ist er höflich, ehrlich und sieht gut aus.!" Zum Glück sind wir mittlerweile auf dem Friedhof angekommen und konzentrieren uns ganz auf Marie, während wir nun schweigend an ihr Grab treten. Jolina schluchzt: „Sind die Blumen von dir, Lena?" „Ja". „Wenn du nächste Woche in Büsum bist, hole ich einen neuen Strauß für Marie." „Das ist schön", sage ich und wische mir eine Träne von der Wange. „Weißt du, wo Bens Hülle begraben ist?" „Nein, ich habe ein schlechtes Gewissen deswegen." „Ich auch, sobald ich zurück in der Stadt bin, werde ich seine Eltern besuchen und mich dafür entschuldigen, dass ich mich nicht eher bei ihnen gemeldet habe. Sie waren immer sehr nett zu mir." „Darf ich dann mitkommen?" „Lass uns zu Hause weitersprechen. Komm, wir setzen uns noch für einen Moment auf die Bank." „Über diese Bank steht schon etwas in unserer Akte, stimmt's?" Ich nicke und gehe vor. Tatsächlich verweilen wir hier so lange, bis die Kirchenglocken zwölf Uhr mittags anschlagen. Diese kurze Ruhepause hat uns beiden sehr gut getan. Viele Lokale bieten um diese Uhrzeit Angebote zum Mittagstisch, und wir entscheiden uns kurzfristig dazu, jede einen Salat mit nach Hause zu nehmen. Sarah ist noch ein paar Stunden auf der Arbeit, und wir breiten uns in der Küche aus. So ein frischer Salat gibt mir die nötige Energie, das schlimme Ereignis von heute Morgen besser zu verkraften, und vor allem die Stärke, es in die Geheimakte zu schreiben. Bens Worte haben mich wie Kugeln in meinem Körper getroffen und mich dabei seelisch schwer verletzt. Ich weine, bin aber trotz allem in der Lage, alles korrekt zu notieren. Vielleicht ist es gut für mich zu akzeptieren, das hinzunehmen, was ich nicht ändern kann, doch es ist so schwer und tut so weh. Ich schaffe es derzeit nicht, meiner Freundin in die Augen zu schauen, und schiebe ihr stattdessen die Kladde wie auch den Stift über den Tisch. Danach stehe ich auf und gehe ins Bad. Als ich zurückkomme, habe ich mich wieder beruhigt, doch nun weint Jolina. „Wir haben eine schwere Bürde zu tragen, doch das sind wir ihm schuldig, Jolina." „Ja, aber lass mich bitte mitkommen zu seinen Eltern." „Nächste Woche fahre ich erstmal an die Nordsee, dort werde ich nach Verdächtigem Nummer drei Ausschau halten. Vielleicht ist er ja der, nach dem wir suchen. Dann können wir uns die weiteren Recherchen über Jannik und Carsten schenken." „Ist gut, treffen wir uns dann am Freitag mit Marcell und Max im Schwimmbad, wie vereinbart?" „Ja, morgen will ich shoppen gehen für den Urlaub, und Donnerstagabend fahre ich mit Papa zum Schwimmtraining." „Lena, ich werde nächste Woche versuchen, etwas über die Frauen von Jannik und Carsten herauszufinden. Wer weiß, vielleicht brauchen wir noch weitere Infos." Wir verabschieden uns, und ich bin froh, noch zwei Stunden ganz allein zu sein, bevor Sarah nach Hause kommt. Ich weiß, dass sich Ben vor meinem Urlaub nicht mehr blicken lassen wird. Diese Erkenntnis lässt mich ganz ruhig einschlafen und durchschlafen.

Meine Shoppingtour fällt klein aus, da ich eigentlich gar nicht viel benötige. Einen neuen Badeanzug habe ich mir außer ein paar Kosmetikartikeln gegönnt. Für die Schwester von Frau Becker kaufe ich eine Kleinigkeit in Büsum als Dankeschön, dann muss ich mich im Zug nicht mit einem Geschenk abschleppen. Ich fahre zum Bahnhof und will mir eine Fahrkarte in den Norden holen. Zum ersten Mal seit Bens Tod nehme ich einen hübschen, jungen Mann bewusst wahr. Ich bin von seiner Schönheit fasziniert, was mich durcheinanderbringt. Ich versuche mich zu konzentrieren und wende meinen Blick ab. Vor dem Fahrkartenschalter befindet sich eine Menschenschlange, und ich stelle mich hinten an,

138

denn Zeit habe ich heute genug. Online hätte ich mir das Ticket auch besorgen können, doch da fand ich es zu teuer. Nun bin ich gespannt, was mich dieser Trip an die Nordsee tatsächlich kosten wird. Nach ein paar Minuten drehe ich mich erneut um, doch der gutaussehende Typ scheint sich in Luft aufgelöst zu haben, und ich atme erleichtert durch. Ich erhalte mein Ticket und spare genau zehn Euro. Ich fahre mit dem Bus zurück nach Hause und lege mich aufs Bett. Viele Gedanken kommen und gehen. Es fällt mir schwer zu akzeptieren, dass ich keine gemeinsame Zukunft mit Ben mehr haben soll. Wütend darüber werfe ich mein Kissen durch den Raum. Ich ärgere mich, denn mein Ziel ist es, seine Unschuld zu beweisen und ihn dadurch zurückzubekommen. Wie das funktionieren soll, weiß ich nicht, aber genauso wenig weiß ich, wie das funktioniert, dass man mit Toten sprechen und sie sogar fühlen kann. Es gibt mehr zwischen Himmel und Erde, als die Schulweisheit vermittelt, offenbar viel mehr.

Diese Nacht habe ich mich wieder zwanzig Mal umgedreht und dadurch leider sehr schlecht geschlafen. Nachdem ich Sarah morgens beim Verlassen der Wohnung gehört habe, stehe ich auf und packe meinen Koffer grob vor. Dabei frage ich mich, was in der Zeit meines Urlaubs mit der Akte geschehen soll. Daraufhin starte ich den Drucker. Nun bin ich schon länger damit beschäftigt jede einzelne beschriebene Seite zu kopieren. Jolina soll die Originalakte solange beaufsichtigen, wie ich im Urlaub bin. Vorsichtshalber will ich aber die Kopie hier in meinem Schreibtisch einschließen. In meinen

Koffer packe ich nur einen einfachen Collegeblock für neue Erkenntnisse um den Verdächtigen Nummer drei. Als ich auf die Uhr schaue, erschrecke ich mich, denn ich muss mich schon beeilen, um rechtzeitig bei meinen Eltern einzutreffen.

Papa ist ganz aufgeregt, endlich mal wieder mit mir zusammen zum Schwimmtraining zu fahren. Ich freue mich auch schon darauf, die auf das Training folgenden Muskelschmerzen werden mich von allem anderen ablenken. Mama zwinkert mir zu und berichtet mir in dem Moment, als Papa im Bad ist, dass sie mit Tante Andrea gesprochen hat. „Onkel Thomas hat sich verändert, er ist immer noch sehr aufmerksam ihr gegenüber und will sie auf keinen Fall verlieren. Sie geht davon aus, dass er ihr jetzt treu ist. Sie sind glücklich miteinander." „Na hoffentlich bleibt das auch so", rutscht mir heraus, und Mama stimmt mir zu, als wir die Toilettenspülung hören. „Bist du soweit, Lena? Wir fahren heute mit dem Auto. Es wird spät, ich bringe dich dann sicher nach Hause." „Papa", sage ich deutlich. „Ich bin zwanzig Jahre alt und gehe oft abends weg, dann muss ich auch gut allein nach Hause kommen." „Heute passe ich auf!" Er deutet auf die Haustür, und wir verabschieden uns noch schnell von Mama, bevor wir uns auf den Weg machen.

Im Schwimmbad ist richtig viel los. Neben dem eigentlichen Schwimmtraining übt im kleinen Becken eine Wasserballmannschaft. Außerdem sind die Turmspringer heute Abend aktiv, ich bewundere sie. Fasziniert schaue ich in ihre Richtung, bis mich mehrere meiner alten Vereinskolleginnen begrüßen kommen. Sie überreden mich dazu, am Aufwärmtraining teilzunehmen. Wenn ich jetzt ganz ehrlich sein soll, bin ich eigentlich danach auch schon erschöpft. Das will ich allerdings vor meinem Vater nicht zugeben und gehe erstmal auf die Toilette, um Zeit und Atem zu gewinnen. Ich gönne mir etwas mehr Ruhe, als sein müsste, dafür sehe ich mich jetzt wieder in der Lage, ein paar Bahnen mit zu schwimmen. Papa und ich haben einen schönen Abend zusammen, und ich verspreche ihm, ihn zukünftig von Zeit zu Zeit zum Training zu begleiten. Dann finde ich es jetzt auch ganz angenehm, dass er mich direkt vor meiner Haustür aussteigen lässt. Bevor er nach Hause fährt, verspricht er mir noch, mich Sonntag abzuholen und pünktlich zum Bahnhof zu fahren. Ich freue mich darüber und winke ihm hinterher, bis sein Auto nicht mehr zu sehen ist. In der Wohnung angekommen, sitzt Sarah auf dem Balkon und freut sich, mich zu sehen. Wir unterhalten uns noch eine Weile über alltägliche Dinge und gehen danach in unsere Zimmer.

Wie nicht anders erwartet, hat Ben sich auch in dieser Nacht nicht sehen lassen. Ich weiß, dass es jetzt an mir liegt, neue Ermittlungsergebnisse vorzuweisen, zu denen er etwas zu sagen hat. Ohne diese wird er seine Kräfte schonen und keinen weiteren Kontakt zu mir aufnehmen. Die Akte bleibt heute auch geschlossen, es gibt nichts zu berichten, was nicht schon vermerkt ist. Ich bin unsicher, wie ich mich heute Abend Marcell gegenüber verhalten soll. „Wenn ich ehrlich bin, gefällt er mir schon so ein ganz kleines Bisschen, allerdings hat er einige Punkte an sich, die noch verbesserungswürdig sind", denke ich und muss tatsächlich lächeln. Wir treffen uns gegen siebzehn Uhr im Schwimmbad, zu meiner Freude sind meine Badesachen inzwischen getrocknet. Wir haben sehr viel Glück, so einen wunderschönen Sommer wie in diesem Jahr hat es lange nicht mehr gegeben. Heute entscheide ich mich für ein schickes Kleid im Anschluss an unseren Schwimmbadbesuch, nur für den Fall, dass wir nach dem Essen noch ausgehen sollten. Ich habe Zeit, denn Morgen kann ich ausschlafen und dann irgendwann in Ruhe meinen Koffer fertig packen. Mit Spannung und Vorfreude denke ich auch heute schon an meinen bevorstehenden Urlaub. Es wird für mich bestimmt nicht ganz leicht werden herauszufinden, mit wem Marie in Büsum eine Liebesbeziehung hatte, und ich hoffe bei dieser Frage auf die Unterstützung ihrer Tante.

Die Zeit vergeht heute schnell und ich mache mich gutgelaunt auf den Weg zu unserer Verabredung. Jolina ist zeitgleich mit mir am Eingang und umarmt mich, dabei flüstert sie mir ins Ohr. „Max ist der Hammer. Ich kann gar nicht genug von ihm bekommen." „Oh, Jolina! Bitte verschone mich mit Details!" Auf diese Begrüßung hätte ich auch verzichten können, aber so ist das eben mit den frisch Verliebten.

Marcell wartet in Eingangsnähe und winkt uns zu sich heran. „Oh, wie süß von ihm", entgegnet meine Freundin. Ich halte lieber meinen Mund und verkneife mir einen Kommentar. Manchmal bin ich vielleicht auch etwas zu hart mit meinen Urteilen.

142

„Hallo, Ihr beiden schönen Frauen! Ich habe einen Platz im Schatten für uns reserviert. Schaut mal da oben!" Wir drehen uns in Beckenrichtung und erkennen Max ganz oben auf dem Sprungturm stehend. „Oh, mein Gott", sage ich geschockt, während Max einen Fußsprung vom Zehnmeterturm wagt. Seine Körperspannung und Haltung sind sehr gut, und er gleitet förmlich in das Wasser. Jetzt hoffe ich nur, dass das Becken auch tief genug ist. Jolina läuft zum Beckenrand, während Marcell und ich uns ein unverhofftes Lächeln schenken.

Wir haben viel Spaß an diesem Nachmittag, und ich wage es sogar, einen Köpper vom Dreimeterbrett zu vollziehen. Zum Glück hat man mir meine Angst nicht ansehen können, da ich nicht lange überlegt habe, bevor ich gesprungen bin. „Das muss für diese Saison langen", denke ich und beschließe, nicht mehr zu springen, allerhöchstens vom Einmeterbrett. Ich bekomme lobende Worte für meinen Sprung, und Jolina zeigt mir das Video, das sie von mir gemacht hat. Ich beschließe, es meinen Eltern zu schicken, da ich weiß, dass sie sich darüber freuen werden. Als Text schreibe ich jedoch darunter: „Mein Sprung für dieses Jahr!" So wissen sie gleich Bescheid, dass es sich um eine einmalige Tat handelt. Marcell ist sehr zurückhaltend, das gefällt mir gut. Ich mag seine sonst kritische und lehrerhafte Art gar nicht. Irgendwie habe ich meistens das Gefühl, dass er alles besser weiß und ich immer unter Beobachtung stehe. Trotzdem ist seine Anwesenheit in diesem Moment eher angenehm. Während Jolina und Max mit sich selbst beschäftigt sind, fragt er mich, wie ich mir denn

143

den Urlaub an der Nordsee vorstelle und worauf ich mich dort am meisten freue. Die Wahrheit kann ich ihm schlecht sagen, denn das würde ihm vermutlich ganz und gar nicht gefallen. Und so schwärme ich von den Gezeiten, langen Spaziergängen am Strand und einem großen Fischteller zum Abendessen. Daraufhin schaut er mich so komisch an, und ich habe das Gefühl, ihn unbedingt ablenken zu müssen, damit er mich jetzt auf keinen Fall fragt, ob er nicht mit in den Urlaub kommen kann, denn diesen Eindruck macht er zurzeit auf mich. „Wo gehen wir denn gleich zum Essen hin? Langsam bekomme ich Hunger, wie sieht es denn bei dir aus, möchtest du auch schon essen, Marcell?" Das ist gerade noch einmal gut gegangen, denn tatsächlich scheint er nun an seinen Hunger zu denken und fasst sich auf seinen ansehnlichen Bauch. „Lasst euch überraschen, vorher wird nichts verraten." Da ist er wieder, dieser Blick von oben herab, und ich zwinge mich dazu zu lächeln. Dann stehe ich auf und verkünde, dass ich gerne eine Rutschpartie machen möchte. Sein Angebot, gemeinsam zu rutschen, lehne ich ab, das wäre mir zu viel Körperkontakt in diesem Moment. Dennoch erheben wir uns beide und machen uns gemeinsam zum Treppenturm der Rutsche auf.

Die Zeit vergeht schnell, ein gutes Zeichen für einen entspannten Abend unter Freunden. Als wir in den Bus einsteigen, wundern wir uns, denn es geht ins Industriegebiet. Dunkel erinnere ich mich an eine Zeitungsmeldung, dass es hier für die Sommerzeit ein Krimievent gibt inklusive umfangreichem Dinner und kriminalistischen Herausforderungen. Die Gäste werden immer tischweise in Teams eingeteilt. Die Sieger, also die Personen des Teams, das den Mörder als erstes identifiziert, erhalten jeweils ein Ermittlerteam T-Shirt. Gerne möchte ich so ein Shirt haben, diese Sorte gibt es nämlich nicht zu kaufen, man muss sie sich erarbeiten. Die Fabrikhalle ist gut gefüllt, und ich zähle dreiundzwanzig Tische. Jolina und ich sind begeistert, da haben Max und Marcell sich wirklich etwas Besonderes einfallen lassen.

Der Abend hält, was er verspricht, bis auf, dass wir leider nicht gewonnen haben. Es war eine knappe Entscheidung, aber ein anderes Team war schneller als wir. Ich bin mir sicher, dass es an Marcells akribischer Ermittlungsarbeit lag, er hat gewissenhaft ermittelt, aber dadurch einige für uns notwendige Minuten verschenkt. Jolina und ich allein als Team hätten mit Sicherheit in einer neuen Bestzeit gewonnen. Ich muss zugeben, dass ich meine Mimik wie leider auch meine Worte nicht immer ganz im Griff hatte an diesem Abend. Er hat teilweise schon sehr genervt mit seinen Anweisungen, er spielt sich immer als Chef auf. Jolina schaut mich besänftigend an, und ich muss lächeln, denn sie hat recht. Es ist bis jetzt so ein wunderschöner Abend, den muss ich nicht kaputt machen, indem ich zu kritisch mit Marcell bin. Daher lade ich uns vier noch auf einen Drink hier an der Bar ein, und wir genießen den Rest des Abends gemeinsam. Irgendwann werden wir dann aber leider aufgefordert die Lokalität zu verlassen, mir soll es recht sein. Auch dieses Mal besteht Marcell wieder darauf, mich nach Hause zu begleiten, ich akzeptiere das, weil es tatsächlich sicherer für mich ist. Im Bus reden wir über das Abendessen und unsere gelungene Teamarbeit. Ich unterdrücke meine Kritik und stimme ihm stattdessen zu. Bevor er noch auf andere Gedanken kommt, verabschiede ich mich rechtzeitig von ihm. „Marcell, magst du mir deine Adresse geben? Dann schreibe ich dir eine Ansichtskarte aus Büsum und schicke dir Grüße von der Nordsee. Ich muss nun auch schlafen gehen, damit ich morgen genug Zeit habe, in Ruhe zu packen." Leicht enttäuscht nickt er und gibt mir eine Visitenkarte von sich. „Weißt du eigentlich, dass ich Theater spiele? Nur Laienschauspiel, aber in vier Wochen haben wir einen Auftritt in der Stadthalle. Möchtest du auch kommen? Ich kann dir eine Karte besorgen." Überrascht nicke ich, mehr kann ich nicht sagen, denn an der kommenden Bushaltestelle muss ich aussteigen und stehe auf. Ich sage laut: „Ciao, Marcell. Bis nach dem Urlaub" und winke ihm zu.

Ich bin erleichtert, als ich die Wohnungstür hinter mir zuziehe und allein in meinem Zuhause bin. Auch heute ist es eine laue Sommernacht, und ich beschließe, mich noch für ein paar Minuten ganz in aller Ruhe auf unseren Balkon zu setzen, um diese Nacht zu genießen. Dazu zünde ich mir wieder eine Kerze an und wickele meine Beine in die Baumwolldecke. Es ist auch hier schön, doch der Gedanke an die windige Nordsee erfreut mich umso mehr.

In dieser Nacht denke ich nicht nur an Ben, sondern auch an Marcell. Irgendetwas stört mich an ihm, obwohl er sehr hartnäckig ist und sich immer wieder um mich bemüht. Das ist mir keinesfalls entgangen, und ich registriere alles, teilweise imponiert er mir auch damit, doch irgendetwas ist da, was mich auf Abstand gehen lässt. Wahrscheinlich ist es die immer noch anhaltende Liebe zu Ben, obwohl ich diese mittlerweile sogar in Frage stelle. Ben hat mir immer wieder deutlich gemacht, dass wir als Liebespaar keine Chance haben, uns jemals wieder näherkommen zu können. Ich atme tief durch und drehe mich erneut auf die andere Seite und bemerke, dass es mir deutlich zu warm unter meiner Bettdecke ist. Erst nachdem ich die Decke mit Schwung aus dem Bett getreten habe, kann ich endlich einschlafen. Leider hält diese Schlafphase nicht lange vor, und ich wache fröstelnd wieder auf. Nun bleibt mir nichts anderes übrig als aufzustehen, um meine Decke zurück zu holen. Erst gegen Morgen kann ich endlich tief und fest einschlafen.

Heute ist es schon nach elf, als ich meinen ersten Kaffee genieße. Sarah ist über das Wochenende zu ihrem Freund gefahren, und ich bin ganz allein hier. Ich denke über den gestrigen Abend nach; das Krimievent hat mir wirklich gut gefallen. „Oh", sage ich laut, als mir wieder einfällt, dass Marcell mich in die Stadthalle eingeladen hat, weil er dort Theater spielt. Zum Glück habe ich mir das Datum gemerkt und notiere diesen Termin in meinem Handy. Mama und Papa bedanken sich für mein Video vom Sprungturm und gratulieren zu diesem tollen Köpper. Jolina schreibt, dass ihr der gestrige Abend sehr gut gefallen hat und ob wir nicht heute Nachmittag zusammen ein Eis essen wollen. Ich antworte ihr, dass ich erst den Koffer fertig packen möchte und mich danach noch einmal melden werde, voraussichtlich aber erst gegen siebzehn Uhr. Ich trödele heute sehr und genieße diesen freien Tag. Meine Urlaubsvorbereitungen sind dank meiner guten Planung keine große Herausforderung. Da wir Sommer haben, ist mein Koffer gar nicht bis auf das Äußerste gefüllt, dabei fällt mir ein, dass ich fast gar kein Bargeld dabeihabe, aber das Meiste funktioniert heutzutage auch schon per Karte. Vorsichtshalber plündere ich mein Sparschwein, falls ich Kleingeld für die Toilette oder einen Kaffee brauche. Ich bin schon zwei Stunden früher als gedacht mit allem fertig, und nun wird mir doch etwas langweilig. Ich spüre einen leichten Muskelkater und verzichte daher auf einen erneuten Besuch im Schwimmbad, außerdem wäre es nicht gesagt, dass meine Schwimmkleidung noch rechtzeitig wieder trocknen würde. Ich denke kurz nach und revidiere meine Gedanken, denn bei diesen Temperaturen würde es keine zwei Stunden dauern, bis alles knochentrocken wäre. Trotzdem, heute habe ich keine Ambitionen, das Bad aufzusuchen, in erster Linie liegt es wohl daran, dass es dort heute nahezu aussichtslos ist, auf Ben zu treffen. So schreibe ich Jolina kurz entschlossen, dass ich mich freuen würde, wenn wir uns zeitnah in der Eisdiele treffen können. Kurze Zeit später klingelt mein Handy, und meine Freundin meldet sich. „Hallo Lena, Marcell ist gerade bei uns zu Besuch, wir würden jetzt zu dritt aufbrechen. Was meinst du dazu?" „Super, bis gleich!", antworte ich und beende das Gespräch. Danach atme ich allerdings einmal tief durch, denn auf Marcell habe ich jetzt nicht so viel Lust, aber da muss ich nun wohl mein Ego hintenanstellen und lächle in den Spiegel, während ich mich schminke.

Gleichzeitig treffen wir vor der Eisdiele ein und haben Glück, dass gerade einer der am besten gelegenen Tische frei wird. Gemeinsam schwärmen wir von dem gestrigen Abend, der nach einer Wiederholung verlangt. „Dann laden Lena und ich euch aber ein und lassen uns auch etwas Schönes einfallen für euch." „Ja, das machen wir, aber erst muss ich zurück aus dem Urlaub sein. Sag mal, Marcell, hast du denn dann überhaupt genug Zeit, oder musst du jeden Tag proben für das Theaterstück?" „Ach ja", sagt er aufgeregt in die Richtung von Jolina und Max gewandt. „Dazu möchte ich euch auch einladen. In vier Wochen spiele ich in einer Vorstellung in der Stadthalle. Wenn das gut ankommt, wollen wir sogar noch ein paar weitere Auftritte folgen lassen. Das ist ein Kulturprojekt der Uni. Kommt ihr alle? Ich würde mich freuen." Wir stimmen geschlossen zu, und Marcell strahlt über das ganze Gesicht. Ich entscheide mich heute für einen Bananenshake und schlürfe ihn in einer unangemessenen Geschwindigkeit hinunter, dass wir gemeinsam darüber lachen müssen. „Wenigstens hat er mich nicht wieder kritisiert", denke ich und entspanne mich. Jegliche Vorschläge für den weiteren Abend lehne ich ab und klinke mich aus der Planung aus. Stattdessen gehe ich erneut zu Fuß nach Hause und mache wieder diesen kleinen Umweg über den Friedhof. Ich erschrecke mich, als ich sehe, wer da vor Maries Grab steht. Bens Eltern stehen Hand in Hand ganz still und starr dort. Sie bemerken nicht, dass ich mich nähere, mein Herz schlägt schnell und heftig. Ich habe Angst, dass mir die Stimme versagt, denn ich bin es Ben schuldig, mich bei seinen Eltern zu entschuldigen.

Mit starren Gesichtszügen gehe ich angsterfüllt immer weiter auf Maries Grabstätte zu. Ich sehe, wie sich Bens Mutter ein Taschentuch aus ihrer Handtasche nimmt, zum Schnäuzen dreht sie sich in meine Richtung und zuckt zusammen. „Lena!", sagt sie mit gebrochener Stimme. Beide Elternteile schauen mich nun verunsichert an. Ich gehe die letzten Schritte zielstrebig auf die beiden zu und umarme danach weinender Weise erst seine Mutter und danach seinen Vater. Mehrfach habe ich mir diese Worte, die ich seinen Eltern sagen will, schon im Geiste aufgesagt, doch nun bleibe ich still. „Wir gehen gleich wieder", meint sein Vater. „Wir haben Marie im Laufe der Jahre liebgewonnen, sie war eine gute Freundin unseres Sohns, deshalb verstehen wir es nicht. Wir können es nicht glauben." Danach dreht er sich um und entschuldigt sich für seine Worte." „Halt!", rufe ich laut. „Ich liebe Ben immer noch, und es tut mir so leid, dass ich Sie nicht besucht habe, um Ihnen das zu sagen." Seine Mutter lächelt und bittet mich unter Tränen, bei Gelegenheit auf einen Kaffee vorbei zu kommen. Ich verspreche, dass ich das zeitnah tun werde und Jolina mitbringe. Ich teile ihnen allerdings auch mit, dass ich morgen erstmal in den Urlaub an die Nordsee fahren werde.

Als ich zu Hause in den Spiegel schaue, erschrecke ich mich vor meinem Spiegelbild. Ich sehe irgendwie krank aus, zumindest total erschöpft. Das bin ich auch, denn das kurze Gespräch mit Bens Eltern hat mich emotional überfordert. Am liebsten hätte ich ihnen mitgeteilt, dass ihr Sohn unschuldig und selbst ein Opfer ist. Ich bin traurig und doch gleichzeitig auch glücklich darüber, endlich mit seinen Eltern gesprochen zu haben. Nun muss ich mich ganz auf die bevorstehende Urlaubsfahrt an die Nordsee vorbereiten. Doch bevor ich meine Badesachen einpacke, hole ich mir die Akte hervor, um die Erkenntnisse des heutigen Tags zu notieren. Ich erschrecke, denn ich habe gar nicht vereinbart, dass Jolina noch einmal herkommt, um das derzeit wichtigste Buch in meinem Leben in Gewahrsam zu nehmen, da ruft sie auch schon an. „Die Akte!", sagt sie. „Ich weiß, soll ich sie nachher bei dir vorbeibringen?" „Ja, aber vor neunzehn Uhr, die Jungs holen mich dann ab, wir wollen ins Kino gehen. Oder willst du doch mitkommen?" „Nein, mein Zug fährt um kurz nach sieben. So wie ich meinen Vater kenne, steht er morgen früh schon um viertel nach sechs hier auf der Matte, um mich abzuholen." Wir kichern, und ich verspreche, mich demnächst auf den Weg zu ihr zu machen. Vorher kopiere ich die letzten Zeilen noch für meine Sicherheitskopie. Ich schlage die Akte in Packpapier ein und befestige sogar Klebestreifen an dem Papier, damit niemand einfach so hineinschauen kann. Danach kommt das Päckchen in einen Stoffbeutel, den ich wiederum unter größter Anstrengung in meine Handtasche stopfe.

Ich freue mich, Jolina endlich mal wieder ohne Begleitung zu sehen, und sie erzählt mir von ihren

Plänen, die Exfrau des Gitarristen kennenlernen zu wollen. Allerdings will sie sich darauf beschränken, im Internet zu recherchieren und keine Alleingänge zu wagen, solange ich in Büsum bin. Ich sage nicht viel dazu, denn in der kommenden Woche werden wir beide getrennt voneinander ermitteln und dabei auf uns alleingestellt sein. Wir sind uns einig, dass wir mittlerweile schon richtig gut darin sind Spuren nachzugehen. Sie verspricht mir, die Akte sicher zu verwahren und nur dann zu öffnen, sollte sie neue Erkenntnisse gewonnen haben, die vermerkt werden müssen. Herzlich verabschiede ich mich rechtzeitig wieder, ich hatte in dieser Woche sehr viele Begegnungen mit Marcell, dass reicht mir fürs Erste.

Ich schlafe nicht gut in dieser Nacht, ich glaube, dass es daran liegt, dass ich sehr aufgeregt bin, weil ich nicht weiß, was in der Nordseewoche alles auf mich zukommen wird. Zum ersten Mal fahre ich ganz allein in den Urlaub. Ich denke an die Tante von Marie und freue mich, in ihr dann doch noch eine vertraute Person um mich zu haben. Gefühlt wird es hoffentlich so sein, doch ich werde allein ins Schwimmbad gehen, allein Abendessen müssen und allein auf der Suche nach unserem Verdächtigen Nummer drei sein. Einfach wird es nicht werden, vorsichtshalber stehe ich kurz auf und stecke mir noch schnell ein paar Schmerztabletten in meinen Koffer. Manchmal, wenn ich zu angestrengt nachdenke, bekomme ich Kopfschmerzen, meistens gehen sie schnell wieder vorbei, aber eben nur meistens. Ich drehe mich wieder um und versuche erneut zu schlafen. Nun halten mich meine Gedanken an Ben davon ab. Ich werde seine Eltern bald besuchen, jetzt habe ich doch glatt vergessen, Jolina davon zu erzählen. Sie wird sicherlich die Akte öffnen und dadurch von der Begegnung mit Bens Eltern erfahren, auch davon, dass ich uns gemeinsam bei ihnen angekündigt habe. Ein weiterer Gedanke schießt mir durch den Kopf, und ich mache mir Sorgen um Jolina. Sie hat während der Zeit meiner Abwesenheit keine Person, der sie ihre Ängste und Bedenken mitteilen kann. Hoffentlich wird meine Freundin kein Risiko in Bezug auf Carsten Müller oder unseren nicht leicht zu durchschauenden Gitarristen eingehen. „Lena, deine Freundin ist erwachsen und vorsichtig!" Ich spreche zu mir selbst und bin mir dabei nicht sicher, ob sie tatsächlich aufmerksam genug ist, um die eventuell nahenden Gefahren frühzeitig zu erkennen. „Ich bin wesentlich kritischer als Jolina, sie riskiert mehr." Ich stehe wieder auf, denn ich bin mittlerweile hellwach. Es ist kurz vor eins, und ich entschließe mich dazu, noch für ein paar Minuten auf unserem Balkon zu verweilen, bevor ich einen erneuten Versuch unternehme einzuschlafen.

Mein Wecker reißt mich dann abrupt aus wirren Träumen. Langsam erhebe ich mich und gehe ins Bad. Es dauert ein paar Minuten, bis ich realisiere, dass ich heute Abend an der Nordsee bin, und fange daraufhin an, über das ganze Gesicht zu strahlen. Endlich freue ich mich.

Papa ist pünktlich, wie schon vorausgesagt, doch heute ist seine Tochter rechtzeitig fertig und wartet samt ihrem gepackten Koffer auf dem Gehweg darauf, abgeholt zu werden. Es dauert keine drei Minuten Wartezeit, und mein Vater hält mit eingeschaltetem Warnblinker direkt vor unserem Haus. Gentlemanlike hält er mir die Beifahrertür auf und lädt anschließend mein Gepäck in den Kofferraum. Ich lächle, denn mir wird bewusst, was für ein Glück es doch ist, solche tollen Eltern zu haben. Anstatt mich einfach vor dem Bahnhof aussteigen zu lassen, lenkt er den Wagen auf den teuren, bewachten Parkplatz und begleitet mich anschließend zum Bahnsteig. Er hat eine Jutetasche dabei, und ich ahne schon, dass er sie mir gleich übergeben wird. „Mama und ich wünschen dir einen wunderschönen Urlaub. Anbei ein kleines Lunchpaket für dich!" Dann kommt er dichter und flüstert mir leise in mein Ohr: „Da ist auch noch ein kleiner Umschlag für dich in der Tüte." „Danke, Papa, auch an Mama. Ihr seid die Besten!" Ich wundere mich, dass der Beutel so schwer ist, bin aber durch den einfahrenden Zug abgelenkt. Papa fragt sogar, ob er mit einsteigen soll, um mir meinen Koffer ins Gepäcknetz zu heben. Das finde ich jetzt aber deutlich übertrieben und schüttele meinen Kopf. Ich habe eine Sitzplatzreservierung und sehe gleich die Ablageplätze für die Koffer über den Sitzen. Es fällt mir nun doch schwerer als gedacht, meinen Koffer nach oben zu heben. Ich bin aber trotzdem stark genug und schaffe es, ohne dass Dritte merken, dass es eine Anstrengung für mich ist. Danach eile ich zurück in den Gang, um meinem Vater bei der Abfahrt zu winken. Den Beutel habe ich immer noch in der Hand, als ich mich auf meinen reservierten

Platz setze. Ich würde sagen, dass der Zug gut gefüllt, aber nicht übervoll ist. Der Platz neben mir ist noch frei, als ich auf die Reservierungsanzeige schaue, erfahre ich, dass hier erst ab Hannover reserviert ist, und atme einmal tief durch. Ich futtere jetzt schon das Sandwich meiner Mutter und trinke frischen Kaffee aus dem Porzellanbecher to go, den sie mir in einen Waschlappen eingepackt hat. Ich freue mich, dass meine Mutter immer die Umwelt im Blick hat, auch mein Sandwich war in einer Dose und nicht in Alu- oder Klarsichtfolie verpackt. Ich zücke mein Handy und bedanke mich bei meinen Eltern für ihre Unterstützung. Danach beschließe ich, Urlaub zu haben, und schaue aus dem Fenster. „Deutschland hat wirklich schöne Ecken", denke ich nach einer Weile. Dann holt mich die kurze Nacht ein, und ich schlafe tief und fest.

„Oh, Entschuldigung, das wollte ich nicht." Neben mir hat eine junge Frau Platz genommen und ihren Koffer dabei unsanft gegen mein Knie prallen lassen. „Sind wir schon in Hannover?", frage ich, und sie nickt. Ich hätte sie besser nicht ansprechen sollen, denn sie fängt an zu reden und hört überhaupt nicht wieder auf damit. Als wir in Hamburg halten und gemeinsam umsteigen, kenne ich ihre halbe Familie samt deren besonderen Eigenschaften. Sie ist auf dem Weg nach Sylt, um sich auf der Insel mit ihren Eltern und Geschwistern zu treffen. Ihr Vater ist Kriminalbeamter, was mich hellhörig werden lässt, und ich überlege, ob er mir vielleicht noch einmal nützlich werden kann. „Wie lange bleibst du auf Sylt?" „Nur eine Woche, dann muss ich zurück zur

Uni. Die Semesterferien enden bald, und ich muss etwas mehr lernen als im letzten halben Jahr."

„Vielleicht treffen wir uns ja auf der Rückfahrt erneut", sage ich zu ihr und sehe ihr an, dass sie sich über meine Aussage freut. Kurz danach fragt sie nach meiner Handynummer, um mir eine Nachricht schreiben zu können, und ich gebe sie ihr sogar gerne. In Elmshorn verlässt sie den Zug, um dann zu ihrer Schwester ins Auto zu steigen. „Man weiß nie, wozu dieser Kontakt noch gut sein kann", denke ich und schaue aus dem Fenster. In Heide muss ich umsteigen, langsam steigert sich meine Vorfreude auf die Nordsee.

Ich nehme mir ein Taxi vom Bahnhof zu meiner Unterkunft. Maries Tante begrüßt mich fast schon überschwänglich, als ich dort eintreffe. „Du musst mir verzeihen, falls ich weinen sollte. Es ist nur, weil ich Marie so geliebt habe". Sie dreht ihren Kopf zur Seite und gibt mir ein Zeichen, ihr die Treppen hinauf zu folgen. Mein kleines Reich unter dem Dach ist hell, gemütlich und leider sehr warm. Ich bekomme meinen Schlüssel sowie eine Gästekarte ausgehändigt. Mit der Karte darf ich nicht nur an den Strand, sondern ebenfalls täglich zwei Stunden das ortsansässige Spaßbad besuchen. Dann werde ich auch noch gefragt, wann ich morgen frühstücken möchte. Spontan sage ich: „Acht Uhr!" „Gerne, der Frühstücksraum ist unten. Wenn du magst, kannst du nachher mit uns grillen. Mein Mann ist ein wahrer Grillmeister." Ich nicke und freue mich, denn bei der Gelegenheit werde ich den Fokus auf den unbekannten Liebhaber Maries lenken. Zum Glück steht ein kleiner Kühlschrank in meinem Zimmer, und ich gönne mir eine kalte Cola. Ich hänge meine Kleider auf, der Rest muss warten, denn ich möchte die Nordsee sehen. Nein, nicht nur sehen, denn ich möchte so schnell wie möglich mit den Füßen darin plantschen, und eile nach draußen. Ich komme mir vor wie zehn und nicht zwanzig, als ich endlich ein kleines Stückchen Strand gefunden habe. Zum Beweis, dass ich gut angekommen bin, mache ich ein Selfie und verschicke es in die Heimat. Danach kaufe ich Postkarten und Briefmarken, bevor ich eine Fußgängerzone entdecke, in der es unter anderem ein Süßigkeiten-Geschäft gibt, in dem man selbstgemachte Gummibären und Ähnliches kaufen kann. Ich bekomme gleich mehrere Sorten zum Testen angeboten und kaufe ein paar Beutel für meine Eltern und Freunde. Lagern werde ich sie vorsichtshalber im Kühlschrank. Kurze Zeit später entdecke ich das Hallenbad und beschließe, meine Vermieter zu fragen, wann denn das Grillen genau stattfinden wird. Davon abhängig, werde ich entweder vorher oder nachher schwimmen gehen. Es ist sehr viel los im Ort, daher würde ich den späteren Termin im Bad bevorzugen.

Maries Familie ist sehr nett zu mir, sie nehmen mich wie eine gute Freundin bei sich auf, und ich lerne den Grillmeister Thorsten Hansen wie auch den jüngeren Sohn Mike kennen. Ich halte die Frage nach Maries Liebhaber an diesem Abend dann aber doch für unangemessen und erzähle stattdessen ein paar Erlebnisse, die ich mit Marie hatte. Natürlich vergesse ich auch nicht von Max zu grüßen. Nach einer kurzen

Ruhepause begleitet Mike mich zum Schwimmbad, sehr zur Verwunderung seiner Eltern. „Das ist ja ein Wellenbad!" Ich bin aufgeregt und hoch erfreut darüber. Ich liebe es, gegen die Wellen anzuschwimmen, es ist aber nicht ganz ungefährlich. Das ist auch der Grund dafür, dass, während die Wellen durch das Becken peitschen, gleich mehrere Bademeister am Beckenrand stehen und aufpassen, dass keine Person in einen Strudel gerät. Ich habe alles gegeben, und Mike ist begeistert, ich habe sowieso das Gefühl, dass er ein bisschen von mir angetan ist. Ich schätze ihn auf höchstens neunzehn, also viel zu jung für mich. Er kann mir bei meiner Recherche jedoch nützlich werden, darüber bin ich begeistert. „Willst du rutschen, Lena?" „Klar!" Ich eile zum Turm und lese im Vorbeigehen die Hinweisschilder für diese Rutsche. Erleichtert registriere ich, dass sie keine hohe Schwierigkeitsstufe hat. Die Treppenstufen sind allerdings deutlich mehr als in unserem Schwimmbad. Mike folgt mir, und ich bin froh, dass ich vor ihm hinunterrutschen kann, da ich weiß, dass ich sehr schnell werden kann. Vorsichtshalber fordere ich ihn dennoch auf, genug Abstand zu halten. Ich freue mich richtig, mal eine etwas anspruchsvollere Rutsche vor mir zu haben als die in meiner Heimat. Mit Schwung lasse ich mich in dieses Abenteuer hineinfallen und bin erstaunt, wie lang diese Rutschpartie dauert. Kurz vor dem Ziel geht es steil bergab in eine schwarze Röhre, für einen Moment weiß ich nicht mehr, wo oben und wo unten ist, dann bin ich auch schon, begleitet von einem lauten

Platschgeräusch, unten angekommen. „Das war bestimmt nicht das letzte Mal, dass ich hier gerutscht bin", denke ich und freue mich. Im Anschluss an unser aufregendes Geschwindigkeitserlebnis kann ich Mike überzeugen, mit mir in einen der kleinen Außenpools zu gehen. Das Bad ist immer noch gut besucht, das habe ich vorher gewusst, doch ich gehe davon aus, dass die meisten Besucher an diesem Tag Touristen sind und sich sowieso nicht für das interessieren, was ich mit dem Sohn von Maries Tante zu besprechen habe. Wir sind zu viert in einem Whirlpool, offenbar kann man mit dem QR-Code am Eintrittsarmband die Sprudelfunktion starten. Ich frage Mike für ihn ganz unerwartet, ob er weiß, mit wem seine Cousine hier in Büsum ein Verhältnis gehabt hat, als sie hier zu Besuch war. „Oh", sagt er erschrocken. „Warum willst du das denn wissen?" Jetzt sehe ich mich gezwungen, eine kleine Notlüge zu verwenden, das ist ansonsten so gar nicht meine Art, und ich antworte ihm: „Sie hat es mir erzählt, dummerweise habe ich seinen Namen vergessen, jetzt würde ich ihn mir gerne einmal ansehen, um zu wissen, wie er tatsächlich aussieht." Ich zwinkere Mike zu und bemerke, dass ihm diese Frage unangenehm ist; daraufhin wechsele ich schnell das Thema, um ihn mir nicht zu vergraulen, und erzähle ihm von meiner zu früh beendeten Schwimmkarriere. Er hat die Idee, dass wir in den nächsten Tagen später frühstücken und dafür gleich nach Öffnung des Bads herkommen können.

Die Einladung, gemeinsam mit seinen Kumpels auszugehen, lehne ich für diesen Abend ab und freue mich stattdessen auf mein Bett. Es ist ein sehr anstrengender Tag, und ich bin froh, dass ich endlich in den Ruhemodus schalten kann. Leider ist dieser kleine Raum unter dem Dach deutlich aufgeheizter als mein Zimmer in unserer Altbauwohnung.

Ich konnte tatsächlich gut schlafen, bin nun aber um kurz vor sechs schon hellwach und versuche, mich leise anzuziehen, denn so ein morgendlicher Spaziergang an der Nordsee reizt mich schon sehr. Ich nehme meine Postkarten mit, für einen kurzen Moment bin ich versucht, hier beim Bäcker einen Kaffee zu trinken, entscheide mich dann aber doch für eine Bank mit Blick auf das Wasser. Es ist ein bisschen windig, deshalb muss ich aufpassen, dass mir hier nichts wegweht. Zuerst schreibe ich die versprochene Karte an Marcell, damit ich diesen Punkt abhaken kann. Ich halte meine Worte, die ich für ihn habe, begrenzt und gehe dabei in mich. Er ist nicht derjenige, mit dem ich mein zukünftiges Leben als dessen Partnerin verbringen will. Hier in Büsum kann ich frische Seeluft atmen und klar denken, ich schaue in die Sonne über der See und spüre dabei endlich wieder meine Stärke. Dabei fällt mir Jolina wieder ein, die nächste Karte ist für sie. Jetzt schreibe ich viel kleiner als bei Marcell, damit mehr auf die Karte passt. Natürlich weise ich sie noch einmal daraufhin, bei allem, was sie macht, sehr vorsichtig zu sein. Weiter kann ich nicht auf Ben eingehen, denn es ist wahrscheinlich, dass Max diese Karte auch lesen wird. „Hoffentlich wagt sie nicht zu viel, Jannik ist mir nicht geheuer", denke ich und schreibe noch drei weitere Karten, eine an meine Eltern, dann an Sarah und dann noch eine an Frau Becker. Ich denke nun, dass sie bestimmt weinen wird, wenn sie meine Zeilen liest, da ihre Tochter nicht mehr am Leben ist und sich höchstwahrscheinlich nie wieder bei ihrer Mutter melden wird. Sicher bin ich mir nach den mysteriösen Begegnungen mit Ben aber nicht mehr. Meine ganze Weltanschauung hat sich von einer Minute auf die andere komplett geändert. Ich gehe langsam zurück zur Pension und stecke meine Karten in einen der Briefkästen auf dem Weg. Anscheinend schreiben die Touristen viele Ansichtskarten an die Daheimgebliebenen.

Mittlerweile ist es halb acht, und der Frühstücksraum ist schon geöffnet, als ich das Gästehaus betrete. Maries Tante hat gut zu tun und fragt mich, ob ich ein hartgekochtes Ei oder lieber Rührei möchte. Ich entscheide mich für das weiche hartgekochte Ei und setze mich an den letzten freien Fensterplatz. Es sind gar nicht viele Zimmer, die hier vermietet werden, trotzdem empfinde ich den Betrieb im Frühstücksraum nach kurzer Zeit als recht ordentlich und beschließe daraufhin, später in der Küche zu helfen.

Gegen zehn Uhr sind die letzten Gäste mit dem Frühstücken fertig, und Frau Hansen freut sich über meine Hilfe. Hansen ist auch so ein typisch nordischer Name, und ich überlege, wie sich wohl Lena Hansen anhören würde. Ich finde ihn süß, den kleinen Mike, der jetzt gerade zur Küchentür hineinschaut und um ein Brötchen bittet. Scheinbar ist es spät geworden gestern Abend, man sieht es ihm deutlich an. Er schnappt sich noch ein wenig

Aufschnitt und verzieht sich danach wieder in sein Reich im Anbau. Ich schäme mich für meine Gedanken ihm gegenüber, denn Ben ist immer noch die Nummer eins in meinem Herzen. Ich wasche das Geschirr ab und säubere die Tische, während Maries Tante mir einiges über den Ort erzählt. Als sie von einem kleinen Restaurant, in das Marie gerne gegangen ist, erzählt, wird sie ganz komisch, und ich schaue sie daraufhin fragender Weise an. „Ach, Lena", sagt sie. „Ich weiß nicht, ob ich es dir erzählen kann, aber vielleicht weißt du es ja sowieso schon." „Der Kellner?", rate ich, und sie antwortet mir. „Nein, es war der Koch. Marie hatte sich schon beim ersten Besuch dort in ihn verliebt. Naja, den Rest weißt du bestimmt schon." „Nein, nicht so richtig, ich bin aber neugierig, wie es genau war." „Meistens war Marie gemeinsam mit Mike dort zum Essen. Frag ihn doch mal, er geht bestimmt gerne mit dir eine Pizza essen." Jetzt lächelt sie, sagt zum Glück aber nichts weiter, denn ich ahne, was sie hätte sagen können, und das wäre eventuell peinlich geworden. Scheinbar hat sie ebenfalls bemerkt, dass ihr Sohn ein Auge auf mich geworfen hat. Ich bin ganz aufgeregt, denn endlich kenne ich die Person, mit der Marie hier in diesem wunderschönen Ort an der Nordsee eine Liebesbeziehung hatte. Verdächtiger Nummer drei wird von mir so schnell wie möglich unter die Lupe genommen. Ich verabschiede mich für ein paar Stunden und gehe zuerst auf mein Zimmer. Da die Geheimakte sich in der Obhut von Jolina befindet, notiere ich die bisher erworbenen Fakten auf dem mitgebrachten Schreibblock. Ich überlege, wie ich meinen Tag nun am sinnvollsten plane, und entscheide mich dafür, spätestens um achtzehn Uhr zum Italiener zu gehen, mit oder ohne Mike, das ist mir in diesem Moment egal. Meine Eintrittskarte für das Schwimmbad will ich auf jeden Fall auch heute erneut nutzen. Erst muss ich dann jedoch das Essen verdaut haben, damit es mir nicht so geht, wie damals, als wir versucht haben, nach dem üppigen Abendessen Squash zu spielen. Ich lächle, denn „damals" kann man eigentlich noch gar nicht sagen, weil es erst so kurz zurückliegt und doch so weit von mir und meinen Gedanken entfernt ist. Jetzt fällt mir auch wieder ein, dass Jolina und ich uns noch revanchieren müssen für unser Krimievent. Ich seufze und beschließe daran erst wieder zu denken, sobald ich zu Hause bin. Jetzt heißt meine Mission einzig und allein: „Koch kennenlernen!"

Nach einer entspannenden Ruhepause entschließe ich mich dazu, möglichst umgehend ein kurzes Schwimmtraining zu absolvieren und dafür heute Abend ganz relaxed, und solange ich möchte, beim Italiener zu verweilen. Ich nehme meine Badetasche und gehe die Treppen hinunter. Unten höre ich eine freudige Diskussion aus der Küche kommend und bin neugierig, worüber Familie Hansen sich unterhält. „Lena", Mikes Mutter winkt mich heran. „Freitag kommt Lukas, dann wirst du unseren ältesten Sohn auch kennenlernen. Er studiert BWL in Kiel." „Oh, ich freue mich. Bei mir steht gleich ein kurzes Schwimmtraining an, hat jemand Lust mitzukommen?" „Begeisterung ist etwas anderes", denke ich und lächle, doch dann nutze ich die

Gelegenheit, Mike zu fragen, ob er Lust hat, heute Abend mit mir beim Italiener zu essen, und er sagt freudestrahlend zu. Mir ist nicht entgangen, dass der jüngere Sohn der Familie mit den Augen gerollt hat, während seine Mutter von Lukas und dessen Studium berichtet hat. Ich nehme mir vor, ihn heute Abend auszufragen, was es mit seinem Bruder auf sich hat.

Glücklich gehe ich nun in Richtung des Schwimmbads und bemerke ein Geschäft für Strandkörbe. Leider sind sie viel zu groß für unseren Balkon, aber sie sehen fantastisch aus. Vor allem sehen sie nach echter Handwerkskunst aus, ich bin begeistert. Es ist richtig schön hier in Büsum und ich freue mich schon darauf, mich gleich im Wasser auspowern zu können. Leider befinden wir uns in der Haupturlaubszeit und es ist mehr los, als erhofft an diesem Morgen. Trotz allem finde ich meinen Rhythmus beim Schwimmen und genieße die aufkommenden Muskelschmerzen. Ich liebe es, bis an meine Grenzen zu gehen, ich darf sie nur nicht überschreiten, das hat sich schon mehrfach gerächt. Ich möchte fit bleiben und nicht durch eventuellen Muskelkater geschwächt Büsum erkunden. Die Rutsche ist heute von einer Jugendgruppe in Beschlag genommen und ich verzichte darauf, mich in die lange Schlange einzureihen. „Mit Mike hat es mehr Spaß gemacht, hier zu sein. Vielleicht kann ich ihn ja überreden, mich morgen erneut zu begleiten. Das werde ich schon schaffen", denke ich und lächle.

Auf dem Weg zurück zum Gästehaus komme ich an einer Töpferei vorbei. Hier kann man offenbar unter anderem vorhandene Rohlinge von Bechern individuell bemalen. Spontan habe ich große Lust dazu. Ich gehe in den Laden und melde mich und eine weitere Person für den Freitagvormittag an. Vorher war schon alles ausgebucht. Warum ich für zwei Personen reserviert habe, weiß ich gar nicht, das war eine ganz spontane Entscheidung. Nun hoffe ich, dass mich dann jemand begleitet. Gut gelaunt kehre ich zurück und bemerke jetzt erst, dass auf dem Grundstück der Familie Hansen ebenfalls zwei Strandkörbe stehen. Ich ziehe mich um und schnappe mir den Collegeblock, um mich damit in einen der Strandkörbe zu setzen und Tagebuch zu schreiben. Mir geht so viel durch meinen Kopf, was später nicht unbedingt alles in die Akte übertragen werden muss. Mein Handy habe ich schon den ganzen Tag in der Hosentasche stecken. Tatsächlich habe ich aber vergessen, auch nur ein einziges Mal auf das Display zu schauen, ob eine Nachricht für mich angekommen ist. Ich hole das jetzt nach, Jolina hat mir geschrieben, dass etwas passiert ist und dass ich sie ab Viertel nach vier heute Nachmittag erreichen kann, dann ist sie von ihrer Arbeit zurück und allein zu Hause. Ich mache mir Sorgen und schaue beunruhigt auf das Display; es ist erst halb zwei, und ich verlasse nun diesen Strandkorb schon wieder, um nach Mike Ausschau zu halten. Leider sehe ich ihn nicht, und nerven möchte ich auch nicht, daher beschließe ich, mich einfach nochmal für eine Stunde hinzulegen und komplett abzuschalten. Ich befinde mich schließlich im Urlaub, und es steht mir zu, auch mal faul sein zu dürfen. Vorsichtshalber stelle ich meinen

Handywecker auf Punkt sechzehn Uhr, damit ich auf jeden Fall rechtzeitig wieder aufwache, um Jolina anzurufen.

Als der Wecker mich dann tatsächlich unsanft aus einem glücklichen Traum weckt, bin ich traurig. Ben ist in meinen Gedanken und doch so weit entfernt von mir. Zur Zeit erreiche ich ihn nicht und hoffe so sehr, dass der heutige Besuch beim Italiener mich schlauer werden lässt und vor allem Gewissheit bringt, ob ich den Koch von der Liste der Verdächtigen streichen darf oder ob er ganz nach oben in den Fokus meiner Ermittlungen rutschen wird.

Ein Blick in den Spiegel veranlasst mich dazu, ein neues Makeup aufzulegen, danach ziehe ich mir ein luftiges Sommerkleid an. Jetzt ist die Zeit gekommen, endlich bei meiner Freundin anrufen zu können. Ich bin aufgeregt, denn irgendwie befürchte ich, nichts Gutes zu hören. „Lena! Hallo erstmal, es tut mir so leid, ich habe fürchterliche Nachrichten und weiß gar nicht, wie mir das passieren konnte." „Was ist denn überhaupt los?", unterbreche ich sie. „Die Akte, jemand hat die Akte gelesen." Ich setze mich auf die Bettkannte, denn das ist wirklich keine gute Nachricht. „Wie kommst du denn darauf?" „Das Klebeband hatte sich gelöst, und das Buch war nicht so perfekt verpackt, wie ich es hinterlassen habe, nachdem ich die Neuigkeiten über Jannik notiert habe." Für einen kurzen Moment herrscht Schweigen zwischen uns, doch ich habe viele Fragen: „Hast du einen Verdacht, wer es gewesen sein kann? Was hast du über Jannik notiert? Was können wir nun machen, um den Schaden so gering wie möglich zu halten?"

„Es tut mir so leid, ich bin ganz unglücklich. Max war bei mir zu Besuch, und dann kam abends noch Marcell vorbei. Da es schon spät war, habe ich ihn auf dem Sofa schlafen lassen." „Wo war die Akte?" „Die war die ganze Zeit im Küchenschrank versteckt, hinter den Nudeln. Ich dachte, dass das der perfekte Platz wäre für das Versteck." „Scheinbar nicht", antworte ich unentspannt. Entschuldige mich aber gleich für meine Wortwahl und versuche, ganz ruhig zu bleiben. „Wir dürfen jetzt nichts überstürzen. Meinst du, dass es Max oder Marcell war?" „Eher Marcell, aber ganz sicher kann ich es nicht sagen. Max ist wie immer lustig und erregend." „Jolina, bleib sachlich!" „Tut mir leid. Marcell hat sich bis Sonntag verabschiedet und ist zu seinen Eltern nach Hause gefahren. Angemerkt habe ich ihm nichts. Das mit der Akte habe ich aber auch erst später bemerkt." „Dann hoffen wir mal, dass er unsere Erlebnisse nicht weitererzählt und die Ermittlungsergebnisse nicht fotografiert hat. Im besten Fall hält er alles für Spinnereien von uns. Die Erkenntnisse über ihn sind ja durchaus positiv, obwohl er mir immer unsympathischer wird." „Was soll ich denn jetzt machen?" „Bleib ganz ruhig und erzähl es jetzt bloß nicht auch noch Max." Mir ist inzwischen unwohl geworden, und ich bin kurz davor, mich übergeben zu müssen. Die Vorstellung, dass eventuell nun öffentlich bekannt wird, dass ich Kontakt zum Jenseits habe, zieht mir die Energie aus meinem Körper. Mit aller noch vorhandener Kraft versuche ich mich daran zu erinnern, was ich mir eigentlich seit Jahren vorgenommen habe: „Nicht vom Schlimmsten ausgehen, sondern erstmal abwarten, was tatsächlich passiert." Das ist leichter gesagt, als getan. Zum Glück unterbricht Jolina meinen Kampf mit mir selbst. „Lena, ich habe mit Janniks Exfrau gesprochen." „Was? Wie hast du das angestellt?" „Ganz einfach, ich habe anhand des Artikels herausgefunden, wo sie arbeitet, und ohne groß zu überlegen, dort angerufen. Erst wollte sie gleich wieder auflegen, doch dann war sie mit einem Mal ganz nett, um mich vor einem großen Fehler zu bewahren, wie sie gesagt hat." „Dann hat sie wohl gedacht, dass du was mit ihm anfangen willst." „Ja, sie hat irgendwann sogar angefangen zu weinen. Das tut mir immer noch leid, aber Jannik ist brutal und rücksichtslos, er könnte tatsächlich der Mörder sein." „Und die Schuhe hatte er auf dem Konzert auch an! Aber, ich treffe mich heute Abend noch mit unserem Verdächtigen Nummer drei, danach wissen wir mehr. Das hoffe ich zumindest." Zum Glück können wir uns gegenseitig etwas beruhigen. Was passiert ist, können wir nicht mehr ändern, doch zukünftig werden wir noch vorsichtiger sein, das versprechen wir uns gegenseitig. Aus diesem Grund vereinbaren wir auch, uns ab sofort täglich eine Nachricht zukommen zu lassen, dass wir wissen, ob es uns gut geht.

Nach diesem Gespräch sitze ich noch länger auf der Bettkannte und grübele über Marcell nach. In meiner Wertvorstellung wühlen Freunde nicht gegenseitig in den Sachen des anderen herum. Ich werde den Kontakt zu ihm so gering wie möglich halten. Zu seiner Theatervorstellung will ich aber dennoch gehen, solange ist das ja schließlich auch nicht mehr hin. Danach werde ich den Umgang mit ihm jedoch auf das Allernötigste beschränken.

Ein Klopfen an der Tür lässt mir bewusst werden, wo ich mich gerade befinde, und ich rufe: „Ja, herein!" Mike steht dort. „Wenn du auch schon Hunger hast, können wir bald los, ansonsten warten wir noch. Was meinst du?" Er hat sich die Haare frisch gestylt, und sein Duschgel oder auch Aftershave, ich weiß es nicht zu unterscheiden, durchströmt in diesem Moment mein Zimmer. Mit großen Augen schaut er mich an und wartet auf eine Reaktion meinerseits. Da ich auch schon fertig bin, erhebe ich mich. „Von mir aus können wir gleich los. Ich bin startklar." Glücklich lächelt er und geht die Treppen voran nach unten. Wir nehmen einen Umweg durch den Ort, und er zeigt mir noch die ein oder andere Sehenswürdigkeit. „Du würdest einen guten Stadtführer abgeben", sage ich bewundernd. „Ich weiß und denke darüber nach. Ich habe nämlich nicht vor, ein Dauerstudent wie mein Bruder zu werden." „Verstehst du dich nicht so gut mit Lukas?" Ich schaue ihn an, und er wird unsicher. „Eigentlich schon, aber…" „Was aber?" „Aber er ist ein Frauenversteher und Schönling. Wenn er dich sieht, bist du nicht mehr sicher vor ihm, da kann ich drauf wetten. Es sei denn, er stellt uns die zehnte neue Freundin vor." „Aha", denke ich, „Mike hat Angst davor, dass mir sein Bruder besser gefällt als er." „Ach, solche oberflächlichen Typen gibt es bei uns auch. Mach dir keine Gedanken, so schlimm wird er schon nicht sein." „Nein, eigentlich ist er auch ein guter Freund für mich." Ich wechsele das Thema. „Sag mal, was schmeckt denn dort besser, Pizza oder

Pasta?" „Oh, du stellst Fragen, das ist Geschmackssache." Mike ist wirklich noch jung, zu jung für mich. Jetzt habe ich ein bisschen Angst davor, seinen Bruder am Wochenende kennenzulernen, denn ausgeschlossen ist nicht, dass er mir als Mann eher zusagen wird. Nichtsdestotrotz ist es ein sehr schöner Abend mit Mike. Das Beste ist allerdings, dass ich den Koch ohne Bedenken von unserer Liste der Verdächtigen streichen kann. Er ist ein super süßer und charmanter Typ, der richtig gut kochen kann, aber er hat einen deutlichen italienischen Akzent, und das hätte Ben mit Sicherheit bemerkt. Ich kann verstehen, dass Marie sich in diesen Womanizer verliebt hat. Er macht auch mir Komplimente, ich gehe jedoch in keiner Weise darauf ein, was Mike offenbar zu gefallen scheint. Wir nehmen noch einen Nachtisch in Form einer kleinen Käseüberraschung inklusive Weinverkostung. Wieder habe ich gegen mein selbst auferlegtes Alkoholverbot verstoßen und ärgere mich darüber, als ich auf dem Nachhauseweg stolpere und fast hinfalle. Als wir an dem Töpferladen vorbeikommen, erzähle ich von meiner Buchung für zwei Personen, und Mike willigt sofort ein, an meiner Seite ebenfalls einen Becher zu designen. Es ist spät geworden, und ich verabschiede mich rechtzeitig und deutlich von ihm, er soll nicht auf falsche Gedanken kommen, obwohl ich inzwischen sicher weiß, dass er etwas für mich empfindet. Leicht enttäuscht biegt er in Richtung des Anbaus ab, während ich versuche, leise die Treppen hinauf zu gelangen.

Nachdem ich meine Zimmertür von innen verriegelt habe, will ich Jolina die Neuigkeit mitteilen, dass der Verdächtige Nummer drei eindeutig von der Liste gestrichen werden kann, doch es ist spät geworden, wir waren über drei Stunden in dem Lokal, und ich beschließe daraufhin, meine Freundin erst morgen früh zu kontaktieren. „Sicherlich schläft sie jetzt schon", denke ich und werde müde.

In dieser Nacht kann ich trotz der immer noch anhaltenden Hitze gut schlafen, an der See herrscht meistens ein leichter Wind, der sogar nachts für Abkühlung sorgt. Morgens schrecke ich hoch, denn in diesem Moment fällt mir wieder ein, was Jolina mir erzählt hat; jemand hat die Akte unbefugterweise gelesen, wahrscheinlich war es Marcell. Eine kurze Hitzewallung überkommt mich jetzt, und ich beschließe daraufhin zu duschen und im Anschluss daran direkt an den Strand zu gehen. Es ist erst sieben Uhr, doch ich bin hier nicht allein, offenbar hatten einige Urlauber hitzebedingt ebenfalls eine kurze Nacht. Ich setze mich auf mein mitgebrachtes Handtuch in den Sand und genieße den Blick auf das Watt und das Meer. „Es ist so schön hier!" „Das finde ich auch!" Ich drehe mich ruckartig um, ein hübscher junger Mann steht hinter mir. Er sieht aus, als würde er der große Bruder von Mike sein können, der doch eigentlich erst Freitag hier eintreffen soll. „Bist du Lukas?", frage ich ihn. „Dann bist du Lena! Ich freue mich, dich kennenzulernen." Nach seinen Worten stellt er sich vor mich und deutet auf mein Handtuch. „Darf ich?" Ich rutsche an den äußersten Rand und bitte ihn mit einer Geste, Platz zu nehmen. Wir sitzen einen Moment still da und schauen auf die Nordsee. Mike hat nicht übertrieben, ich bin von seinem Bruder mehr fasziniert als mir lieb ist. Mein Pulsschlag hat sich deutlich erhöht, und ich hoffe, dass er das nicht merkt. „Das ist mir jetzt ein bisschen unangenehm, aber wie stehst du denn zu meinem Bruder?" Auf diese Frage war ich nicht gefasst und starre weiter auf die See. „Ich finde ihn sehr nett, du hast einen tollen kleinen Bruder. Ich wünschte, ich hätte auch einen. Wir gehen am Freitag gemeinsam töpfern beziehungsweise Becher gestalten." „Was? Das haben wir seit Jahren nicht mehr gemacht. Das ist ja cool, kann ich auch mitkommen?" „Dann musst du heute fragen gehen, ob noch ein Platz für dich frei ist." „Das werde ich. Hast du schon gefrühstückt, Lena? Ich bekomme langsam Hunger." Gemeinsam schlendern wir zurück zur Pension, und er erzählt mir von seinem Studentenleben in Kiel. Dann wird er ganz traurig und wischt sich sogar ein paar Tränen aus den Augen. „Ich habe meine Cousine und ihre lustige Art sehr geliebt. Das tut mir so leid, was mit Marie passiert ist. Hast du diesen Ben gekannt?" Bei mir läuten die Alarmglocken, am liebsten würde ich ihm jetzt alles erzählen, doch das ist unmöglich, um Jolinas und meine Mission nicht noch weiter zu gefährden; so antworte ich ihm so diplomatisch, wie es nur geht. „Ja, er war ein guter Freund, ich habe ihn sogar geliebt. Nach wie vor glaube ich nicht an seine Schuld, er hatte einen guten Charakter, vielleicht bekommt die Polizei ja irgendwann neue Erkenntnisse." Lukas bleibt stehen und schaut mich entsetzt an. „Meinst du wirklich?" „Ja, davon bin ich überzeugt." Er nimmt mich in den Arm und drückt mich. Nun stehen wir beide weinend mitten auf der

Straße, und ich kann nicht glauben, was hier gerade passiert. Tatsächlich zieht mich Lukas mit seiner ganzen Art von Minute zu Minute immer mehr in seinen Bann. Jetzt kann ich seinen Bruder gut verstehen und weiß, warum er Angst davor hatte, dass Lukas zu Besuch kommt. Er gibt mir einen Kuss auf meine Stirn, bevor er die Umarmung wieder löst. Ich hole ganz tief Luft, um mir nicht anmerken zu lassen, dass ich ihm spätestens jetzt hoffnungslos verfallen bin. „Wie konnte mir das nur passieren? Mir, einer Frau, die ihren Verstand doch sonst immer vor die Gefühle stellt?" Zeit für weitere Gedanken bleibt nicht, denn Frau Hansen steht unverhofft mit einer Tüte Brötchen in den Händen vor uns. „Habt ihr geweint?", fragt sie uns entsetzt. „Es ist nur wegen Marie", sagt Lukas und seine Mutter senkt ihren Kopf." „Kommt mit und sucht euch die schönsten Brötchen aus!" Dann sagt sie mit einem strengen Unterton: „Wie gut, dass Mike noch schläft." In diesem Moment treffen sich Lukas und mein Blick, schnell schauen wir bewusst wieder in andere Richtungen. Ich will auf keinen Fall etwas überstürzen und verkünde, dass ich mich schnell frischmachen gehe, bevor ich zum Frühstück komme.

Ich stehe nun in dem kleinen Bad und schaue in den Spiegel. Es ist tatsächlich passiert, dass ich mich neu verliebt habe. Wenn Ben in diesem Moment zu mir kommen würde, wäre er die unangefochtene Nummer eins, doch ich weiß, dass das nicht mehr passieren wird. Im Gegenteil, er hat mich förmlich angefleht, mich neu zu verlieben. Jetzt ist es tatsächlich passiert. Kiel ist fast siebenhundert

Kilometer entfernt von meiner Heimat, und ich frage mich, wie das funktionieren soll? Allein, dass ich jetzt schon darüber nachdenke, bevor ich ihn richtig kennengelernt habe, verunsichert mich stark. Das ist nicht meine Art, ich bin dabei, mich zu verändern. „Werde ich jetzt erwachsen?" Meine Gedanken fahren Achterbahn, und ich sehe zu, dass ich zurück in den Frühstücksraum komme. Schon von weitem sehe ich die beiden Brüder an einem Tisch sitzen und überlege, neben wen ich mich jetzt setzen soll. Ich winke ihnen zu und gehe danach direkt an das Buffet. Um Zeit zu gewinnen, wird mein Teller immer reichlicher belegt. Kurzerhand entscheide ich mich dazu, mich allein an einen entfernteren Tisch zu setzen, mit dem Rücken zu den beiden Brüdern. „Das war die beste Entscheidung", denke ich und nehme die Kanne Kaffee von Frau Hansen gerne entgegen. Sie sagt nichts, aber ihre Augen sprechen trotzdem mit mir. „Ich helfe Ihnen gerne nachher wieder in der Küche, das bereitet mir Spaß", sage ich selbstbewusst, und sie lächelt mich daraufhin freudig an. Kurz bevor ich fertig mit Essen bin, kommt Mike an meinen Tisch und fragt, ob wir nachher wieder gemeinsam Schwimmen gehen wollen. „Gerne, aber ich muss auch ein paar Bahnen trainieren, um die Kalorien von diesem hervorragenden Frühstück wieder loszuwerden. Deinen Bruder habe ich vorhin auch schon kennengelernt, vielleicht will er ja mitkommen", sage ich in einem hoffentlich entspannt klingenden Ton. Ich sehe an seinen Augen, dass er Angst hat, dass es wieder so sein wird, wie wohl schon zu oft mit Mädchen, die er vor seinem Bruder

174

kennengelernt hat, doch ich bin nicht bereit, ihm diese Angst zu nehmen. „Treffen wir uns um zwei Uhr vorm Haus?" „Gerne, bis dann."

Ich erhebe mich und gehe direkt in die Küche, Frau Hansen ist nicht anwesend, aber der Abwasch steht griffbereit dort, und ich kümmere mich darum. „Danke, Lena. Du bist eine große Hilfe." „Ich danke Ihnen, dass ich so günstig hier wohnen darf." Sie muss wieder in den Frühstücksraum, und ich sortiere währenddessen die sauberen Teller und Becher. „Die Jungs sind wieder weg", sagt sie und seufzt. „Es ist tatsächlich passiert oder?" „Ich glaube schon", sage ich „das ist sehr ungewöhnlich für mich." Sie nickt und bittet mich, nachdem die Gäste fertig sind, noch mit auf einen Kaffee in den Garten zu kommen. „Lena, bitte überlege dir gut, was du tun willst. Zum einen ist Mike sehr verletzlich, was seinen Bruder betrifft, und Lukas ist ein wahrer Frauenmagnet. Von seinem Vater hat er das zum Glück nicht." Sie lächelt, und ich verspreche ihr, nichts zu überstürzen und meinen Verstand zurück zu holen. Nach unserem Gespräch gehe ich noch für eine kurze Auszeit in mein Zimmer und chille etwas auf meinem Bett. Ich beschließe, ihn während dieses Aufenthalts hier in Büsum nicht zu küssen. Sollte er sich dann wirklich auch in mich verliebt haben, muss er mich zu Hause bei mir besuchen. Vorher läuft gar nichts, ich werde keinerlei Körperkontakt zulassen, das nehme ich mir ganz fest vor. Danach sind meine Gedanken bei Ben, und ich spüre, dass er damit einverstanden ist, dass ich der Liebe eine neue Chance gebe, weil Ben mich wirklich liebt und möchte, dass ich mit einem neuen

Partner glücklich werde. „Das ist wahre Liebe", denke ich und vermisse ihn.

Pünktlich um zwei Uhr stehe ich vor der Pension, als Mike allein in meinem Blickfeld erscheint. Ich bin ein wenig enttäuscht darüber, will es mir aber auf keinen Fall anmerken lassen. Es ist ein lustiger und anstrengender Schwimmbadbesuch. Anstrengend hauptsächlich deshalb, weil ich förmlich einen Slalomkurs durch das große Becken absolvieren muss, um meine Bahnen schwimmen zu können. Ich stelle fest, dass diese Uhrzeit im Schwimmbad absolut die falsche für mich ist. Abends, sobald hier deutlich weniger los ist, ist die beste Zeit oder auch ganz früh morgens, aber nicht so wie jetzt. Die Rutsche ist uns auch beiden zu voll. Die Wellen kosten wir allerdings gemeinsam aus, da bin ich Profi genug, um hier trotz der nötigen Kraftanstrengung auf meine Kosten zu kommen. Mike ist da vorsichtiger, seine bewundernden Augen unterstützen mich. Er tut mir ein bisschen leid, es muss nicht einfach sein, so einen Bruder wie Lukas zu haben. Ich beschließe, mich beiden gegenüber korrekt und in gewissem Rahmen auch distanziert zu verhalten. „Wollen wir versuchen, noch einen Platz in den Außenpools zu bekommen, Mike?" Er stürmt voran und wäre dabei fast hingefallen, das hätte gerade noch gefehlt. Es ist ihm etwas peinlich, und es fällt mir auch schwer, das Grinsen zu verbergen. Es sah schon lustig aus, wie er da so mit den Armen gerudert und dabei das eine Bein nach oben gestreckt hat. Wir haben dann aber einen guten Platz bekommen und können hier eine Weile entspannen.

176

„Ach, ich soll dir von meinen Eltern ausrichten, dass wir heute wieder grillen und du herzlich dazu eingeladen bist." „Danke, da freue ich mich. Sag mal, was kann ich denn deinen Eltern als Dankeschön schenken?" „Da bin ich überfragt." „Typisch Mann", denke ich und ärgere mich ein ganz klein wenig über seine Antwort. Das scheint er zu merken und lenkt ein. „Wir könnten ihnen zwei Becher gestalten bei unserem Töpferkurs." „Gute Idee!"

Auf dem Rückweg in die Pension kaufe ich mir ein paar Zeitschriften, die ich später in einem der Strandkörbe lesen möchte. Mike wartet ganz ruhig, während ich lange für das Aussuchen der richtigen Lektüre brauche. Das ist sehr ungewöhnlich für einen Jungen in seinem Alter, und er tut mir jetzt leid. Ich bin hin- und hergerissen, ihm von dem Erlebnis mit seinem Bruder zu berichten. Zum Glück entscheide ich mich dann doch dagegen, denn höchstwahrscheinlich werde ich diesen Urlaubsort am Sonntag verlassen und danach erst wieder in ein paar Jahren erneut besuchen. Die Brüder Hansen werden also ohne mich glücklich werden müssen. „Lena, träumst du?" „Oh, entschuldige bitte, Mike. Ich bin gleich so weit", sage ich und gehe zur Kasse. Danach trennen sich unsere Wege bis zum abendlichen Grillen.

Ich genieße es, in einem der gemütlichen Strandkörbe zu sitzen und meine Zeitungen aufmerksam durchzulesen, bis mein Handy klingelt. „Ja, hier ist Lena!" „Hallo, ich bin es, Anna. Wir kennen uns aus dem Zug letztes Wochenende. Fährst du auch Sonntag wieder zurück?" Wir verabreden, dass wir uns in Itzehoe treffen. Ich soll mich einfach bemerkbar machen, während sie zusteigen wird. In Anbetracht der Tatsache, dass ihr Vater Kriminalbeamter ist, will ich mich mit ihr gut stellen, man kann ja nie wissen, wie unsere Begegnung mit dem Jenseits noch weiter verlaufen wird. Ich werde nachdenklich und schreibe Jolina kurz, dass es mir gut geht. Ich bekomme umgehend eine Antwort von ihr mit einem Daumen nach oben. Nun frage ich mich, wie wir zu Hause weiter verfahren wollen? Am einfachsten wäre es wohl, wenn ich mich erneut mit Carsten Müller treffen würde in der Hoffnung, dass seine Erkältung inzwischen vorbei ist und sich seine Stimme wieder normalisiert hat. Ben würde sich melden, insofern er immer noch in der Lage dazu ist. Ich mache mir große Sorgen um ihn, meine ehemalige große Liebe. Während ich das Wort „ehemalige" gedacht habe, werde ich ganz traurig. Ausgerechnet in diesem Moment höre ich Lukas rufen: „Lena, bist du hier?" „Ich reiße mich zusammen, so gut es mir möglich ist, und antworte ihm. „Ja, im hinteren Strandkorb!" „Alles okay mit dir?" Ich blöde Kuh fange nach seinen Worten an zu weinen. Das ist das, was ich jetzt am allerwenigsten will. Er setzt sich ungefragt zu mir in den Korb und nimmt mich auch noch in den Arm. „Ist es wegen Marie?" „Ja", schniefe ich. Im Grunde genommen stimmt das ja auch, nur dass es etwas komplizierter ist und ich ihn jetzt auf keinen Fall in die brisanten Details einweihen kann. „Bitte", sage ich gegen meine Gefühle, „bitte komm mir nicht zu nah. Ich fahre am Sonntag wieder nach Hause, und wir werden uns dann vielleicht nie wiedersehen." Er erhebt sich und geht weg, ohne noch ein einziges Wort zu sagen. Einerseits bin ich erleichtert, andererseits enttäuscht. Ich hätte sehr gerne auf der Stelle mit ihm Sex gehabt und bin entsetzt über meinen unüberlegten Gefühlsausbruch. Für einen kurzen Moment erwäge ich, diese Reise schon vorzeitig zu beenden. Ich weiß, was ich wissen wollte. Die Mission um den Verdächtigen Nummer drei ist erfolgreich abgeschlossen. „Rückzug!" Das sagt mir der Verstand, doch ich spüre momentan eine Art Verlustangst, die von Sekunde zu Sekunde stärker wird. Ich lenke mich mit einer dicken Zeitschrift über die kulinarischen Genüsse im Norden Deutschlands ab und betrachte hauptsächlich die Bilder leckeren Essens. Maries Tante kommt zu mir und setzt sich neben mich. „Lukas war gerade bei mir. Ich verstehe meinen Sohn nicht. Ich befürchte, dass sich meine beiden Söhne nun in dich verliebt haben, das kann nicht gut ausgehen." „Doch", sage ich mit fester Stimme. „Da ich Sonntag wieder abreise, werde ich unter Einhaltung der nötigen Distanz mich mit Mike sowie auch mit Lukas gut verstehen, mehr nicht." „Danke, obwohl ich mich an dich gewöhnen könnte." Wir müssen jetzt beide lächeln, und das ist auch gut so. Ich fühle mich nun so, als ob wir alles geklärt hätten und ich trotz allem noch ein paar schöne Tage hier verbringen kann. Nachdem sie nun wieder zurück in das Gästehaus gegangen ist, packe ich meine Sachen zusammen und gehe nach oben, um mir die Haare zu waschen. Als Hintergrundberieselung habe ich den Fernseher eingeschaltet und muss dabei irgendwie eingeschlafen sein. Ich werde erst wieder wach, als Mike an meine Tür klopft: „Lena, wir grillen schon! Bist du wach?" „Oh, jetzt schon. Ich komme gleich zu euch, du brauchst nicht zu warten." „Okay!" Ich höre ihn die Treppe hinuntereilen und gehe dann umgehend ins Bad. Ich muss lachen, denn ich habe eine witzige Sturmfrisur, da ich mit nassen Haaren eingeschlafen bin. „Was mache ich denn nur?" Ich überlege, wie ich meine Haare auf die Schnelle in den Griff bekommen kann, mir fällt jedoch nichts anderes ein, als die Bürste unter den Wasserhahn zu halten und mich danach damit zu kämmen. So richtig viel bringt das nicht, aber ich habe jetzt Hunger und keine Zeit, weiter an meinen Haaren herum zu experimentieren.

„Hallo Lena!" Der Grillmeister Thorsten begrüßt mich und lächelt mich dabei an. „Ich weiß", sage ich. „Ich bin aus Versehen mit nassen Haaren eingeschlafen." „Sieht witzig aus, möchtest du eine Wurst?" Dieser Abend verläuft sehr locker und angenehm, obwohl wir alle fünf wissen, was Sache ist. Alle halten sich zurück, kein dummer Kommentar und kein eifersüchtiges Getue und ebenso auch keine plumpe Anmache. Als ich nachher helfe, das Geschirr in die Küche zu tragen, spüre ich die Erleichterung meiner Gastmutter. Ich verabschiede mich danach und gehe allein auf mein Zimmer, nicht ohne vorher zu erwähnen, dass ich heute früh schlafen werde, um morgen als Erste im Schwimmbad zu sein.

Ich bin nur leider gar nicht müde, denn meine Gedanken kreisen um Ben und Lukas. Ich nehme mir nun erneut vor, am nächsten Morgen meinen

Fahrlehrer zu kontaktieren, um einen Termin für ein erneutes Sicherheitstraining zu vereinbaren, und hoffe, dass ich es nicht wieder vergesse. Ich möchte Carsten ebenfalls endgültig von unserer Liste der Verdächtigen streichen können. Mit ziemlicher Wahrscheinlichkeit werden wir Jannik eine Falle stellen müssen, um den Musiker zu überführen. Wie und in welcher Form wir das machen sollen, ist mir noch unklar. Auf jeden Fall müssen wir mit größtmöglicher Vorsicht vorgehen, um unsere Leben nicht auch noch zu gefährden. Immerhin haben wir es hier mit einem Doppelmörder zu tun. Sobald wir uns nur noch ein ganz kleines Bisschen sicherer sind, dass Jannik tatsächlich der Mörder ist, müssen wir Kontakt zur Polizei aufnehmen. Wahrscheinlich werden sie uns für unzurechnungsfähig halten, nachdem wir ihnen Akteneinsicht gewährt haben. Ich lasse den Fernseher leise an und schlafe dann auch endlich ein.

Als ich heute aufwache, stelle ich erneut fest, was für einen fantastischen Sommer wir haben. Es ist auch morgens schon herrlich warm. Ich schnappe meine Badesachen, das Handy und eine kleine Flasche Wasser, bevor ich mich leise aus dem Haus schleiche. Ich mache ein paar Fotos von der Natur und der Sonne über der Nordsee. Das Wasser ist etwas dichter, aber immer noch weit entfernt, Ebbe und Flut faszinieren mich. Das Bad öffnet erst in einer halben Stunde, und zwar um Punkt acht. Da habe ich noch Glück, denn morgen öffnet es erst um zehn. Mir fällt wieder ein, dass ich ja am Freitag sowieso den Töpfermalkurs belege. Ich seufze, denn diesmal kommen offenbar beide Brüder mit. Ich kann es nicht leugnen, dass Lukas eine wahnsinnige Anziehungskraft auf mich hat, doch ich will es nicht wahrhaben. Ich erschrecke, als mein Handy plötzlich klingelt. „Jolina, was ist passiert, es ist noch vor acht?" „Sitzt du?" „Ja, sag schon!" „Jannik hat sich gestern umgebracht und einen Abschiedsbrief hinterlassen. Darin gesteht er den Doppelmord von Ben und Marie." Ich weine und zittere, denn ich kann es nicht glauben, was ich da gerade höre. „Lena, ich fotografiere dir den Zeitungsartikel. Leg dich am besten erstmal wieder hin, und wir telefonieren später noch einmal. Das wird die ganze Stadt aufwühlen. Ich stehe hier am Busbahnhof, du kannst dir gar nicht vorstellen, was hier in diesem Moment abgeht."

Nachdem sie aufgelegt hat, trinke ich fast die ganze Flasche Wasser aus. Ich fühle mich nicht gut, mir ist schwindelig geworden. Der Weg zurück zur Pension kommt mir heute ewig vor. Wie in Trance gehe ich direkt in die Küche und halte Frau Hansen mein Handy mit dem geöffneten Zeitungsartikel hin, ohne dabei etwas zu sagen.

Dieser ganze Tag ist durchzogen von seelischen Schmerzen und traurigen Erinnerungen. Allerdings bin ich überglücklich, dass Ben nun rehabilitiert ist. Am liebsten wäre ich jetzt zu Hause und würde mich von Mama trösten lassen. Marie war schließlich meine beste Freundin, auch wenn ich längst nicht alles über sie gewusst habe. Und Ben, Ben war meine große Liebe. Ich erschrecke über das Wort „war", bisher habe ich immer in der Gegenwart gedacht, doch nun plötzlich scheint alles in die Vergangenheit abzutauchen. Es fällt mir schwer, klare Gedanken zu fassen. Die komplette Familie Hansen ist ebenso geschockt wie ich es bin. Sogar Mike und Lukas haben Tränen in den Augen. Ich habe immer gedacht, dass ich mich mehr freuen werde, sobald der wahre Täter entlarvt ist, tue ich aber nicht. Im Gegenteil, ich bin am Boden zerstört und lege mich gegen zwölf Uhr erschöpft in das Bett, hauptsächlich um zu verdrängen.

Erst als es an der Zimmertür klopft und Frau Hansen fragt, ob ich nicht herunterkommen möchte, sie habe Apfelkuchen gebacken, kehre ich langsam zurück in die Realität. „Gerne, ich brauche noch ein paar Minuten", antworte ich ihr und erhebe mich. Ich bin schlapp und unsicher, denn ich weiß nicht, wie mein Leben nun weitergehen soll. Die letzten Wochen war ich damit beschäftigt, den wahren Mörder meiner Freunde ausfindig zu machen. Das hat mir neue Kraft gegeben und ganz andere Perspektiven eröffnet, doch jetzt, jetzt ist alles vorbei. Höchstwahrscheinlich ist Ben nun endgültig im Reich der Toten verschwunden. Ich fasse mir an meine linke Brust, denn ich spüre einen Schmerz. Ich weiß, dass ich ihn nun endgültig gehen lassen muss. Ob er dafür verantwortlich ist, dass ich genau an diesem Ort bin, als der wahre Täter bekannt wird, frage ich mich. Denn Ben will, dass ich mich neu verliebe, und genau das passiert hier. Ich schminke mich intensiv, denn ich möchte nicht verheult nach unten gehen. Die Familie sitzt im Frühstücksraum, und ich setze mich zu ihnen neben Mike und gegenüber von Lukas. „Ich habe es gewusst, dass Ben unschuldig gestorben ist.

Er ist genauso ein Opfer wie Marie. Ich muss unbedingt schnellstmöglich seine Eltern besuchen." Lukas will meine Hand greifen, doch ich ziehe sie zurück. Um die Situation zu retten, bitte ich zeitgleich um ein Stück Kuchen, indem ich mit dieser besagten Hand meinen Teller greife und ihn Frau Hansen hinhalte. „Na, wenn dir Kuchen lieber ist, dann soll es so sein", sagt sie, und wir kichern gemeinsam. Sogar Mike nimmt in diesem Moment seinem Bruder den Annäherungsversuch nicht übel. Nach dem Kaffeetrinken bittet Frau Hansen darum, für eine Weile nicht gestört zu werden, da sie nun ganz in aller Ruhe mit ihrer Schwester telefonieren möchte. Vorher nutze ich noch die Gelegenheit, die ganze Familie am Abend zum Italiener einzuladen. Ich hatte ganz vergessen, in den Umschlag zu schauen, den Papa mir auf dem Bahnhof zukommen lassen hat. Davon kann ich die Familie locker einladen, außerdem ist es eine faire Geste, so großzügig und freundlich wie sie alle zu mir sind. Familie Hansen nimmt die Einladung geschlossen an, und ich freue mich darüber.

Wir haben einen schönen gemeinsamen Abend beim Italiener. Herr Hansen möchte die Rechnung übernehmen, doch das lasse ich nicht zu, und nach einer kurzen Diskussion gibt er sich geschlagen. Zur Bezahlung gehe ich an den Tresen und gebe obendrein noch ein anständiges Trinkgeld. Es ist ein sehr harmonischer Abend, trotz der schlimmen Nachrichten aus meiner Heimat. Gemeinsam schlendern wir zurück Richtung Pension. Die Jungs versuchen, mich noch zu einer Partie Billard zu überreden, doch ich lehne ab, und sie gehen gemeinsam in eine andere Richtung. Ich begebe mich in mein Zimmer und schlafe erschöpft ein.

Beim Frühstück schaue ich in die müden Augen von Mike und Lukas, dennoch sitzen sie schon vor mir an einem der Tische. Heute setze ich mich zu ihnen, da wir später sowieso gemeinsam Tassen gestalten werden. Ich freue mich schon sehr darauf.

Pünktlich machen wir uns auf den Weg zum Atelier, es ist nicht weit entfernt. Die meisten Strecken kann man hier bequem zu Fuß erledigen. Wir entscheiden uns alle drei für die gleiche Becherform. Nachdem Mike seinem Bruder verkündet hat, dass wir vorhaben, Becher für die Eltern zu gestalten, sagt er wie aus der Pistole geschossen: „Gut, dann bekommt Lena als Erinnerung an diesen Urlaub einen Becher von mir." Sein Bruder rollt mit den Augen, und ich versuche möglichst gelassen zu klingen, während ich mich im Voraus für den Becher bedanke. „Wenn der Becher fertig gebrannt ist, ist Lena aber nicht mehr hier in Büsum." Mike schaut seinen Bruder herausfordernd an. „Wo ist das Problem, kleiner Bruder? Dann kommt sie halt nochmal wieder." Ich lache. „Irgendwann bestimmt, aber dann müsst ihr gut auf meinen Becher aufpassen, falls es wieder zehn Jahre dauern wird." Für einen kurzen Moment herrscht Stille, doch dann meint Lukas: „Das ist unakzeptabel, dann bringen wir dir den Becher und besuchen bei dieser Gelegenheit gleich unsere Verwandtschaft." Mike runzelt die Stirn, gibt aber keinen weiteren Kommentar dazu ab. Ich bin für den Moment sehr erleichtert, dass er nicht gesagt hat, dass er mir den Becher allein bringen will, denn das hätte seinem Bruder mit Sicherheit deutlich missfallen. Wenn ich ganz ehrlich bin, hätte es mir persönlich besser gefallen. Ganz im Gedanken gestalte ich den Becher für Frau Hansen gerade mit vielen kleinen bunten Herzchen, und Mike macht das bei dem Becher für seinen Papa nach. „Dann bekommt Papa auch Herzchen", sagt er mit einem breiten Grinsen im Gesicht. „Die Becher müssen schließlich zusammenpassen." „Okay, dann wird dein Becher auch ein paar Büsumer Herzchen bekommen, Lena!" Die Stimmung ist gut, kann aber jederzeit kippen, deshalb konzentriere ich mich nun ganz auf die Gestaltung des Bechers und stecke die Jungs damit an. Wir sind tatsächlich lange beschäftigt und stolz auf unsere fertigen Kunstwerke. Leider hat Mike recht, und ich darf den von Lukas gestalteten Rohling nicht so mitnehmen, da er tatsächlich erst gebrannt werden muss. Mein Kopfkino startet, denn jetzt, wo ich weiß, dass meine Mission erfolgreich beendet ist, kann ich ein völlig neues Leben beginnen. Ich bin viel erwachsener geworden, als ich es noch vor einem halben Jahr war. Ich spüre eine Art Verantwortung für mein Leben und das Anderer zu haben. Außerdem bin ich viel aufmerksamer für die kleinen Dinge geworden und habe gelernt, die stille Sprache der Menschen zu deuten, überhaupt erst einmal sie wahrzunehmen. Ich fange die Schwingungen auf und analysiere sie, dann wundere ich mich über die Art, wie ich inzwischen denke. Ich hinterfrage fast alles, vielleicht muss ich nun, nachdem Ben in Frieden ruhen kann, lernen, wieder unvorbelastet und glücklich zu leben. Ich beschließe, dem Leben und der Liebe eine neue Chance zu geben.

„Woran denkst du gerade, Lena?", fragt Mike mich, während wir wieder zurück zur Pension schlendern. „Oh, entschuldigt bitte, ich war mit den Gedanken schon wieder zu Hause. Schade, dass ich übermorgen zurückfahren muss. Es gefällt mir hier sehr gut bei euch. Ich hoffe, dass es keine zehn Jahre dauert, bis wir uns wiedersehen." Sie stimmen mir beide zu, und wir verabreden uns, abends gemeinsam ins Schwimmbad zu gehen und währenddessen mindestens einmal zu rutschen.

Nach einer kurzen Ruhepause verlasse ich das Gästehaus, um an den kleinen Piratenstrand zu gehen. Es hätte auch ein Schild dort stehen können: „Wegen Überfüllung geschlossen!", tut es aber nicht. Ich finde dann noch ein kleines Plätzchen für mein Handtuch und genieße den Blick auf das Watt, es ist gerade Ebbe. Viele Menschen suchen nach Muscheln, ich suche in dem ganzen Trubel und einer ohrenbetäubenden Lautstärke von Kindergeschrei einfach nur meine innere Ruhe, und ich finde sie genau hier inmitten der Massen von Urlaubern.

Zurück in meinem kleinen Zimmer denke ich über die Liebe und über die Wahrscheinlichkeit, einmal Frau Hansen werden zu können, nach. „Völlig absurd und total verfrüht", denke ich. „Ich kenne weder seinen Charakter noch seine Eigenschaften, nicht einmal seine allgemeine Einstellung zu unserer derzeitigen Lebenssituation auf unserem Planeten. Kurz gesagt, ich weiß gar nichts über ihn. Nur, dass er äußerst charmant ist und verdammt gut aussieht.

Außerdem kenne ich seine Familie schon, und bin begeistert von ihr. Ich weiß gar nicht, ob es mich schon einmal auf den ersten Blick so erwischt hat, wie bei Lukas. Ich weiß es, das hat es noch nie zuvor gegeben, nicht einmal bei Ben. Ben und ich sind uns damals langsam Stück für Stück nähergekommen. Heute Abend wird er sich mit Sicherheit nicht im Schwimmbad blicken lassen, solange die Jungs bei mir sind. Aus diesem Grund beschließe ich am Samstagmorgen gleich nach der Öffnung des Bads schwimmen zu gehen. Mir fehlt noch das endgültige Okay von Ben, und ich hoffe, ihn dann morgen dort zu treffen. Irgendetwas lässt mich noch zögern. Wenn ich ganz ehrlich bin, springen meine Gedanken derzeit so oft hin und her, dass ich Konzentrationsschwierigkeiten habe. Ich schließe die Augen und atme tief ein. „Ein paar Yoga-Atemübungen werden mir jetzt sicherlich gut tun", denke ich und merke, dass ich plötzlich ganz müde werde.

Eigentlich wollte ich mir die Haare gewaschen haben, was aber aus ökologischen Gründen sowieso falsch wäre, weil ich danach ins Schwimmbad gehe und sicherlich hinterher erneut dusche. Die Jungs warten tatsächlich schon unten an der kleinen Rezeption auf mich und strahlen mich beide an, während ich die Treppe herunter komme. „Ich werde euch vermissen!" „Wir dich auch", sagen sie fast gleichzeitig, und wir amüsieren uns zu dritt darüber. Diese gelöste Stimmung beschert uns einen spaßigen Abend. Wir genießen die untergehende Sonne in einem der Außenwhirlpools, und ich bin sehr froh, dass eine Frau neben mir sitzt, denn ich bin mir in dieser romantischen Stimmung nicht sicher, ob Lukas die Situation vielleicht doch versucht hätte auszunutzen. Auf dem Nachhauseweg werden wir von Lukas noch auf eine Portion Pommes eingeladen. Alles in allem ist es ein sehr aufregender Tag, und ich begebe mich gegen die Versuche der beiden, noch etwas Weiteres zu dieser späten Stunde mit mir zu unternehmen, in mein obiges Reich, um dann die Tür fest hinter mir zu verriegeln.

Ich wache erneut viel zu früh auf, doch da ich morgen wieder fahre, nehme ich mir vor, den heutigen Tag mit vielen Nordseeblicken zu füllen. Ich schleiche mich ganz früh morgens aus dem Haus, um mich dann erneut an den kleinen Strand zu setzen. Ich bin tatsächlich die erste Person hier zu so früher Stunde. Ich sitze einfach nur da und schaue auf das Wasser. Nach einer Weile schließe ich meine Augen, umso intensiver rieche ich das Meer und versuche, mir diesen Geruch für zu Hause abzuspeichern, wenn ich dann irgendwann wieder allein auf unserem Balkon sitzen muss. Ein paar Möwen scheinen sich zu streiten, und ich öffne die Augen. Es ist so schön hier, dass ich in diesem Moment traurig werde, morgen nach Hause fahren zu müssen. Ich schließe die Augen erneut.

Mit einem Mal klingelt mein Handy und reißt mich damit aus meinen Gedanken. Inzwischen sind auch noch ein paar andere Urlauber gemeinsam mit mir an diesem kleinen Strand. Mein Herz fängt sofort an, schneller zu schlagen. „Nicht schon wieder so eine Hiobsbotschaft", denke ich und gehe dran. „Lena, setz dich! Es ist alles noch viel schlimmer, als du dir vorstellen kannst!" Jolina schluchzt, während mich eine Nachricht auf dem Handy erreicht. Es handelt sich um einen erneuten Zeitungsbericht, den ich vergrößere, um ihn lesen zu können. Währenddessen weint meine Freundin immer noch. „Jolina, ich lese kurz den Artikel und rufe dich danach wieder an. Ja?" „Ja!"

Der angebliche Selbstmord war ebenfalls ein brutaler Mord!

Wie die Pressestelle der Polizei gestern am späten Abend bekannt gab, hat der Gitarrist Yannik von der Musikgruppe „Louder Than" vorgestern nicht etwa einen Suizid begannen, im Gegenteil: Er wurde ebenso wie damals die zweiundzwanzigjährige Marie B. und ihr vierundzwanzigjähriger Freund Ben brutal ermordet. Die Ergebnisse der forensischen Untersuchungen liefern dafür eindeutige Beweise. Ein weiteres Indiz für seine Unschuld ist die Tatsache, dass die Band zum Zeitpunkt des Mordes einen Auftritt vor über eintausend Zeugen hatte. Aufgrund des offensichtlich gefälschten Abschiedsbriefs Yanniks gehen wir von einem Zusammenhang der bisher drei

bekannten Morde aus. Zum jetzigen Zeitpunkt geht die Polizei davon aus, dass der eigentliche Mörder immer noch frei herumläuft, und bittet daher die Bevölkerung mit äußerster Vorsicht zu agieren und in jedem Verdachtsfall unverzüglich die Polizei zu informieren. Bitte sprechen Sie den mutmaßlichen Täter nicht auf seine Verbrechen an. Die Akte wurde erneut geöffnet und eine neue Sonderkommission gebildet, die den Fall von Grund auf neu aufrollen wird. Wir bleiben dran und informieren Sie, sobald es Neuigkeiten gibt.

Fassungslos sitze ich nun da und kann nicht klar denken. Ich rufe meine Freundin zurück: „Jemand wollte die Schuld auf Yannik abwenden. Was ist, wenn seine Exfrau sich an ihm rächen wollte? Ich weiß gar nicht, was ich denken soll, Jolina:" „Ich habe Angst, kann ich morgen bei dir schlafen, Lena?" „Ja, klar, aber ich muss früh raus, da ich wieder arbeiten muss." „Ich doch auch. Melde dich, sobald du angekommen bist." „Mache ich, vielleicht ja, bis nachher nochmal."

Auch heute, nach dieser schlimmen Nachricht, bin ich nicht in der Lage, das Schwimmbad erneut zu besuchen. Ich habe Schwierigkeiten, mich zu konzentrieren und auch zu orientieren. Eine Frau mittleren Alters fragt, ob sie mir helfen könne, und ich nicke. „Ich habe gerade eine ganz schlimme Nachricht erhalten, können Sie mich zu meiner Pension begleiten, falls ich ohnmächtig werden sollte?" „Selbstverständlich", sagt sie und gibt ihrer Freundin ein Zeichen, dass sie mich begleitet. Die Freundin bleibt nicht auf ihrem Handtuch sitzen, sondern rafft ihre Sachen schnellstmöglich zusammen, um uns zu folgen. Ich bin so froh, dass ich jetzt nicht allein gehen muss. Auf die fragenden Augen der beiden Frauen antworte ich nur: „Ein Bekannter wurde in der Heimat brutal ermordet. Mir geht es nicht so gut, ich will mich hinlegen." Sie sagen nichts, und Frau Hansen kommt mir gleich entgegengerannt, als sie mich in Begleitung sieht. „Was ist passiert?" „Wohl eine schlimme Nachricht aus der Heimat." „Oh, nein, nicht schon wieder. Ich danke Ihnen, dass Sie Lena begleitet haben. Möchten Sie einen Kaffee?" Die beiden lehnen ab und verabschieden sich wieder. Ich werde in den Frühstücksraum begleitet. Nachdem ich zwei Minuten neben Frau Hansen sitze, während sie meine Hand hält, geht es mir schon wieder besser. Ich hole daraufhin mein Handy aus der Tasche und zeige ihr den heutigen Artikel. Fassungslos sitzt sie jetzt kreidebleich neben mir, und ich bekomme Angst um die Mutter meiner Freunde. „Kann ich Ihnen irgendetwas holen?" „Ja, bitte meinen Mann. Aber nur, wenn es dir besser geht, Lena!" „Ja, ich habe den ersten Schock überwunden", sage ich und laufe los. Ich merke, dass ich immer noch zittere, und verringere daraufhin meine Geschwindigkeit. Thorsten Hansen gießt gerade die Pflanzen im

Garten. Als er mich sieht, ahnt er, dass irgendetwas nicht stimmen kann und eilt auf mich zu. „Bitte mitkommen, Ihre Frau hat einen Schock. Ich glaube, ich hatte auch einen." Er lässt alles fallen und läuft an mir vorbei zum Gästehaus.

So habe ich mir meinen letzten Tag in Büsum nicht vorgestellt, im Gegenteil, es sollte ein ganz fantastischer Tag werden, und nun so etwas. Ich verabschiede mich, um mich auszuruhen, doch etwa fünf Minuten später klopft es an meiner Zimmertür. „Lena, darf ich hereinkommen? Ich habe dein Handy, das hattest du bei Mama vergessen." „Ja, Mike, komm rein!" Er schaut mich besorgt an. „Das tut mir alles so leid. Mama ist auch völlig fertig, weil sie jetzt so gerne zu meiner Tante fahren würde, doch wir sind die nächsten Wochen total ausgebucht." Er versucht mich zu trösten und lädt mich nachher zu einer Partie Minigolf ein. Ich sage zu, ohne groß darüber nachzudenken, denn etwas Abwechslung tut mir bestimmt gut. Er verspricht, mich in zwei Stunden abzuholen. Vorsichtshalber stelle ich mir den Handywecker, denn ich bin so erledigt, dass ich unmittelbar danach fest einschlafe.

Als ich dann den Weckton höre, bin ich zuerst irritiert, bis mir wieder einfällt, was heute Morgen schon alles passiert ist. Ich beschließe, alle schlimmen Gedanken solange zu verdrängen, bis Jolina an meiner Seite ist und wir gemeinsam entscheiden können, was als nächstes zu tun ist, um den wahren Mörder zu finden.

Zu meiner Überraschung sind meine Gasteltern mit von der Partie, so stehen wir nun zu fünft mitsamt unseren Schlägern auf dem Minigolfplatz und schauen uns die Aufgaben an, die hier vor uns liegen. So viel Spaß habe ich schon lange nicht mehr, mir ist jetzt schon bewusst, dass mir die ganze Familie Hansen sehr fehlen wird, sobald ich wieder zu Hause bin. Natürlich freue ich mich auch schon auf meine Eltern und Jolina. Wenn ich ehrlich bin, sogar auf meine Arbeit. Es wird Zeit, wieder einem geregelten Leben nachzugehen, wenn da nicht noch diese unsagbar schwierige Aufgabe auf uns warten würde. Bei all dem ganzen Trubel der letzten Tage habe ich glatt vergessen, mir einen neuen Termin für das nächste Fahrsicherheitstraining zu holen. „Oh", denke ich, als ich zwischen den Jungs hinten im Auto sitze, „ganz schön eng hier". Ich bin kurz davor anzufangen zu kichern und weiß gar nicht genau, warum das so ist. „Alles in Ordnung mit euch drei Kleinen auf der Rücksitzbank?" Thorstens Frage veranlasst mich nun dazu, einen mittelschweren Lachkrampf zu bekommen. Es dauert nicht lange, und wir amüsieren uns alle gemeinsam. Bevor es zum Grillen an diesem letzten Abend geht, muss ich unbedingt noch packen, da habe ich bis eben noch gar nicht daran gedacht, doch morgen früh geht es noch vor der normalen Frühstückszeit zum Bahnhof. Thorsten hat angeboten, mich zu fahren, und ich bin erfreut darüber.

Dieser letzte Abend im Kreis der Familie Hansen ist wunderschön und sehr harmonisch. Ich bedanke mich mehrfach für die überwältigende Gastfreundschaft. Sie haben mein Geld für das Zimmer nicht angenommen, nicht einmal den vereinbarten Essensbeitrag, stattdessen teilen sie mir geschlossen mit, dass ich jederzeit erneut herzlich willkommen sei. Mir stehen die Tränen in den Augen, und bei der Umarmung mit Lukas fällt es mir besonders schwer, mich wieder von ihm zu lösen. Ich spüre seine männliche Aura ganz deutlich und bin, wenn man das so sagen kann, total verknallt in ihn. Umso schwerer fällt es mir nun, meinen Koffer so zu packen, dass ich morgen nur noch meinen Kulturbeutel dazu stopfen muss, mir kommt der Koffer heute viel kleiner vor. Ich weiß, dass ich für meine Verhältnisse sehr schlecht gepackt habe, aber er geht zu, was will ich mehr?

Diese laue Sommernacht lässt mich nicht gut schlafen, wie gern würde ich jetzt in den Armen von Lukas liegen. Und schon wieder denke ich an Ben und bekomme ein schlechtes Gewissen. „Nein", sage ich mir, „nein, du hast ihn nicht betrogen. Du hast dich nur erneut verliebt, so wie Ben es sich gewünscht hat. In ein paar Stunden wirst du im Zug sitzen und zu deinem alten Leben zurückkehren."

Ein bisschen hatte ich gehofft, der gesamten Familie vor meiner Abreise noch einmal zu begegnen, doch die Jungs schlafen noch. Dafür begleiten mich Ihre Eltern bis zum Bahnsteig und winken mir hinterher, als der Zug sich in Bewegung setzt. Emotional habe ich sehr viel erlebt in Büsum, ich werde Zeit brauchen, mir über meine Gefühle Klarheit zu verschaffen. Mittlerweile ist der Zug kurz vor Itzehoe, und ich erhebe mich, um gleich besser nach Anna Ausschau halten zu können. Die Begegnung mit ihr ist genauso, wie ich sie mir vorgestellt habe, und ich verkneife mir ein Lächeln, während sie mir detailliert von ihrem Familientreffen auf Sylt berichtet. Ich komme überhaupt nicht zu Wort, das passt mir ganz gut, und ich überlege mir ganz sorgfältig, ob ich eine Andeutung machen soll oder nicht. Schließlich überkommt es mich doch noch, und ich erzähle ihr in dem Moment, als sie einen Schluck Tee trinkt, ein klein wenig aus meinem aufregenden Leben, und sie hört mir ganz fasziniert zu, während ich erzähle: „Weißt du, Anna, ich habe ganz schlimme Dinge erlebt. Vor über einem halben Jahr wurden zwei meiner besten Freunde ermordet. Bis vor kurzem sind wir davon ausgegangen, dass mein Freund Ben meine Freundin Marie brutal ermordet hat und sie sich dabei mit aller Kraft gewehrt hat, so dass Ben ebenfalls zu Tode kam. Doch seit ein paar Tagen wissen wir, dass eine dritte Person ermordet wurde und es höchstwahrscheinlich einen bisher noch nicht identifizierten Mörder aller drei Personen gibt." „Das ist ja ganz fürchterlich, wo kommst du denn genau her? Mein Vater arbeitet ja bei der Kriminalpolizei, vielleicht kann er dir helfen. Wahrscheinlich aber nicht, weil er nicht für deine Stadt zuständig ist." „Es ist so, dass ich auch schon Nachforschungen angestellt habe. Wer weiß, vielleicht kann dein Vater mir tatsächlich eines Tages behilflich sein. Man kann nie genau wissen, welches Abenteuer der nächste Tag bereithält." Wir unterbrechen unser Gespräch und steigen in Hamburg gemeinsam in den Anschlusszug. „Du kannst dich jederzeit melden, Lena, solltest du Hilfe brauchen. Papa ist sehr hilfsbereit und hat eine gute

196

Menschenkenntnis. Und wenn du nur irgendwann mal mit ihm telefonierst, er ist ein guter Zuhörer." „Danke, vielleicht komme ich tatsächlich darauf zurück. Auf jeden Fall bin ich froh, dich kennengelernt zu haben. Alles Gute für dich Anna." „Für dich auch, Lena", sagt sie und erhebt sich, denn der Zug bremst für den nächsten Halt. Sie steigt in Hannover aus, und ich freue mich über das so perfekt gelaufene Gespräch mit Anna.

Mir geht es nicht so gut wie auf der Hinfahrt, ich bin jetzt traurig, weil wir den Mörder immer noch nicht aufgespürt haben und die Gefahr, selbst zum Opfer zu werden, stündlich steigt. Bei unseren Ermittlungen wirbeln wir viel Staub auf. Sollte Marcell die Akte gelesen haben, was ich mittlerweile schon fast als Tatsache ansehe, können daraus noch ganz andere schlimme Dinge entstanden sein. Gut ist nur, dass wir ihn als Mörder von Ben und Marie anhand seiner Stimme ausschließen konnten. Mir wird ganz anders, denn ich habe eine schlimme Ahnung und frage mich, wie ich mich verhalten soll, falls Marcell, vielleicht sogar in Zusammenarbeit mit Max, die Morde rächen wollte und daraus ein weiteres schweres Verbrechen entstanden ist. Schuld wären dann Jolina und hauptsächlich ich, weil ich mit dieser verflixten Akte begonnen habe. Wenn unsere Freunde nun Jannik ebenfalls für den Täter gehalten und ihn deshalb ermordet haben? Ich bin kurz davor, mich zu übergeben, als ich die Minibar kommen sehe und ich den schon bereitgestellten Kaffeebecher meiner Mutter füllen lasse und mir dazu noch eine total überteuerte Tafel Schokolade kaufe. Damit kann ich mich für den Moment ablenken und freue mich so sehr darauf, später mit Jolina diskutieren zu können.

Heute stehen meine Eltern gemeinsam auf dem Bahnsteig. Mama hat einen kleinen Blumenstrauß in der Hand, das ist mir fast schon peinlich, trotzdem freue ich mich darüber. Eigentlich würden die beiden gerne mit mir essen gehen, doch ich bitte sie, das auf das kommende Wochenende zu verschieben, da ich sehr müde bin und unbedingt noch Wäsche waschen muss, bevor ich morgen früh wieder zur Arbeit fahre. Sie haben Verständnis dafür, sind aber enttäuscht, das sehe ich ihnen an. Papa ist so nett und trägt meinen Koffer die Treppe hinauf, bevor er sich herzlich von mir verabschiedet.

Von Sarah liegt ein Zettel auf dem Küchentisch, dass sie erst Dienstagabend wieder nach Hause kommt. Ich ziehe als erstes die Schuhe aus und reiße danach das Fenster weit auf. Dann setze ich mich auf unseren Balkon. Im ersten Moment finde ich den Stuhl unbequem, da ich von den Strandkörben verwöhnt bin, was den Sitzkomfort betrifft. Ich seufze und denke zuallererst an Lukas. Die Art, wie er mich in seinen Armen gehalten hat, hat mir imponiert, und ich hoffe, dass wir uns bald wiedersehen. Vorher habe ich allerdings noch eine große Hürde zu erklimmen. Bei den Gedanken an unsere Ermittlungen wird mir heiß und kalt gleichzeitig. Jolina muss jeden Moment eintreffen, und ich kann es kaum erwarten, gemeinsam weiter für die Rehabilitierung Bens zu kämpfen. Die Leute sind nach dem zweiten Zeitungsartikel erneut verunsichert. Meine Eltern haben mir ihre Eindrücke geschildert, und ich konnte ihre Befürchtungen, dass Ben doch der Täter sein könne kaum ertragen.

Endlich klingelt es an der Tür, und ich eile, um Jolina hereinzubitten, doch es ist Marcell. Ich habe einfach auf den Türöffner gedrückt, ohne vorher zu fragen, wer dort unten steht, da ich ganz fest davon ausgegangen bin, dass es Jolina ist. „Freust du dich gar nicht, mich zu sehen?" Er schaut mich mit durchdringenden Augen an. „Doch, aber ich bin nach der langen Zugfahrt wirklich kaputt. Jolina will gleich herkommen, und wir wollen dann gemeinsam chillen." Bevor er jetzt womöglich noch wütend wird, muss ich noch etwas Nettes zu ihm sagen, mir bleibt gar nichts anderes übrig. „Ich freue mich schon so auf dein Theaterstück, Marcell. Bist du schon aufgeregt? Wann sollen wir eigentlich genau dort sein? Erzähl doch mal, wie laufen denn die Proben?" Wir stehen immer noch im Flur, und ich muss ihn nun wohl oder übel hineinbitten. „Magst du auch einen Kaffee? Ich glaube, ich brauche nun einen, um fit zu bleiben." Seine Gesichtszüge haben sich zum Glück deutlich entspannt. Während ich nun den Kaffee zubereite, erzählt er mir von seinem Leben als Laiendarsteller. Es ist interessant und faszinierend. „Marcell kann gut erzählen", denke ich, während es erneut klingelt. Er eilt ungefragt zur Tür und öffnet, das finde ich nun wieder unangebracht, weiß aber, dass ich besser meinen Mund halte, um ihn nicht zu verärgern. Aus dem Flur höre ich: „Marcell! Was machst du denn hier?" „Ist das so abwegig, dass ich Lena nach dieser langen Pause auch wiedersehen möchte?" „Ach, du meine Sch…", denke ich. „Ich muss die Distanz zu ihm so schnell wie möglich vergrößern." „Jolina, komm herein!" „Ja, meine Süße. Wie schön, dass du wieder zu Hause bist." „Von wem sind denn die Blumen?" Marcell starrt auf den kleinen Strauß. Obwohl ihn das eigentlich gar nichts anzugehen hat, antworte ich wie aus der Pistole geschossen: „Von meinen Eltern!"

Es dauert noch eine ganze Stunde, bis er sich endlich verabschiedet. Ausnahmsweise lasse ich mich sogar einmal von ihm zum Abschied drücken. Ich gehe auf den Balkon und überzeuge mich davon, dass er tatsächlich in Richtung der Innenstadt verschwindet, bevor ich endlich meine Freundin herzlich drücke. „Jolina, ich glaube, dass ich langsam Angst vor Marcell bekomme. Er ist so bestimmend, fast schon narzisstisch, was meinst du?" „Leider hast du recht. Er wird mir auch immer unsympathischer. Es muss Marcell gewesen sein, der unsere Akte gelesen hat. Max traue ich das nicht zu." „Hast du die Akte mitgebracht?" „Klar, wir werden einiges nachtragen müssen." „Während der Zugfahrt hatte ich unter anderem viel Zeit nachzudenken. Meinst du, dass es irgendwie möglich sein kann, dass Marcell oder vielleicht auch Max und Marcell nach dem Studieren unserer Akte solch einen Hass auf Jannik entwickelt haben, dass sie ihm etwas angetan haben?" „Lena!" Jolina fängt an zu weinen, und ich ärgere mich darüber, dass ich so direkt war. „Es tut mir leid, dieser schlimme Gedanke hält mich davon ab, morgen zur Polizei zu gehen. Ich war gedanklich schon so weit, der neuen Sonderkommission einen Besuch abzustatten, um ihnen unsere Akte vorzulegen. Doch jetzt weiß ich auch nicht mehr, was wir zuerst tun sollen." Meine Freundin hat sich zum Glück wieder gefasst. „Wir können das auf gar keinen Fall so in die Akte schreiben, damit würden wir Max und Marcell stark belasten. Allerdings könnte ich mir tatsächlich vorstellen, dass Jannik für den Tod von Ben und Marie verantwortlich war. Es kann doch auch sein, dass jemand anderer es ebenfalls herausgefunden hat, so wie wir auch." „Das ist unwahrscheinlich, Jolina. Ben hat nur zu uns gesprochen, da bin ich mir sicher, dann ist da auch noch die Tatsache, dass Jannik zur Tatzeit vor Publikum gespielt hat. Aber derjenige, der die Akte gelesen oder durch Dritte davon erfahren hat, der könnte den Tod unserer Freunde gerächt haben." „Du vergisst eins, Lena, es kann auch so sein, wie es in der Zeitung stand, dass es tatsächlich ein und derselbe Mörder ist, der für die drei Morde verantwortlich ist." Beide sitzen wir nun da und atmen einmal ganz tief durch. „Ich wünschte, wir wären schon viel weiter und alles wäre geklärt." „Ich auch, ich muss dir noch etwas erzählen, denn es ist noch etwas passiert." „Was denn?" Jolina schaut mich unsicher an, offenbar hat sie nicht die geringste Ahnung. Mir ist es etwas unangenehm, und so stottere ich: „Ich habe mich verliebt, ich meine, ich habe jemanden kennengelernt, der mich total in seinen Bann gezogen hat. Nicht dass du denkst, dass ich Ben vergessen habe, das werde ich nie tun." „Nicht etwa aus Büsum? Hatte Marie mit ihm auch etwas?" „Schon aus Büsum, aber auf keinen Fall hatte sie etwas mit ihrem Cousin." Jolina ist ganz aufgeregt. „Das wäre ja fantastisch, wenn das klappt, dann würden wir uns immer auf Familienfeiern sehen und wären ein Leben lang miteinander befreundet." Ich schaue sie an, und dann fällt es mir auf. „Ja", sage ich „Lukas und Max sind Cousins." Wir umarmen uns, und ich muss ihr alles ganz genau erzählen. „Ach, ihr hattet noch gar nichts miteinander. Das ist ja so spannend, wie es mit euch weitergeht." „Ja, irgendwie habe ich die Hoffnung, dass wir tatsächlich eines Tages ein Paar werden können."

Nach einer kurzen Phase der Euphorie werden wir wieder ernster, denn uns wird bewusst, dass unsere Leben ebenfalls in Gefahr sind, ganz besonders nach dem zweiten Zeitungsartikel. Wir entschließen uns, die Polizei vorerst nicht einzuweihen. Zum einen würden dann wahrscheinlich Max und Marcell in deren Fokus geraten, und zum anderen wollen wir zu erst den Fahrlehrer näher unter die Lupe nehmen. Inzwischen ist es spät geworden, und wir beschließen noch ein letztes Glas Wasser mit frischer Zitrone auf unserem Balkon zu genießen, bevor wir uns schlafen legen.

Ein hektischer Montagmorgen folgt, zum Wäschewaschen bin ich gestern nicht mehr gekommen, auch befindet sich nichts im Kühlschrank, was wir frühstücken oder mit zur Arbeit nehmen können. Zum Glück ist der Bäcker gleich nebenan, und wir beschließen dort auf die Schnelle einzukehren. Zeit, um uns an einen der Bistrotische zu setzen, bleibt uns leider nicht, außerdem sind hier zu viele Wespen, ich habe Angst vor ihnen, und das Summen irritiert mich.

Vorsichtshalber kaufe ich nur Herzhaftes, da ich keine Wespe im Brötchen mitnehmen möchte. Jolina meint, dass ich mich anstelle, und nimmt gleich zwei süße Croissants mit. Wir steigen in unterschiedliche Busse, und so trennen sich unsere Wege für diesen Tag. Meine Chefs freuen sich, dass die Belegschaft heute wieder komplett anwesend ist. Der Briefkasten quilt über, und ich werde sehr viel zu tun haben in den nächsten Tagen, das ist mir bei dem Anblick der ganzen eingegangenen Schreiben sofort klar. Das allgemeine Emailpostfach wird ebenfalls eine Herausforderung für mich darstellen. Dazu werden im Anschluss noch die ganzen weitergeleiteten Nachrichten meiner Chefs kommen. Diese Woche werde ich nicht viel Freizeit haben, das ist eine Tatsache. Um die Mittagszeit schaffe ich es gerade einmal zwei kurze Nachrichten an Jolina und an meine Eltern zu schreiben, mehr ist nicht drin. Ich bleibe freiwillig und ungefragt eine Stunde länger, bevor ich mich zuerst in den Supermarkt begebe, und danach direkt nach Hause fahre.

Ich hatte mir so viel vorgenommen, doch ich schaffe es an diesem Abend nicht, die Wohnung noch einmal zu verlassen. Den Besuch auf dem Friedhof verschiebe ich auf den nächsten Tag. Donnerstag melde ich mich bei meinen Eltern an, um dann wieder mit Papa zum Schwimmtraining zu fahren. Da Sarah erst morgen Abend zurückkommt, setze ich mich ganz in Ruhe mit der Akte auf meinem Schoß auf den Balkon und schreibe und schreibe. Ich denke nur ganz kurz einmal daran, dass diese Zeilen vielleicht irgendwann auch von Kriminalbeamten gelesen werden, doch das ist mir egal, und so schreibe ich weiter: „Mir ist bewusst, dass es irgendwann passieren wird, dass fremde Personen, vielleicht sogar Kriminalbeamte*innen diese Zeilen lesen werden. Daher möchte ich noch einmal betonen, dass alles zu einhundert Prozent der Wahrheit oder zumindest meiner Wahrnehmung entspricht. Ich bin bemüht, mich an alle Fakten zu halten und niemanden vor zu verurteilen. Trotz allem bin ich auch nur ein Mensch mit Gefühlen. Als ich auf die Uhr schaue, erschrecke ich mich, denn es ist schon fast elf Uhr. Morgen werde ich für den kommenden Samstag, sollte das auch am Wochenende möglich sein, ein neues Fahrsicherheitstraining buchen. Ich werde Carsten fragen, ob meine Freundin mitkommen darf, da wir hinterher noch etwas essen gehen wollen. So wie ich ihn kenne, wird er vielleicht sogar fragen, ob er uns dazu begleiten darf. Ich spekuliere ein wenig darauf, doch jetzt muss ich unbedingt schlafen, sonst schaffe ich morgen, meine ganze Arbeit nicht zu bewältigen.

Der Wecker klingelt gnadenlos, bis ich ihn endlich abschalte. In diesem Moment fällt mir ein, dass ich gestern erneut vergessen habe, die Wäsche zu waschen, und ich ärgere mich darüber. Zum Glück haben wir inzwischen einen vollen Kühlschrank, und ich schmiere mir zwei Brote, bevor ich aufbreche. Während meiner Frühstückspause rufe ich Jolina an und frage sie, ob sie bereit sei, Samstag mit mir und Carsten am Fahrsicherheitstraining teilzunehmen. „Klar, wenn er mir gefällt, melde ich mich auch gleich als Fahrschülerin an." „Warte ab, ob er sich korrekt verhält. Ich bin froh, dass ich mich nicht erneut allein mit ihm treffen muss."

Das Gespräch mit Herrn Müller fällt anders aus als geplant. Eine Frauenstimme mit dem Namen Müller geht an das Telefon. Ich frage höflich, ob es möglich wäre, ein Fahrsicherheitstraining für den kommenden Samstag zu buchen. Sie wirkt professionell und fragt, ob es gegen zehn Uhr morgens passe. „Um fünfzehn Uhr wäre mir lieber:" Sie seufzt leise, aber ich höre es trotzdem. „Kann ich Sie zurückrufen, da muss ich erst nachfragen?" Ich gebe ihr meine Firmennummer und bin dann für den Rest des Tages abgelenkt durch meine Arbeit. Als ich an diesem Nachmittag Feierabend mache, fällt mir wieder ein, dass ich gar keinen Rückruf erhalten habe, und ich beschließe, es am nächsten Tag noch einmal zu versuchen.

Der Besuch auf dem Friedhof nimmt mich heute emotional wieder sehr mit. Ich habe Marie einen schönen bunten Strauß gekauft und stelle ihn neben die orangenen Rosen, dabei entdecke ich ein kleines Herz aus Stein. Ich bin mir sicher, dass es vor meinem Urlaub noch nicht vor ihrem Grabstein lag. „Marie", sage ich leise, „ich versuche alles, um euren Mörder zu finden." Ein Windhauch durchfährt meine Haare und streift dabei mein Kleid. Ich lächle, denn inzwischen weiß ich, dass es so viel mehr auf dieser Welt gibt als das, das sich Schulwissen oder auch wissenschaftliche Erkenntnisse nennt. „Tschüss, Marie, bis bald wieder."

Sarah hat gekocht, ich rieche es schon im Treppenhaus und freue mich sehr darüber. „Wie war dein Urlaub an der Nordsee? Hast du einen hübschen Jungen kennengelernt?" „Woher weißt du das?", sage ich prompt, und wir fangen an zu kichern. Dann lädt sie mich zu einem leckeren Lauchauflauf ein, und wir halten etwas Smalltalk. Damit sie nichts Falsches in Marcells Gegenwart sagt, denn wie ich jetzt weiß, kann es durchaus sein, dass er hier unaufgefordert überraschend auf der Matte steht weihe ich Sarah ein und erzähle ihr, dass ich die Befürchtung habe, dass Marcell mehr von mir will, als ich zulassen möchte. Sie möge ihm also bitte nichts von Lukas aus Büsum erzählen, falls sie Marcell unverhofft begegnet. Sarah nickt zuversichtlich, und ich muss mir diesbezüglich keine Sorgen machen. Heute habe ich überhaupt keine Lust noch zu waschen und verschiebe es auf Mittwoch, da ich morgen vorhabe, direkt nach der Arbeit nach Hause zu kommen. Stattdessen schnappe ich mir die Tageszeitung, die ich mir vorhin am Kiosk gekauft habe, um zu erfahren, ob es Neuigkeiten innerhalb der Mordermittlungen gibt. Tatsächlich finde ich einen kleinen Artikel, der darauf hinweist, dass die Ermittlungen in vollem Gange sind und alle Zeugen von damals neu befragt werden sollen. Ich erschrecke mich, da das bedeutet, dass ich auch wieder befragt werde. Dieser Gedanke stellt mich vor einen Gewissenskonflikt, und ich hoffe, dass es noch ein paar Wochen dauern wird, bis die Polizei mit mir Kontakt aufnimmt, damit wir bis dahin mit unserer Ermittlungsarbeit weiter vorangekommen sind. Anderenfalls hätte ich ein echtes Problem damit, eine erneute Aussage zu tätigen. Ich bekomme Hitzewallungen, da ich Angst davor habe, die Polizei anlügen zu müssen, und frage mich, inwiefern ich mich dabei strafbar mache? Im ersten Moment fallen mir meine Chefs ein, gute und ehrliche Anwälte, doch sobald ich ihnen von meinen Begegnungen mit dem Jenseits erzähle, wäre unser Arbeitsverhältnis belastet. Sicherlich hätten sie dann Zweifel, was meinen Geisteszustand betrifft. Ich merke selbst, dass ich Probleme habe, meine Gedanken sachlich und klar zu formulieren, und frage mich, wie ich die Situation anderen erklären soll, wenn ich mir selbst unsicher bin. Ich weiß, was ich einer dritten Person sagen würde, wäre sie in meiner Situation. Ich würde ihr Folgendes raten: „Behalte deine Gedanken für dich und berichte nur über Fakten, die sich auch beweisen lassen. Spekulationen sind absolut fehl am Platz, da es sich um drei Morde handelt, die die Polizei aufklären muss. Zerstöre dir nicht deinen guten Ruf und das Vertrauen deiner Freunde mit irgendwelchen haltlosen Verdächtigungen. Kurz gesagt: Halte deinen Mund!" Ich bin ratlos und traurig über meine düsteren Gedanken. Ich fühle mich irgendwie verloren. Mir wird bewusst, dass ich nun anfangen muss zu kämpfen, um mich aus dieser Krise heraus zu holen. Ich will keine Depression zulassen, auch wenn mein Ziel, mit Ben zusammen sein zu können, inzwischen wie eine große Luftblase über mir schwebt und kurz davor ist, für immer zu zerplatzen.

Ich beschließe nun, schlafen zu gehen und bis morgen früh an gar nichts Schlimmes mehr zu denken. Der Fernseher wird leise eingeschaltet, und er lenkt mich tatsächlich von meinen Problemen ab.

Ich werde erst wieder durch das Klingeln meines Weckers wach. Ich denke an die viele Arbeit in der Kanzlei und fahre heute eine Stunde früher los. Das ist ganz komisch, normalerweise sitzen mir im Bus oft dieselben Personen gegenüber, doch heute lerne ich völlig neue Gesichter kennen. Es ist aber keins dabei, das mich veranlasst, die Person hinter dieser Fassade näher kennenlernen zu wollen.

Auf der Arbeit habe ich heute zu dieser frühen Stunde wesentlich mehr Ruhe. Ich sortiere die Post und koche Kaffee, bevor ich anfange, mir das Diktiergerät vorzunehmen und zu tippen. Noch bevor meine Chefs die Kanzlei an diesem Morgen betreten, kann ich ihnen mehrere zur Unterschrift fertige Dokumente auf ihre Schreibtische legen. Sie sind begeistert von meinem Arbeitseinsatz und spendieren mir einen Salat in der Mittagspause. Genüsslich esse ich in der kleinen Küche, als das Telefon klingelt. „Müller, entschuldigen Sie bitte, dass ich es gestern nicht mehr geschafft habe, Sie zurückzurufen. Mein Mann wird Sie um Punkt fünfzehn Uhr am Samstag auf dem Marktplatz abholen zu Ihrem Fahrsicherheitstraining." „Dankeschön, das ist perfekt. Wissen Sie, Frau Müller, ich habe zwar schon einen Führerschein, aber ich fahre wirklich nicht besonders gut, deshalb ist diese Übung wichtig für mich. Das tut mir leid, dass ihr Mann dann Samstag Nachmittag nicht zu Hause sein kann." „Ach, machen Sie sich deswegen keine Sorgen, der Sonntag gehört der Familie." Ich wünsche ihr viel Spaß, und wir beenden das Gespräch. Sie macht auf mich jetzt keinen verängstigten Eindruck, und ich hoffe sehr, dass ihr Ehemann wieder gesund ist und vor allem, dass seine Stimme am Samstag wieder normal ist. Ben wird die Stimme identifizieren, sobald er sie hört. Ich hoffe wirklich sehr, dass er noch in der Lage dazu ist, sich erneut mit mir in Verbindung zu setzen. Ich schrecke zusammen, denn mir fallen seine Eltern wieder ein, denen ich unseren Besuch angekündigt habe. Ich werde heute Abend mit Jolina telefonieren, sollte sie zu Hause sein, um einige Termine mit ihr abzusprechen. Wenn meine Freundin allerdings zu der Zeit bei Max ist, können dann weder sie noch ich frei sprechen, und wir müssen unsere Unterhaltung verschieben. Heute fahre ich auf direktem Weg nach Hause und stelle danach umgehend die Waschmaschine an. Es ist immer noch Hochsommer, und ich hänge die Wäsche auf unserem Balkon über den Ständer. Erst jetzt bemerke ich, dass neben der Kaffeemaschine ein Brief für mich liegt. Ich muss mich setzen, denn der Absender lässt mein Herz viel schneller schlagen: Lukas Hansen aus Kiel. Ich bin ganz aufgeregt, es ist ein dicker und schwerer Brief. Ich will ihn nicht zerreißen, daher nehme ich ein scharfes Messer und öffne den Umschlag sehr vorsichtig damit. Ich bin überrascht, denn ich habe acht bis zehn Postkarten in meiner Hand. Sie sind nummeriert, von eins bis neun. Ich bin sehr aufgeregt, als ich mich an den Küchentisch setze und Karte Nummer eins lese:

Hallo Lena, du wunderst dich jetzt bestimmt, woher ich deine Adresse habe, aber ich habe einfach

in Mamas Anmeldebuch geschaut. Aus der Pension stammen auch die Karten, leider haben wir nur zwei Sorten, daher habe ich die Motive abwechselnd verwendet. DU FEHLST MIR!

Karte Nummer zwei:

Ich bin sonst nicht so, doch ich glaube, dass ich mich wirklich in dich verliebt habe. Ich hoffe sehr, dass es dir ähnlich geht. Ich möchte dich gerne wiedersehen, und zwar bald. Wie das gehen soll, weiß ich noch nicht genau, es gibt mehrere Möglichkeiten.

Karte Nummer drei:

Am einfachsten für mich wäre es, wenn du nach Kiel kommen würdest. Ich befürchte, dass Mike sehr eifersüchtig werden wird, sollten wir eine ernsthafte Beziehung eingehen …

Ich kann für den Moment nicht weiterlesen und stecke die Karten zurück in den Umschlag. Das ist mir irgendwie zu viel auf einmal. Natürlich möchte ich gerne wissen, was er mir noch alles mitgeteilt hat, doch für den Anfang hätte mir eine einzige Karte gereicht. Er überfordert mich in diesem Moment. Natürlich kennt er die Probleme, die wir hier gerade zu lösen haben, nicht wirklich, daher verzeihe ich ihm. Verzeihen ist eigentlich falsch ausgedrückt, er weiß ja nicht, dass ich nun einen klaren Kopf brauche, um die richtigen Entscheidungen zu treffen. Ich will schließlich nicht das vierte Mordopfer sein. Entschlossen bringe ich den Umschlag in mein Zimmer und packe ihn zur Geheimakte, mir ist klar, dass es nicht lange dauern wird, bis ich weiterlesen werde, doch jetzt kümmere ich mich erst einmal um die Wäsche und drehe unter anderem die einzelnen T-Shirts von links auf rechts, um dabei in aller Ruhe meine Gedanken neu zu sortieren. Es fällt mir schwer zu glauben, dass dieser wunderschöne Mann sich tatsächlich in mich verliebt hat.

Mein Handy klingelt, es ist eine unbekannte Nummer, und ich weiß nicht, ob ich es wagen kann, das Gespräch anzunehmen. Ich gehe mal davon aus, dass Lukas mir seine Handynummer bereits auf einer der Karten hinterlassen hat. Während ich noch darüber nachdenke, schnell nach der Nummer zu schauen, endet das Klingeln. Ich habe jetzt auch tatsächlich keine Lust, mit ihm zu telefonieren. Zurück in meinem Zimmer, atme ich tief durch und lächle dabei. Ich kann nicht anders, ich muss wissen, was er mir noch alles geschrieben hat, und ich lese den Rest von Karte Nummer drei:

Mike findet dich ebenfalls sehr attraktiv, doch ich bin mir sicher, dass wir beide viel besser zueinander passen.

Karte Nummer vier:

Ich muss dich unbedingt sehen, wenn du magst, setze ich mich sofort in den Zug und komme dich

besuchen. Ich würde mich auch bei Max einquartieren, falls es dir zu schnell geht. Noch weiß niemand außer Mama von meinen Gefühlen zu dir. Bitte gib uns eine Chance!

Karte Nummer fünf:

Ich gebe dir meine Handynummer, bitte antworte mir ehrlich! Ich kann deine Antwort kaum abwarten. Ich fand es so schön, dich in meinen Armen zu halten, und würde das gerne wiederholen. Tut mir leid, wenn es jetzt kitschig klingt, aber ich meine es sehr ernst. Noch nie zuvor hatte ich solche starken Gefühle zu einer Frau wie jetzt zu dir.

Ich muss jetzt zuerst die Handynummer abgleichen, leider ist es eine andere Nummer als die, die vorhin versucht hat, mich zu erreichen. Ich atme ganz tief durch, denn ich vermisse ihn wahrscheinlich ebenfalls. Es fällt mir nur so schwer, diese Gefühle zuzulassen und zu akzeptieren. Mein ganzes Leben würde sich grundlegend ändern, sobald ich ihm nahekomme. Ich erinnere mich daran, dass er eine unsagbar starke Anziehungskraft auf mich hatte. Ich könnte ihm sofort die Kleider vom Leib reißen, würde er in diesem Moment neben mir stehen. Sogar ein Baby könnte ich mir mit ihm vorstellen. Diese Gedanken entsetzen mich, ich muss den Verstand verloren haben. Ich kann nicht anders und lese weiter.

Karte Nummer sechs:

Lena, ich liebe Dich. Ich weiß nicht, was mit mir passiert ist, ich kenne diese Art der Gefühle noch nicht lange, erst seitdem du mir am Strand begegnet bist. Ich war sofort in dich verliebt. Bei Mama und Papa war es ähnlich, und sie haben im Oktober Silberhochzeit. Gute Voraussetzungen oder?

Karte Nummer sieben:

Ich habe Sonntag und Montag versucht, dich zu vergessen, doch es ist mir nicht gelungen. Daher bin ich heute am Dienstag extra früh aufgestanden, um den Brief direkt zur Post zu bringen. Bitte gib uns eine Chance, dass wir uns zumindest näher kennenlernen können. Ich bin zu allem bereit. Du bestimmst, in welchem Tempo.

Ich bin völlig sprachlos, niemals hätte ich solche Worte von einem Vierundzwanzigjährigen erwartet. Er scheint es wirklich ernst zu meinen. Ich muss weiterlesen.

Karte Nummer acht:

Ich akzeptiere alles, was du willst, da ich dich für eine Frau halte, die keine halben Sachen macht. Sag du, wie du dir eine Zukunft mit mir an deiner Seite vorstellen kannst. Ich habe nur noch zwei Semester, dann bin ich fertig mit dem Studium. Ich würde sogar wechseln und in deiner Stadt weiter studieren, wenn das möglich ist. Ich habe ja auch Familie in deiner Nähe.

Karte Nummer neun:

Bitte sei mir nicht böse, ich will dich nicht nerven. Ich bin sonst nicht so ein Weichei, aber du hast es mir angetan. Hier kommen viele kleine zarte Küsschen für dich. Mehr gibt es bei passender Gelegenheit.
Dein Lukas

Ich habe Schnappatmung, so einen Brief wünscht sich wohl jede Frau einmal zu bekommen. „Naja", denke ich, „Briefpapier wäre vielleicht noch etwas schöner gewesen, aber die Karten haben auch etwas, etwas Einzigartiges". Ich darf mich jetzt nicht gehen lassen und vor allem nicht ablenken lassen und nehme mir deswegen vor, morgen eine Karte an Lukas Hansen nach Kiel zu senden. Ich werde ihn bitten, mir Zeit zu geben, damit ich mir über meine Gefühle zu ihm ganz in Ruhe Klarheit verschaffen kann. In Wirklichkeit brauche ich diese Zeit jedoch, um den Mörder meiner besten Freunde eindeutig zu bestimmen und gegebenenfalls die Polizei über unsere Erkenntnisse zu informieren. Lukas muss warten, auch wenn er die Liebe meines Lebens werden soll. Gerade dann wird er Verständnis haben müssen. Ich nehme mir vor, ihn auf die Probe zu stellen, indem ich teste, wie weit er bereit ist, für mich zu gehen. Die Kieler Adresse ist wohl derzeit am vernünftigsten zu nutzen. Tatsächlich tut mir Mike jetzt schon leid, aber so ist das Leben. Bei dem Wort Leben, muss ich erneut an Ben denken und merke, wie mir dabei die Tränen kommen. Ich bin froh, dass ich allein in meinem Zimmer bin, das ausstehende Telefonat mit Jolina verschiebe ich auf den späteren Abend und lege mich für eine kurze Ruhepause auf mein Bett.

Irgendwann klopft es an meiner Tür: „Lena, bist du da? Deine Wäsche hängt noch auf dem Balkon; soll ich sie abnehmen?" „Danke Sarah, ich mache das gleich. Ich muss eingeschlafen sein." „Ist gut, ich gehe noch einmal weg, warte nicht auf mich, vielleicht komme ich auch erst morgen wieder." „Ciao, Sarah!"

Das passt mir sehr gut, dass ich nun allein in der Wohnung bin, denn Sarah würde sich wahrscheinlich zu viele Sorgen um mich machen, wenn sie mich sieht. „Ich muss mehr auf mein Äußeres achten", denke ich, „denn wer weiß? Vielleicht steht Lukas eines Tages hier unangemeldet vor meiner Tür? Dafür will ich gut aussehen, um sein Begehren weiter voran zu treiben, schließlich ist er ein Traummann, vielleicht sogar bald der Mann an meiner Seite." Endlich finde ich zu meinem Lächeln zurück und wähle Jolinas Nummer, doch leider geht nur der Anrufbeantworter an. Ich überlege kurz, ob ich es wagen kann, ihr eine Nachricht zu hinterlassen, und entscheide mich daraufhin für eine sachliche Formulierung: „Hi, Jolina, ich bin es, Lena. Magst du Samstag um fünfzehn Uhr am Markt sein und mich dann zu meinem Fahrsicherheitstraining begleiten? Ich würde mich sehr darüber freuen. Liebe Grüße!" Kurz nach zweiundzwanzig Uhr bekomme ich eine

Nachricht von ihr, dass das mit unserer gemeinsamen Fahrstunde klar geht. Offenbar befindet sich Max in ihrer Nähe, das wird der Grund dafür sein, warum sie sich kurz fasst. Mittlerweile fehlt mir der Kontakt zu Jolina, beziehungsweise unsere Gespräche von Angesicht zu Angesicht. Ich muss sie unbedingt fragen, ob das kleine Herz an Maries Grab von ihr ist und wann wir denn gemeinsam Bens Eltern besuchen wollen? Ich überlege, ob ich mir einen Zettel schreiben soll, damit ich nichts vergesse, was ich meine Freundin alles fragen will, doch ich komme nicht mehr dazu, weil mir die Augen zufallen und ich tief und fest einschlafe.

Es ist schon Donnerstag, und ich freue mich sehr darauf, heute Abend mit meinem Vater gemeinsam zu seinem Schwimmtraining zu fahren. Ich habe meine sportlichen Aktivitäten diese Woche deutlich vernachlässigt und daher einiges nachzuholen. Die Arbeit lenkt mich auch heute wieder von meinen privaten Problemen und Herausforderungen ab, so dass ich es kaum schaffe, pünktlich Feierabend zu machen. In dem Moment, als ich die Kanzleitür hinter mir schließe, fällt mir Lukas wieder ein. Da ich heute sowieso nicht dazu kommen werde, ihm noch zu schreiben, verschiebe ich diese spannende Aufgabe auf morgen und eile stattdessen direkt zu meinen Eltern. Mama hat einen Salat vorbereitet, damit wir eine Kleinigkeit vor dem Training zu uns nehmen können. Die Stimmung ist nicht ganz so gelockert, wie wir alle drei uns das am liebsten wünschen. „Lena, was meinst du denn eigentlich zu der mysteriösen Sache um diesen Jannik?" Mein Vater schaut mich an und entschuldigt sich auch schon wieder für seine Frage. „Es tut mir leid, mein Schatz, doch diese ganze Sache macht deine Mutter und mich sehr unglücklich. Dir schien es doch deutlich besser zu gehen, und jetzt wird der ganze Fall erneut aufgerollt." Meine Mutter sagt gar nichts dazu und wartet offenbar ebenfalls auf eine Reaktion von mir. Ich bin unsicher und würde jetzt am allerliebsten schreiend weglaufen, doch ich will stark sein und nehme meinen ganzen Mut für Ben zusammen. „Mama, Papa, ich bin mir ganz sicher, dass eine mir höchstwahrscheinlich noch unbekannte Person meine zwei besten Freunde brutal ermordet hat. Ben ist genauso unschuldig wie Marie, daran glaube ich ganz fest." Mehr kann ich nicht sagen, denn nun muss ich doch noch weinen. Mama nimmt mich in die Arme, und Papa vergräbt das Gesicht in seinen Händen. „Mäuschen, wir sind uns auch unsicher und wissen gar nicht, was wir tun oder auch nur denken sollen. Aber wir sind immer für dich da, wenn du möchtest, kannst du sofort in dein altes Zimmer zurückziehen. Nur dass du das weißt, mein Schatz." Das macht es mir jetzt nicht leichter, mich zu beruhigen, und ich schluchze immer noch. Papa bittet mich, bei Mama zu bleiben, damit wir uns in aller Ruhe unterhalten können, während er für diesen Donnerstag allein zum Schwimmtraining fährt. Ich nicke nur, und er verabschiedet sich daraufhin von uns. „Mama", sage ich, nachdem wir die Haustür zuklappen hören. „Mama, ich will versuchen, mit Jolinas Hilfe Bens Unschuld zu beweisen." „Oh, mein Gott!" Meine Mutter springt auf und läuft hysterisch um den

Esstisch herum. „Nein, das verbiete ich dir. Ich will dich nicht verlieren, auf keinen Fall, und wenn ich dich anbinden muss. Es läuft vielleicht ein Mörder frei herum, und du, meine geliebte Tochter, sollst auf gar keinen Fall sein nächstes Opfer werden!" „Mama!" Es dauert eine Weile, bis sie sich wieder beruhigt. Mit dieser Reaktion habe ich in der Intensität nicht gerechnet. Ich bereue, meinen letzten Satz ausgesprochen zu haben. „Mama, wir werden nichts tun, was uns gefährdet, beruhige dich wieder." Ich weiß, dass das so nicht ganz der Wahrheit entspricht, aber meiner Mutter muss ich nun beweisen, dass sie sich keine Sorgen machen muss, und das wird anstrengend, ich kenne doch schließlich meine Mutter. Ich seufze und spreche mit ruhiger Stimme zu ihr. „Weißt du, Mama, ich möchte das Kapitel „Ben und Marie" möglichst bald endgültig abschließen, da ich mich neu verliebt habe." Jetzt reißt sie ihren Kopf herum, um mich sekundenlang anzustarren, bis ich ganz unsicher werde. „Freust du dich denn gar nicht? Vor mir liegt ein neuer Lebensabschnitt." „Lena, du schockst mich. Du hast es schon als kleines Kind geschafft, mich immer wieder zu verblüffen. Bitte lasst einzig und allein die Polizei ermitteln, und haltet euch da raus. Es ist viel zu gefährlich, solange nicht endgültig geklärt ist, wer tatsächlich für diese schlimmen Taten verantwortlich ist! Hast du das kapiert?" „Ja, Mama, das weiß ich auch selbst." „Gut, dann hätten wir das geklärt. Und jetzt erzähl mir bitte mal, in wen du dich verliebt hast." Ich weiß gar nicht, wie ich mich nun verhalten soll. So kenne ich Mama noch nicht. Ich versuche, meine Gedanken positiv einzustellen, dass ich nicht auch noch wütend auf meine Mutter werde. „Danke, dass du dir um mich Sorgen machst. Soll ich dir die ganze Geschichte um Lukas Hansen erzählen?" Jetzt lächelt sie wieder, und ich berichte ihr alles, bis hin zu den neun Postkarten. Nach diesem Gespräch ist sie endlich beruhigt und lässt mich mit einem glücklichen Gefühl wieder gehen, da sie sehr gespannt auf meinen bald neuen Freund ist und es kaum erwarten kann, ihn kennenzulernen.

Zu Hause angekommen, setze ich mich auf den Balkon und versuche, das Gespräch mit meiner Mutter noch einmal zu analysieren. Daraufhin beschließe ich, das Thema „Ben und Marie" soweit wie es irgendwie geht, zukünftig zu vermeiden. Sie würde es nicht verstehen, und vor allem würde sie meinen Geisteszustand in Frage stellen. Womöglich würde sie noch versuchen, mich irgendwo einweisen zu lassen. Ich schüttele mich, denn das wäre derzeit so ziemlich das Schlimmste, das mir passieren kann. Nun, nachdem ich wieder zur Ruhe gekommen bin, ärgere ich mich darüber, überhaupt mit diesem Thema angefangen zu haben. Ich will daraus lernen und bedachter mit meinen Worten umgehen. Da fällt mir dieses alte chinesische Sprichwort wieder ein, das meine Oma früher oft gesagt hat; „Du bist der Herrscher deiner Worte, doch einmal ausgesprochen, beherrschen sie dich!" Erst jetzt fällt mir auf, dass ich ganz vergessen habe, auf mein Handy zu schauen. Jolina fragt, ob wir morgen Abend zu Viert etwas unternehmen wollen, da wir uns ja noch bei den Jungs revanchieren müssen für das gelungene

Krimievent. „Oh nö", sage ich laut, doch ich weiß, dass es mir höchstwahrscheinlich besser gehen wird, sobald wir diesen Punkt abgehakt haben, und überlege, was wir zu Viert machen können, doch mir fällt absolut gar nichts ein. So frage ich sie, ob sie denn auf die Schnelle eine super Idee hat und ob es nicht besser wäre, den gemeinsamen Termin noch mindestens zwei Wochen zu verschieben, schließlich hat Marcell in einer Woche seine Theateraufführung. Ich gehe davon aus, dass Jolina erst morgen antworten wird, und schließe mein Handy wieder.

In dieser Nacht schlafe ich sehr unruhig, das hat gleich mehrere Gründe. Irgendwie wehre ich mich dagegen, den morgigen Abend in trauter Zweisamkeit mit Marcell verbringen zu müssen, und hoffe, dass wir diesen Termin verschieben können. Dann möchte ich unbedingt, so schnell wie möglich, Lukas eine Antwort senden, sicherlich wartet er schon sehnsüchtig darauf. Ich bekomme eine nicht zu unterschätzende Hitzewallung, während ich daran denke, wie er mich in seinen starken Armen gehalten hat. Wie gerne würde ich jetzt in diesem Moment nackt neben seinem wunderschönen Körper liegen, und kaum habe ich diesen Gedanken zu Ende gedacht, ärgere ich mich auch schon wieder darüber, denn so leid mir das in diesem Moment tut, aber Lukas hat derzeit nicht die Priorität mit der Nummer eins. Ich seufze und bin hellwach, nun überlege ich, was denn noch so alles Unangenehmes in meinem Leben bevorsteht. Jetzt bekomme ich sogar Angst, denn irgendwann in absehbarer Zeit wird sich die Polizei erneut mit mir in Verbindung setzen. Ich kann den Beamten dann unmöglich die Wahrheit über die Vorkommnisse der letzten Wochen glaubhaft erläutern, selbst dann nicht, wenn ich ihnen die Akte vorlege. Weiter will ich nicht denken und schalte auch heute Nacht wieder den Fernseher ein, an die zusätzlichen Stromkosten mag ich gar nicht denken; das ist auch so ein Punkt, der mir Angst macht. Ich weiß nicht, wie es auf dieser Welt beziehungsweise unserer Erde weiter gehen soll, wenn wir nicht endlich klimaneutral werden. Ich muss zuallererst den Mörder finden, bevor ich mich mit anderen Dingen beschäftigen kann. Nicht einmal der nahende Traummann kann mich jetzt davon abhalten. Während ich nun einer argentinischen Telenovela lausche, entschlummere ich sanft.

Freitagmorgen erwache ich gegen sechs Uhr früh und entschließe mich nun kurzfristig, vor der Arbeit schwimmen zu gehen. Tatsächlich habe ich Glück und kann nahezu unbehelligt meine Bahnen ziehen. Ich spüre meine Muskeln. Während ich schwimme, genieße ich die Anstrengung, doch mir kommt das Wasser heute deutlich kälter vor als noch vor meinem Urlaub. Es tut mir gut, hier zu sein, ich habe nicht wirklich erwartet, dass Ben sich meldet, vielleicht ein ganz klein wenig habe ich es trotzdem gehofft. Ich seufze, während ich mich zurück auf den Weg zu den Umkleidekabinen mache. Ich rechne damit, dass ich morgen Muskelkater habe, aber das wird mein Fahrsicherheitstraining nicht stören, höchstens den anschließenden Fußmarsch nach Hause. Mir fällt wieder ein, dass ich mit Jolina hinterher noch essen gehen möchte und so ein wenig darauf spekuliere, dass Carsten sich uns anschließt. Ein Blick auf die Uhr lässt mich zusehen, dass ich zur Arbeit komme.

Kurz bevor ich ins Wochenende starte, erreicht mich eine Nachricht meiner Freundin. Marcell hat uns eingeladen, an der heutigen Theaterprobe teilzunehmen beziehungsweise zuzuschauen. Ich lehne sofort mit der Begründung ab, dass ich mich zu sehr auf die Vorstellung freue und nicht schon vorab wissen möchte, was auf der Bühne geschieht. Jolina will daraufhin den Abend in trauter Zweisamkeit mit Max verbringen. Nach dieser Information ändere ich meine Planung und begebe mich direkt zum Friedhof. Heute kaufe ich mal keine Blumen, dafür möchte ich etwas mehr Zeit allein mit Marie verbringen. Dazu setze ich mich auf die Bank und rede mit ihr, zum Glück bin ich in der Mittagshitze so ziemlich der einzige noch lebendige Mensch hier. Das klingt vielleicht komisch, aber ich bin mir so sicher, dass sie jedes Wort, das an sie gerichtet ist, versteht. Nachdem ich ihr alles über Lukas und auch über meine nicht vorhandenen Gefühle für Marcell berichtet habe, fühle ich mich deutlich besser. „Danke, Marie, dass du mir zugehört hast. Ich kaufe jetzt eine Karte für Lukas. Vielleicht ja bis morgen."

Ich komme auf meinem Weg an einem kleinen Lottoladen vorbei. Hier draußen auf dem Bürgersteig stehen drei Kartenständer, die Entscheidung fällt mir sehr schwer. Mein Blick fällt auf eine Karte mit einer großen schwarzen Katze, eines Panthers, doch ich bin längst nicht so stark wie das Tier auf dieser Karte, und ich schaue weiter. Viele Geburtstagskarten sehe ich, die alle nicht geeignet für meinen Zweck sind, doch dann muss ich lächeln, denn ich sehe endlich eine, die perfekt passt. Vorsichtshalber kaufe ich gleich zwei Stück davon, falls ich mich verschreibe. Zu Hause angekommen, setze ich mich an den Küchentisch und lege die Karten vor mich. Langsam steigert sich meine Nervosität, denn ich weiß nicht genau, was ich nun schreiben soll. Da ich nicht ewig Zeit habe, fange ich einfach an:

„Hi, Lukas, deine Karten haben mich fasziniert, überrascht und sehr erfreut. Gib mir Zeit, mir über meine Gefühle klar zu werden. Ich habe hier noch ein paar Dinge zu regeln, bevor ich dir eventuell eine Chance geben kann, der Mann in meinem Leben zu werden. Ich rufe dich in ungefähr zwei Wochen an. Fühl dich gedrückt! Deine Lena"

Mir gefällt mein Text nicht sehr gut. Aber die Karte soll heute noch in den Briefkasten, bevor ich es mir doch noch anders überlege und womöglich diese Karte mit den Fragezeichen darauf einfach zerreiße. Ohne groß weiter darüber nachzudenken, erhebe ich mich, um schnellstmöglich zum nächstgelegenen Briefkasten zu gehen. Nachdem ich meine Nachricht eingesteckt habe, bekomme ich Zweifel, doch jetzt ist es zu spät.

Ich spüre meine Beinmuskeln, während ich die Treppen bis zu unserer Wohnung nach oben gehe. Irgendwie freue ich mich sogar darüber, denn mein Schwimmtraining scheint etwas bewirkt zu haben. Sarah müsste in ungefähr einer Stunde nach Hause kommen, und ich hole mir schnell die Akte, um ein paar Gedanken zu notieren. Mir fällt auf, dass meine Schrift dabei irgendwie krakelig aussieht, was auf eine Unsicherheit schließen lässt. Ich habe Angst davor, dass Carsten Müller womöglich nicht derjenige sein könne, nach dem wir nun schon so lange suchen. Morgen Nachmittag werden wir es hoffentlich wissen. Ich habe keine Angst vor dem Fahrlehrer, doch vor dem Termin morgen große Bedenken. Ich frage mich, was wir machen sollen, sollte er nicht der Mörder sein? Jetzt in diesem Moment fehlt mir Jolina, und ich schließe die Geheimakte und verstaue sie danach wieder sicher in meinem Schreibtisch, bevor ich mich dann auf unseren Balkon setze. Lange halte ich es hier nicht aus, die Sonne brennt zu stark, und ich habe mich nicht eingecremt. Ich gehe daraufhin in mein Zimmer und denke an Lukas. Bisher habe ich die Gedanken an ihn immer so kurz wie möglich gehalten, doch jetzt habe ich Zeit, in aller Ruhe über ihn nachzudenken. Ich erinnere mich an seine männlichen Umarmungen und merke, dass er mir sehr fehlt. „Fehlt mir nun genau Lukas Hansen oder einfach nur ein Mann?" Diese Frage hätte ich mir nicht stellen müssen, denn es hat in meinem bisherigen Leben nicht viele Männer gegeben, in die ich mich wirklich verliebt habe, und Lukas ist mit Sicherheit derjenige, bei dem mein Herz am schnellsten geschlagen hat. Ich habe mich genauso aufrichtig in ihn verliebt, wie er sich scheinbar auch in mich. Morgen muss ich unbedingt einen Termin mit Jolina ausmachen, um Bens Eltern zu besuchen. Dass ich ihnen immer noch keinen Besuch abgestattet habe, belastet mich stark. Meine Gedanken springen wild hin und her, und ich kann mich gar nicht auf eine Sache konzentrieren. Ich werde müde und schlafe dann tatsächlich am Freitagnachmittag tief und fest ein.

Am frühen Abend klopft Sarah an meine Tür: „Lena, du hast Besuch. Stehst du auf?" „Bin gleich da!" „Hoffentlich ist es nicht Marcell", denke ich und ärgere mich über sein dreistes Verhalten. Um ins Bad zu gelangen muss ich an der Küche vorbeigehen, daher schaue ich schnell in den Spiegel meines Kleiderschranks und gebe mir das Okay, diesen Raum so zu verlassen, wie ich gerade aussehe, also leicht verpennt.

„Mike!" Ich umarme ihn. „Was machst du denn hier?" „Ich bringe dir deinen Becher, das hatten wir dir doch versprochen." „Wie bist du denn hergekommen? Bist du allein?" Ich habe mich bemüht diese Frage möglichst gelassen zu stellen, doch ich bin sehr aufgeregt und hoffe, in ein paar Minuten in Lukas` Armen liegen zu können. Er reicht mir den noch verpackten Becher, und wir setzen uns an den Küchentisch. Ich packe das von Lukas bemalte Kunstwerk aus und freue mich über jedes einzelne der kleinen bunten Herzen. „Klasse, vielen lieben Dank. Sag, wie bist du hergekommen?" „Mama wollte unbedingt ihre Schwester sehen. Wir müssen morgen auch schon wieder zurück, ein Frühstück schafft Papa allein für die Gäste vorzubereiten. Das Sonntagsfrühstück ist immer etwas üppiger, damit wäre er bestimmt überfordert." Mir wird langsam bewusst, dass Lukas sich höchstwahrscheinlich gerade in Kiel aufhält und ich ihn an diesem

Wochenende wohl nicht zu sehen bekomme. Mike sieht gut aus, ich glaube, dass er beim Friseur war. Ich sage nichts dazu, nicht dass er sich doch noch Hoffnungen macht. „Lena, ich will gleich Max und seine neue Freundin Jolina besuchen, kommst du mit?" „Ja, lass uns irgendetwas gemeinsam unternehmen. Gib mir zehn Minuten, ich mache mich frisch." Sarah bietet ihm netter Weise ein Getränk an, während ich genau überlege, was ich anziehen werde. „Es darf auf keinen Fall zu sexy aussehen, das hebe ich mir für seinen Bruder auf", denke ich und fühle mich gleich etwas unwohl. Mike tut mir leid, er ist so nett, aber eben viel zu jung für mich. Sein Bruder ist dagegen der perfekte Mann, man kann schon fast sagen, der Mann meiner Träume. Ich schminke mich dezent und denke über den bevorstehenden heutigen Abend nach. Hoffentlich sind wir dann später nicht zu fünft unterwegs. Marcells Anwesenheit würde mir den Abend sicherlich verderben.

„Fertig, wir können los, wenn du magst." Sarah lächelt mich im Vorbeigehen verstohlen an, ich hatte ihr ja schließlich von den Hansen-Brüdern erzählt. Wollen wir zu Fuß gehen und einen kleinen Abstecher über den Friedhof machen?", frage ich Maries Cousin. „Ich besuche sie oft, sie fehlt mir sehr." Ich merke, wie meine Augen sich schon wieder mit Tränenflüssigkeit füllen wollen, und ich kämpfe dagegen an. „Ja, ich war zwar vorhin schon einmal dort, aber da ich morgen früh wieder nach Hause fahren muss, komme ich jetzt sehr gerne noch einmal mit dir mit auf den Friedhof." Ich verzichte heute auf die Blumen für Marie, da ich davon ausgehe, dass sie an diesem Tag schon einen Strauß bekommen hat. So ist es dann auch, und wir stehen gemeinsam schweigend vor ihrem Grab. Nach kurzer Zeit frage ich ihn, ob wir uns einen Moment auf die Bank setzen wollen. Ich berichte Mike, dass ich hier oft sitze und dann mit Marie spreche beziehungsweise Ihr alles erzähle, was mich beschäftigt. „Lena"; sagt er in einem ganz sanften Ton, und ich bekomme Angst, dass es gleich peinlich werden kann. „Was ist?", sage ich deutlich und schnell. „Ich habe mich in dich verliebt." „Auch das noch", sage ich leider laut. Ich kann mir das gar nicht erklären, warum ich laut gesprochen habe, aber er soll wissen, dass wir zwei keine gemeinsame Zukunft haben. „Wie meinst du das?" Mike schaut mich traurig an. „Du bist deutlich zu jung für mich, was nicht heißen soll, dass du kein toller Mann bist. Ich bin jetzt ganz ehrlich zu dir, das tut vielleicht etwas weh, aber ich gehe davon aus, dass wir uns noch öfters begegnen werden. Es ist genau das passiert, wovor du Angst hattest, Mike. Ich habe mich leider wirklich in deinen Bruder verliebt. Er hat das richtige Alter für mich. Bitte sei nicht böse, weder auf mich noch auf Lukas. Wir können beide nichts dafür, es ist so passiert." Jetzt denkt er bestimmt, dass wir hinter seinem Rücken etwas miteinander gehabt haben, und ich sehe mich gezwungen, noch einen Satz hinzuzufügen, der mir nicht leichtfällt. „Es ist rein gar nichts zwischen uns gelaufen, davor brauchst du keine Angst zu haben." „Danke." Er sitzt jetzt betrübt neben mir. Erst nach ein paar Minuten hat er sich wieder gefasst und spricht einen sehr netten Satz zu mir. „Besser dich als

Schwägerin als so eine überkandidelte Tussi." Jetzt kichern wir beide und beschließen nun, seinen Cousin zu besuchen. „Mike, unser Gespräch muss aber unter uns bleiben. Ich glaube, dass Max und Jolina überfordert wären." „Geht klar!" Der eigentliche Grund, dass ich ihn gebeten habe, unser Gespräch nicht zu erwähnen, ist jedoch der, dass ich auf gar keinen Fall möchte, dass Marcell von meiner Liebe zu Lukas erfährt.

Ich hätte es mir eigentlich denken können, aber Marcell ist auch gerade bei Max zu Besuch. Mir entgeht nicht, wie er Mike mustert, das ärgert mich, ich will es mir aber nicht anmerken lassen. In einer Woche hat er seinen großen Theaterauftritt, bis dahin werde ich mich zurücknehmen. Danach werde ich wohl oder übel Klartext mit ihm reden müssen. Da Mike seiner Mutter fest versprochen hat, heute nicht zu spät nach Hause zu kommen zu Tante und Onkel, beschließen wir, gemeinsam nicht mehr auszugehen und stattdessen ein Brettspiel zu spielen. Das habe ich schon sehr lange nicht mehr getan und bin gespannt, welche Spiele Max zur Auswahl hat. Wir entscheiden uns dann schließlich für „Die Siedler von Catan". Max hat alles von diesem Spiel, sämtliche Erweiterungen, die ich teilweise noch gar nicht kenne. Mike ist voll dabei und es macht richtig Spaß, so wird es dann doch noch ein schöner Abend. Marcell hat sich auch ganz gut benommen, natürlich bietet er mir wieder an, mich nach Hause zu begleiten, doch ich lehne es ab. Jolina gibt mir ein Zeichen, ihr in die Küche zu folgen. „Kannst du ihm nicht erlauben, dich ein Stück zu begleiten?" Sie zwinkert mir zu, und ich realisiere, was sie von mir erwartet. Ich ziehe meine Augenbrauen hoch und nicke. Zurück im Wohnzimmer, wende ich mich dann professionell an Marcell: „Vielleicht kannst du mich doch ein Stück begleiten, Marcell? Am Busbahnhof sind in letzter Zeit öfters nervende Jugendgruppen; du könntest mich sicher bis zu meinem Bus begleiten." Freudestrahlend willigt er ein. Dass ich Mike zum Abschied herzlich drücke, gefällt ihm dafür weniger. Ich hoffe nun, dass er mich tatsächlich allein in den Bus einsteigen lässt. Auf dem Weg verstehen wir uns dann ganz gut, und ich wünsche ihm viel Erfolg bei den Proben und erwähne noch einmal, dass ich mich sehr auf den Sonntag nächster Woche freue. „Ich werde dir ordentlich applaudieren. Oh, mein Bus steht schon da. Vielen Dank, Marcell", sage ich und laufe schnell zum Bus. Das ist gerade noch einmal gutgegangen, das habe ich nur für Jolina getan, damit sie nun Zeit für ihre Zweisamkeit mit Max hat.

Zu Hause angekommen, gehe ich gleich ins Bett und beschließe, sollte ich früh aufwachen, noch ein paar Bahnen schwimmen zu gehen. Es ist dann sage und schreibe elf Uhr morgens, als ich endlich aufstehe. „Das kann doch wohl nicht wahr sein", sage ich, als ich auf die Uhr schaue. Wütend darüber, dass ich die Morgenstunden verschlafen habe, gehe ich ins Bad und wasche mir die Haare. Danach entspanne ich dann aber doch noch auf unserem kleinen, aber gemütlichen Balkon. Vorher habe ich mir noch den Brief von der Staatsanwaltschaft geschnappt, den ich nun mittlerweile fast zwei Tage erfolgreich ignoriert habe. Das ist ansonsten gar nicht meine Art, doch ich habe solche Angst, mit den Beamten zu sprechen, dass mir bei dem Gedanken daran schon schwindelig wird. Ganz tief atme ich dreimal durch, bevor ich den Brief endlich aufreiße. Der Termin, zu dem ich im Kommissariat zu erscheinen habe, ist auf den übernächsten Mittwoch um vierzehn Uhr datiert. Ich beiße mir schmerzhaft auf meine Unterlippe, denn ich habe Angst, die Wahrheit sagen zu müssen. Morgen werde ich hoffentlich genug Zeit haben, um mit Jolina darüber zu reden, und ich frage mich, ob sie nicht einfach zu meiner Unterstützung mitkommen kann. Vielleicht hat sie ja sogar selbst schon einen Termin erhalten. Damit der Brief hier nicht noch durch die Gitterstäbe weht, bringe ich ihn in mein Zimmer, gehe aber sofort wieder zurück auf den Balkon. Es ist schön hier, nicht so schön, wie in einem der Strandkörbe der Familie Hansen in Büsum, aber trotzdem schön. Langsam komme ich wieder zur Ruhe und überlege mir, welche Fragen ich nachher meinem Fahrlehrer stellen soll, um ihn hoffentlich entweder zu überführen oder aber auch ausschließen zu können. Ich fange an, stark zu schwitzen, denn sollte ich Carsten Müller tatsächlich als Täter ausschließen können, war alles umsonst. Die ganzen Ermittlungsarbeiten der letzten Wochen wären dann ohne Erfolg. Das würde für mich bedeuten, dass die endgültige Rehabilitation Bens deutlich schwieriger wird. Ich muss weinen und beschimpfe mich als Heulsuse, anschließend gehe ich ins Bad und lasse mir ganz viel kaltes Wasser über das Gesicht laufen. Ich habe nur noch eine Stunde Zeit, mich wieder zu festigen, bevor ich die Wohnung verlassen muss. Ich frage mich, warum ich nur so nah am Wasser gebaut bin, das bringt doch meistens nur Ärger. Allerdings waren meine Tränen der Grund dafür, dass Lukas mich zum ersten Mal in seine männlichen Arme genommen hat. Ich vermisse ihn und frage mich, ob er meine Karte inzwischen bekommen hat. Ich muss mich nun schminken, damit ich ja nicht zu spät auf dem Marktplatz eintreffe.

Jolina ist bereits vor mir am vereinbarten Treffpunkt, sie winkt mir freudestrahlend zu, als ich aus dem Bus steige. „Es ist schön, eine neue beste Freundin zu haben", denke ich und seufze einmal, während ich sie drücke. „Alles okay mit dir?" „Ja, ich freue mich, dass du heute dabei bist, Jolina." „Ja, wir sind zu zweit und werden dem schönen Carsten heute die Stirn bieten und keinen Millimeter mehr." „Pssst, sei leise, nachher steht er hier schon irgendwo. Ich bin mir nicht sicher, mit welchem Auto wir heute fahren." Gemeinsam kichern wir wie die Teenies und es fällt uns schwer, wieder damit aufzuhören, als wir ihn einparken sehen. Zum Glück hat der Fahrlehrer heute keinen Schal umgebunden, damit stehen die Chancen gut, dass er wieder genesen ist und seine Stimme von Ben erkannt werden kann, sollte er derjenige sein, nach dem wir krampfhaft suchen. Er ist wieder mit dem Audi hier, zum Glück ist Jolina zierlich, so passt sie gut auf die Rücksitzbank.

Das Fahrsicherheitstraining verläuft unspektakulär, und Herr Müller verhält sich professionell, sogar leicht zurückhaltend. Er berichtet uns sogar von einem für morgen geplanten Familienausflug. Seine Stimme scheint nicht mehr beeinträchtigt zu sein, sodass wir unsere Mission hier abbrechen können. Weder Jolina noch ich machen Andeutungen, dass wir im Anschluss noch etwas essen gehen wollen. Er verabschiedet sich höflich und betont, dass ich mich jederzeit wieder melden kann, falls wir auf der Straße oder sogar auf der sich in der Nähe befindlichen Autobahn weiter trainieren wollen. Ich bedanke mich, und er lässt uns am Marktplatz wieder aussteigen. Es ist erst kurz nach siebzehn Uhr, an diesem Sommertag sind sehr viele Menschen hier. Es ist viel zu viel los, um sich über die Akte oder Ben und seinen Mörder zu unterhalten. Jolinas und mein Blick treffen sich, und sie deutet auf eine Bank, da steht gerade ein älteres Paar auf. Wir nutzen die Gelegenheit und nehmen Platz. Sie tippt in ihr Handy; „Ich glaube nicht, dass er es war, er ist zu nett. Wir sind wieder am Anfang. Es sei denn, es war doch Jannik!" Ich nicke, und meine Freundin steht auf. „Komm", sagt sie und reicht mir die Hand, um mich hochzuziehen, „lass uns Marie besuchen!"

Ziemlich still gehen wir in Richtung des Friedhofs, offenbar sind wir beide damit beschäftigt, unsere Gedanken zu sortieren. Vor ihrem Grab bleiben wir einen Augenblick nebeneinander stehen und schauen auf den Grabstein. Er glänzt, offenbar wurde er frisch poliert, das kleine Herzchen liegt etwas weiter links. „Ist das Herz von dir, Jolina?" „Nein, von Marcell. Wir waren zusammen hier. Scheinbar hat er doch ganz schön an ihr gehangen. Jetzt ist er allerdings scharf auf dich." Ich seufze laut und unterbreche damit ihren Redefluss. „Jolina, ich mag ihn nicht, schon gar nicht als Freund." „Ich weiß, was ist denn nun mit Lukas und dir?" „Das wird sich ergeben, ich bin in ihn verliebt, habe allerdings gerade andere Sorgen. Er soll sich zwei Wochen gedulden, dann weiß ich mehr, hoffe ich. Sag mal, kannst du vielleicht Dienstag oder Mittwoch zu Bens Eltern mitkommen?" „Ja, das sollten wir tun. Vorher müssen wir uns aber absprechen, was wir sagen wollen und was wir auf gar keinen Fall erwähnen dürfen." Ich nicke und stimme ihr zu, dann fällt mir der Brief von der Staatsanwaltschaft wieder ein. „Hast du auch einen Termin im Präsidium bekommen? Das wollte ich dich die ganze Zeit schon fragen. Meiner ist übernächste Woche Mittwoch." Jolina senkt ihren Kopf und deutet mit einer Handbewegung in Richtung meiner Lieblingsbank. Ich lächle sie an und nicke. „Ja, Lena, leider habe ich auch einen Brief bekommen. Mir ist ganz schlecht, wenn ich daran denke. Ich habe erst Donnerstag einen Termin. Ich will da nicht alleine hingehen." „Ich auch nicht. Was sollen wir nur machen?" „Ich komme mit zu deinem Termin, und wir nehmen die Akte mit. Es nützt ja nichts, es steht schließlich die ganze Wahrheit dort notiert. Wir müssen uns der Polizei offenbaren, langsam wird es für uns auch immer gefährlicher." „Ach, Jolina, ich habe so sehr gehofft, dass wir mit unserer Taktik, die Exfreunde von Marie unter die Lupe zu nehmen, den wahren Mörder finden werden. Nun sind wir wieder am Anfang." Ich vergrabe das Gesicht in meinen Händen und schließe dabei meine Augen. „Das stimmt so nicht, wir haben sehr viel erreicht. Wir konnten mehrere Personen als Täter ausschließen. Allerdings sind wir im schlimmsten

Fall dafür verantwortlich, dass Jannik ebenfalls ermordet wurde. Ich mag gar nicht daran denken, was passiert, nachdem die Kriminalbeamten die Geheimakte gelesen haben." „Jolina, können wir das überhaupt verantworten?" „Was meinst du genau?" „Wenn sie lesen, dass Marcell oder Max die Akte heimlich gelesen haben, kommen sie bestimmt auf den gleichen Verdacht wie wir?" „Nützt nichts, dann müssen wir unsere jetzigen Gedanken noch hinzufügen, am besten wieder unabhängig voneinander. Dann wissen die Beamten, dass wir Max und Marcell als Täter für unwahrscheinlich halten. Ich werde die Theorie erwähnen, dass ich mir vorstellen kann, dass eine völlig fremde Person Jannik ermordet haben kann." „Ja, und wer soll das sein und warum? Wir müssen der Polizei neue Ermittlungsansätze liefern."

Gemeinsam beschließen wir, in aller Ruhe nachzudenken, bevor wir alle neuen Erkenntnisse in unsere Geheimakte schreiben wollen. In Jolinas Beisein rufe ich hier auf der Bank sitzend Bens Eltern an: „Guten Tag, hier ist Lena." „Lena, wie schön, dass du dich meldest. Magst du uns besuchen kommen?" „Gerne, würde es Ihnen Dienstag oder Mittwoch passen? Jolina sitzt hier neben mir, wir würden zu zweit vorbeikommen." Wir verabreden uns für den kommenden Dienstagabend zu um achtzehn Uhr. Nach dem kurzen Gespräch mit Bens Mutter zittere ich richtig. „Jolina, das war so anstrengend für mich. Ich hätte das schon vor Monaten tun sollen." „Ich weiß, aber wir werden Dienstag zu zweit Bens Eltern einen Besuch abstatten. Ich hole die Blumen, ich habe früher Feierabend als du." Ein Blick auf unsere Handys lässt uns erschrecken. „Ach du meine Güte, so spät schon. Max wartet bereits auf mich, ich muss los. Oder möchtest du mitkommen? Das wäre kein Problem, wirklich nicht." „Nein, ich muss heute in Ruhe über alles nachdenken und werde dabei die Akte füllen." „Okay, dann komme ich Dienstagabend nach unserem Besuch bei Bens Eltern mit zu dir und schreibe dann ebenfalls in die Akte. Kann ich dann wieder bei dir schlafen?" „Klar, hat doch letztes Mal auch gut geklappt, obwohl wir den darauf folgenden Tag arbeiten mussten." „Ich habe nur noch diese Woche, dann habe ich meinen Jahresurlaub." „Ach ja, stimmt, in einer Woche ist auch endlich die Theateraufführung von Marcell. Ich bin so froh, wenn ich das endlich hinter mir habe." „Lena, ich muss jetzt los, ist das wirklich okay?" „Ja, geh nur, ich bleibe noch ein paar Minuten bei Marie."

Ich atme ganz tief durch und merke, dass ich langsam müde werde und schlendere daraufhin nach Hause. Ich muss Bens Eltern am Dienstag unbedingt fragen, wo seine Hülle begraben liegt. Meine Gefühle fahren zur Zeit zweigleisig, zum einen kann ich Ben nicht vergessen und auch nicht aus meinem Herz vertreiben, zum anderen ist Lukas auch schon dort. Was er wohl gerade denkt? Ich frage mich, ob meine Karte ihn enttäuscht hat und ob er inzwischen mit seinem Bruder gesprochen hat. Ich weiß, dass irgendwann eine ganz aufregende Zeit mit Lukas kommen wird, doch jetzt ist es unmöglich für mich, mich gehen zu lassen. Ich komme wieder an dem Kiosk vorbei und kaufe erneut zwei Karten, diesmal allerdings noch eine aktuelle Tageszeitung. Ich wundere mich, dass überhaupt noch eine vorhanden ist, an einem Sonnabend um diese Uhrzeit. Wahrscheinlich liegt das daran, dass gerade Sommerferien sind und viele Familien sich derzeit gar nicht in der Stadt befinden.

Zu Hause angekommen, gehe ich zuallererst duschen, bevor ich mich traue, die Geheimakte hervor zu holen. Ich schaue auf die Liste unserer Verdächtigen und bleibe immer wieder bei Jannik hängen. Dass er einen gefälschten Abschiedsbrief hinterlassen haben soll, gibt jedoch keinen Sinn, irgendetwas stimmt nicht. In der Zeitung stand, dass er ebenfalls brutal ermordet wurde. Ich frage mich, wie der Täter so naiv sein konnte anzunehmen, dass die Polizei keine forensische Untersuchung veranlasst und dabei die exakte Todesursache feststellt und somit einen Suizid ausschließt? Für mich gibt es nur zwei Antworten darauf; die eine ist, dass er viel zu sehr unter Zeitdruck war, um klar denken zu können. Die andere ist, dass er so voller Hass ist, dass er oder vielleicht ja auch sogar sie emotional gehandelt hat, ohne über eventuelle Folgen für sich selbst nachzudenken. Janniks Exfrau könnte für den Mord an ihrem Exmann verantwortlich sein, doch nicht für die Morde an Marie und Ben. Das ist für mich ausgeschlossen, da Ben eine männliche Stimme vernommen hat, während er seinen Todeskampf verloren hat.

Das war so klar, dass mir nun wieder die Tränen komme; ich ärgere mich darüber und gehe kurz ins Badezimmer. Obwohl ich nicht mehr vorhabe, heute noch das Haus zu verlassen, schminke ich mich neu. Direkt im Anschluss schreibe ich insgesamt fast fünf Seiten in unsere Geheimakte. Alles schreibe ich auf, die Gefühle zu Lukas und Ben, genauso wie die Abneigung gegen Marcell und leider auch den Verdacht, dass, wenn alles schiefgelaufen ist, sogar Max und Marcell hinter dem Mord an Jannik stecken können. Ich schäme mich für diese Zeilen und frage mich, ob man das unter Freunden überhaupt tun darf? Ich will sie nicht verdächtigen, daher schreibe ich auch auf, dass ich diese Möglichkeit zu fünfundneunzig Prozent für ausgeschlossen halte, bei Max sogar zu neunundneunzig Prozent. Erleichtert schlage ich die Akte zu und habe jetzt schon Angst vor Jolinas Reaktion, sobald sie am Dienstagabend meine Zeilen lesen wird. Ich habe nicht vor, Max und Marcell anzuklagen, dennoch hat mindestens einer von beiden unbefugt unsere Geheimakte gelesen und wird durch unsere Ermittlungen ebenso wie wir damals zu dem Schluss gekommen sein, dass höchstwahrscheinlich Jannik der Täter ist.

Ich schlafe nicht gut in dieser Nacht, vielleicht liegt es auch daran, dass ich keine Lust habe, mich morgen eventuell vor meinen Eltern rechtfertigen zu müssen, bei meiner Mutter weiß man nie, welche Theorien sie sich vorstellt. Die Wahrheit werde ich ihnen nicht sagen, das steht fest. Ich werde Jolina vorwarnen, dass ich Max und Marcell in Bezug auf die gelesene Akte erwähnt habe. Wenn ich dann Glück habe, ist sie nicht ganz so entsetzt, wenn sie meine Worte liest. Wir haben schließlich vereinbart, alles ganz ehrlich in unsere Geheimakte zu schreiben.

Zum Glück wird es ein sehr netter Nachmittag bei meinen Eltern. Papa grillt, und beide wollen unbedingt wissen, wann ich ihnen endlich Lukas vorstellen werde. „Der weiß noch gar nichts von seinem Glück", rutscht mir so raus und meine Eltern starren mich daraufhin entsetzt an. „Ich habe es nur angedeutet, dass er eventuell der Mann in meinem Leben wird. Dass ich aber momentan keine Zeit für ihn habe, da ich noch etwas zu erledigen habe." „Mäuschen, was denn? Was ist denn so wichtig, dass deine vielleicht ganz große Liebe warten muss?" „Ich muss erst das mit Ben und Marie abschließen. Nächste Woche Mittwoch habe ich einen Termin im Polizeipräsidium, danach hoffe ich, wieder frei zu sein für die große Liebe." „Oh, wie süß!" Meine Mutter knuddelt mich und Papa meint, dass ich nun wohl endlich doch noch erwachsen geworden bin. Zum Abschied flüstert Mama mir noch zu, dass ich Lukas nicht zu lange zappeln lassen soll. Ich nicke und lächle, mir fallen dabei die zwei gestern frisch gekauften Postkarten wieder ein, und ich beschließe, heute eine weitere Karte an Herrn Hansen nach Kiel zu senden.

Ich fahre auf dem direkten Weg nach Hause und freue mich darüber, dass Sarah mir ein Stückchen Torte im Kühlschrank hinterlassen hat. „Noch bin ich satt, aber nachher werde ich es genießen, wenn ich zurückkomme, nachdem ich die Karte eingesteckt habe", denke ich und setze mich an den Küchentisch. Ich entscheide mich für die Karte, auf dem ein Pärchen im Sonnenuntergang steht und auf die See schaut, so kann ich mir uns zwei auch zukünftig vorstellen.

„Lieber Lukas,
ich habe nächste Woche Mittwoch einen Termin bei der Kriminalpolizei. Es geht dabei immer noch um die Morde an meinen besten Freunden. Wenn ich diesen Termin hinter mir habe, möchte ich dich sehr gerne näher kennenlernen. Ich freue mich schon auf uns.
Deine Lena"

Bevor ich mir das noch anders überlege, verlasse ich so schnell, wie es mir möglich ist, die Wohnung, um die Karte einzustecken. Ich muss nicht weit gehen bis zum nächsten Briefkasten. Jetzt würde ich es gerne Marie erzählen, doch mir ist bewusst, dass um diese Uhrzeit viele Menschen auf dem Friedhof sein werden, um die Pflanzen auf den Gräbern zu wässern. Für einen kurzen Moment bin ich mir nicht sicher, was ich heute Abend noch machen soll, doch dann denke ich, dass es vielleicht ganz nice sein kann, einfach zu chillen und dabei zur Ruhe zu kommen. „Jetzt, nachdem ich die Karte an Lukas verschickt habe, kann alles nur noch gut werden", denke ich. Danach mache ich es mir auf unserem Balkon gemütlich. Sarahs Mandarinentorte schmeckt herrlich erfrischend, dazu genieße ich einen frisch aufgeschäumten Milchkaffee. Ein Blick auf mein Handy lässt mich erstrahlen, denn ich habe eine Nachricht von Mike erhalten. Ich weiß nicht, von wem er meine Handynummer bekommen hat, aber das ist jetzt auch egal.

„Hi, Lena! Wir sind gestern gut wieder nach Büsum gekommen, Papa hat alles allein geschafft. Ich soll dich schön von allen grüßen. P. S. Ich habe mich mit Lukas ausgesprochen, alles ist gut. Mike"

Jetzt habe ich schon wieder Tränen in den Augen, langsam ärgert mich das richtig, dass ich ständig anfange zu weinen, und ich schaffe es tatsächlich, mich wieder zu beruhigen. Ich antworte meinem zukünftigen Schwager mit einem Daumen nach oben und einem lächelnden Smiley. Beruhigt lege ich mich schlafen und wache tatsächlich erst durch das nette Geräusch meines Weckers wieder auf. Dieser Tag vergeht wie im Flug, auf der Arbeit läuft alles nach Plan, und ich mache pünktlich Feierabend.

Sarah und ihr neuer Freund sind schon in der Wohnung, als ich nach Hause komme. „So ist das eben innerhalb einer Wohngemeinschaft, man hat Rechte, aber auch Pflichten. Eigentlich muss ich dringend auf die Toilette, doch die beiden scheinen sich gerade im Badezimmer zu vergnügen. Kurzentschlossen ändere ich meine Pläne für diesen Abend und fahre ins Schwimmbad. Es ist nicht so voll wie erwartet, sondern noch viel voller. Tatsächlich muss ich heute auch wieder eine gute Viertelstunde warten, um hereingelassen zu werden. Viel hätte nicht gefehlt, und ich hätte mir in die Hose gemacht, so nötig muss ich inzwischen auf das Klo. Nach dem Toilettengang gehe ich nun erleichtert auf die

Rasenfläche und suche mir ein etwas abseits gelegenes freies Plätzchen. Zum Glück habe ich die Sonnenschutzcreme eingepackt, nun vermisse ich einen starken Mann an meiner Seite, der mir zärtlich den Rücken einschmiert. Kaum habe ich diesen Satz zu Ende gedacht, höre ich Marcells markante Stimme: „Hallo, Lena! Darf ich dir den Rücken eincremen?" „Hi, Marcell, ja, die Sonne scheint heute besonders gnadenlos zu sein." Ich spüre seine Finger und Handballen auf meiner Haut und bin mir unsicher, ob er jetzt versucht, mich anzumachen oder nicht. Ich halte es für das Beste, ihn abzulenken, damit er nicht noch in Schwierigkeiten kommt und womöglich seine Badehose anfängt zu strammen, das wäre sehr peinlich. „Erzähl doch mal von den Theaterproben. Läuft alles gut? Ich freue mich schon auf Sonntag. Was zieht man denn eigentlich an im Theater?" Tatsächlich scheine ich ihn nun in die Realität zurück zu holen mit meinen Fragen. „Du kannst anziehen, was du möchtest, du siehst immer schick aus, Lena." Dann berichtet er von seinen Kollegen und dem strengen Intendanten. „Es reicht jetzt. Danke, Marcell. Soll ich dir auch den Rücken eincremen?" Kaum habe ich das ausgesprochen, lässt er sich auch schon auf sein Handtuch fallen. „Sehr gerne!" Ich gebe mir Mühe, ihn gut einzucremen und dabei ja nicht zu fraulich zu wirken. „Kommen Max und Jolina auch noch her?" „Vielleicht, das wussten sie noch nicht genau." Irgendwie geht mir langsam der Gesprächsstoff aus, und ich überlege, ob ich es wagen kann, ein paar Bahnen zu schwimmen. Doch ein einziger Blick in die Richtung des großen Beckens reicht, um zu realisieren, dass das in absehbarer Zeit nicht klappen wird. Mein Handy klingelt, es ist meine Mutter, ich erzähle ihr, dass ich im Schwimmbad und gerade im Begriff bin wieder zu gehen. Aus dem Augenwinkel sehe ich Marcells enttäuschtes Gesicht. „Ja, Mama, ich helfe dir gerne, bis gleich dann." Ich habe geschummelt und hoffe, dass meine Mutter das kapiert hat, wie ich das gemeint habe. Ich verabschiede mich mit der Ausrede, meiner Mutter helfen zu müssen. So kann er nicht auf die Idee kommen, mich begleiten zu wollen, das wäre auch nicht gut, da ich dann in die entgegengesetzte Richtung fahren müsste. Er bleibt dort liegen und winkt mir zum Abschied zu. Erleichtert verlasse ich das Bad und rufe sofort meine Mutter zurück, um ihr die Situation zu schildern. Sie ist amüsiert über mein Verhalten und lädt mich ein, vorbei zu kommen, doch ich lehne ab. Stattdessen fahre ich zurück nach Hause und gehe davon aus, dass die beiden Liebenden inzwischen fertig sind mit ihren „Leibesübungen" im Badezimmer.

Ich gehe direkt in mein Zimmer und setze mich an den Schreibtisch. Dann öffne ich die Akte und notiere:

Worte für den Termin bei Bens Eltern:

Mir fällt nichts ein, beziehungsweise alle Versuche, einen vernünftigen Satz an die Eltern meines ermordeten Freunds zu formulieren, scheitern kläglich. Erst jetzt merke ich, wie müde ich doch geworden bin und lege mich schlafen.

Mitten in der Nacht werde ich wach, mein Herz fängt an zu rasen, und ich schaue mich in meinem Zimmer um. Es wird schon wieder hell, doch es ist nichts Ungewöhnliches zu sehen. „Ben? Ben bist du das?" frage ich leise, doch ich bekomme keine Antwort. Es war wohl nur ein böser Traum, der mich in dieser Sommernacht geweckt hat. Ich liege nun wach und denke intensiv an Ben, dabei fallen mir seine mahnenden Worte wieder ein, ihn nur im äußersten Notfall zu rufen, da er inzwischen so schwach geworden ist, dass er nicht mehr garantieren kann, sich überhaupt noch einmal zu melden. So oder so ähnlich waren seine Worte zu mir. Den Sinn habe ich verstanden, aber nicht wahrhaben wollen. Ich seufze tief, denn heute Abend werde ich seine Eltern sehen und ihnen sagen, dass ihr Sohn unschuldig gestorben ist und sogar noch versucht hat, unsere gemeinsame Freundin Marie zu retten. Viel mehr kann ich ihnen nicht sagen, noch nicht. Vielleicht dann, wenn die Morde zweifelsfrei aufgeklärt sind. Ich beiße mir auf die Unterlippe, um nicht laut los zu schreien. Ich bin wütend, dass unsere ganzen Ermittlungen ins Nichts geführt haben. So aufgewühlt, brauche ich es gar nicht mehr zu versuchen, erneut einzuschlafen. Ganz leise räume ich mein Zimmer auf und wische dabei sogar Staub. Ich habe immer noch über eine Stunde Zeit, bis das Schwimmbad öffnet, daher schreibe ich einen langen Brief an Ben, einen ganz persönlichen Brief auf echtem Briefpapier. Ich teile ihm noch einmal mit, wie lieb ich ihn habe und immer hatte. Dann auch, wie schwer es mir fällt, ihn für immer gehen lassen zu müssen, und auch, wie dankbar ich ihm bin, dass er mir gestattet, einen neuen Mann in mein Leben zu lassen.

„Danke für deine wahre Liebe aus dem Jenseits!",

schreibe ich ganz groß mitten in den Brief hinein. Und wie glücklich ich darüber bin, dass er mir trotz der schlimmen Qualen, die er erleiden muss, um mich sehen und sprechen zu können, nach seinem Tod mehrfach begegnet ist. Für all das bin ich ihm dankbar und auch unendlich traurig darüber, ihn nun endgültig gehen lassen zu müssen. Ich berichte ihm davon, dass Jolina und ich morgen zu seinen Eltern fahren und dass ich dort meine Worte mit Bedacht wählen werde, um sie nicht zu verunsichern oder zu kränken. Im Gegenteil, ich habe vor, ihnen zu berichten, was für ein toller Mensch er ist und dass sie stolz auf ihren Sohn sein können. Und dass ich sie jetzt, wenn sie das möchten, ab und zu besuchen werde. Ich werde ihnen auch von Lukas berichten und davon, dass ich mir ganz sicher bin, dass ihr Sohn das gut findet, dass ich mich neu verliebt habe. Es ist ein sehr langer und emotionaler Brief, doch ich bin glücklich und erleichtert nachdem ich Ben alles mitgeteilt habe, was mir auf dem Herzen liegt. Jetzt ist es auch so spät, dass ich mich auf den Weg zu einem leichten Schwimmtraining machen kann. Mir geht es erstaunlich gut heute, und ich freue mich sehr auf diesen Tag mit all seinen Herausforderungen.

Jolina und ich treffen uns nach der Arbeit bei mir, um gemeinsam zu Bens Eltern zu fahren. Sie hat einen Rucksack dabei, da sie heute hier schlafen wird. Wir sind beide aufgeregt und vereinbaren, so ehrlich wie möglich zu seinen Eltern zu sein. Jedoch werden wir nicht erwähnen, dass er uns nach seinem Tod erschienen ist. Zeit für Jolina, einen Blick in die Akte zu werfen, ist nicht mehr vorhanden, das verschieben wir auf den späteren Abend. Allerdings lässt mir eine Tatsache immer noch keine Ruhe, und ich muss meine Freundin unbedingt darüber informieren, dass ich Max und Marcell in der Geheimakte erwähnt habe, da ich mir geschworen habe, immer nur die Wahrheit aufzuschreiben. Allerdings berichte ich ihr auch, dass ich als Anmerkung dazugeschrieben habe, dass ich eine Täterschaft von Max zu neunundneunzig Prozent für ausgeschlossen halte. Von Marcell zu fünfundneunzig Prozent, da Ben ja schließlich seine Stimme als unbedenklich eingestuft hat. Jolina sagt nichts zu meiner Offenbarung und senkt kurz ihren Kopf und nickt dann. Danach machen wir uns gemeinsam auf den Weg zu Bens Eltern. Lange habe ich diesen Gang herausgezögert, sogar den Gedanken daran verdrängt. Jetzt sind wir fest entschlossen, ihnen unser aufrichtiges Mitgefühl mitzuteilen. Zwei Pakete Einmaltaschentücher habe ich mir eingesteckt, da ich weiß, dass ich weinen werde. In diesem Fall ist das sogar angebracht. Wir gehen langsam und reden nicht viel auf diesem Weg. Früher habe ich Ben oft abgeholt, daher fühlt sich dieser Gang nun einerseits ganz normal und, wie schon so oft erlebt, an, andererseits so endgültig und alles andere als normal. Ich seufze, als wir vor dem Mehrfamilienhaus stehen, zweiter Stock rechts, ich klingele. Dabei merke ich, dass ich leicht zittere. Es gibt hier eine Gegensprechanlage, das weiß ich noch von früher, aber dieses Mal betätigen Bens Eltern nur den Türsummer und lassen uns herein.

Beide Elternteile stehen im Türrahmen und warten darauf, uns begrüßen zu dürfen. Wie schon erwartet, müssen wir gemeinsam weinen. Es ist sehr traurig für uns alle vier, doch wir erkennen an unseren Augen, dass wir alle glücklich darüber sind, in diesem Moment gemeinsam hier bei Ben zu Hause zu sein. Sie haben gekauften Kuchen, seine Eltern sehen traurig aus und sind viel dünner als noch vor einem halben Jahr. Wir unterhalten uns sehr lange, Jolina und ich betonen immer wieder, dass Ben ein guter Mensch war und wir fest von seiner Unschuld überzeugt sind, egal zu welchem endgültigen Urteil die Kriminalpolizei oder auch die Richter kommen. Nach einer Weile entdecke ich ein Foto von Ben und mir auf der Anrichte. Ich kann meinen Blick nicht davon lassen, denn wir wirken dort so glücklich. „Lena, du kannst das Foto gerne mitnehmen. Es gehört dir", Bens Mutter ist sehr herzlich zu mir. „Nein, aber ich hätte gerne einen Abzug davon, wenn das geht, ohne den Rahmen." Sie ist einverstanden und bittet uns, zukünftig doch ab und zu einfach mal auf einen Kaffee vorbeizukommen und über alte, glückliche Zeiten zu reden. Ich nutze diese Gelegenheit, Lukas zu erwähnen und auch, dass ich mir sicher bin, dass Ben es so gewollt hätte. Sie nicken und wünschen mir, dass ich wieder glücklich werde.

Noch einmal weinen wir alle vier gemeinsam, bevor Jolina und ich den Heimweg antreten.

Ich bin nun erleichtert und doch sehr traurig. „Marie?", sagt Jolina und reißt mich damit aus meinen Gedanken. „Ja, lass uns Marie besuchen und ihr von dem Besuch bei Bens Eltern berichten." Wir klatschen unsere Handinnenflächen aneinander und finden wieder zurück in die reale Welt. Für mich ist das Kapitel „Ben" jetzt noch ein Stückchen weiter abgeschlossen als vor diesem Tag. In etwas mehr als einer Woche werden wir der Einladung der Staatsanwaltschaft folgen und unsere Geheimakte in die Hände der Kriminalbeamten legen. Jolina erschrickt. „Was ist?", frage ich meine Freundin. „Wir haben vergessen zu fragen, wo Ben liegt." „Das ist nicht nice", sage ich und ärgere mich über mich selbst. „Ach, wir werden sie irgendwann demnächst erneut besuchen, dann fragen wir, wo Bens Hülle begraben ist." „Ja, so machen wir das. Ich möchte noch einen schönen Blumenstrauß für Marie kaufen, kommst du mit rein?" „Klar!" Gemeinsam suchen wir einen fröhlichen, kurzgebundenen Strauß mit bunten Ranunkeln für unsere Freundin aus. Marie mochte Ranunkeln und wird ihre Blumen lieben. In unseren Herzen lebt sie immer noch. Jetzt, nachdem wir wissen, dass es ein Leben, oder was auch immer, nach dem Tod gibt, hat sich unsere Beziehung zu Marie und ihrem Grab gewandelt. Ich bin auf jeden Fall sehr gerne hier bei ihr auf dem Friedhof. Es war ein anstrengender Nachmittag und Abend, daher bleiben wir heute nicht lange hier und gehen auf dem direkten Weg zu mir.

Sarah ist in ihrem Zimmer als wir die Wohnung betreten, und kommt dann nur kurz heraus, um uns zu begrüßen. Sie möchte heute früh schlafen, daher sind wir leise und setzen uns auf den Balkon, um uns zu unterhalten. Hier kann Sarah uns nicht hören, und Jolina fragt, ob wir es denn überhaupt wagen können, die Akte hierher auf den Balkon zu holen. Jolina hat so viel, das sie beschäftigt und das sie unbedingt notieren möchte. Wir überlegen gemeinsam und entschließen uns dann aber doch dafür, lieber in mein Zimmer zu gehen. Ich lege ihr die Akte auf den Schreibtisch und gehe ins Badezimmer. Als ich zurückkomme, weint sie. „Ach, Lena, ich habe gerade unseren Besuch bei Bens Eltern notiert und auch, wie lieb sie zu uns waren und wie schlimm das jetzt alles für sie sein muss." „Mir tut es auch sehr leid, dass wir ihnen nicht alles erzählen durften. Lass uns in drei oder vier Wochen nochmal hingehen. Dann backe ich auch einen Kuchen." „Du?" „Na ja, Sarah kann gut backen, ich frage ob sie mir hilft." Jetzt kichern wir gemeinsam, denn der letzte Kuchen, den ich gebacken habe, war nicht so perfekt. Näher möchte ich darauf nicht eingehen. Es ist spät geworden, und ich verspreche, meine Eindrücke am nächsten Abend zu notieren, damit wir nun schlafen gehen können.

Eine ruhige Nacht liegt hinter uns, und wir sind unabhängig von einander schon kurz vor dem Weckerklingeln wach. Ich koche Kaffee, und wir verabreden, dass ich am Sonntag zu Max komme und wir dann gemeinsam zur Stadthalle fahren, um Marcells Theateraufführung anzuschauen. Ich habe noch leckeres Brot vom Vortag, und wir schmieren uns Stullen für die Arbeit. Danach trennen sich unsere Wege, da wir in unterschiedliche Stadtteile müssen.

Heute nutze ich meine Mittagspause dazu, im Internet zu recherchieren, ob ich vielleicht noch etwas übersehen haben kann bei den Nachforschungen zu unseren Verdächtigen. Ich habe das Gefühl, irgendetwas falsch gemacht zu haben, und merke, wie mein Körper sich verkrampft. Ich bekomme Kopfschmerzen und mir ist übel, daher versuche ich nun, mich auf das Wesentliche zu konzentrieren. Ich ärgere mich, dass ich die Akte nicht zur Hand habe, denn so muss ich später alles das, das ich nun auf einem weißen Blatt Papier notiere, noch einmal schreiben. Ich rolle mit den Augen, bevor ich endlich anfange:

Verdächtiger Nummer eins ist Marcell; Ben hat ihn aufgrund seiner Stimmer ausgeschlossen aus dem Kreis der möglichen Täter. Trotzdem, wenn ich jetzt so darüber nachdenke, kommt er mir schon irgendwie komisch vor. Ich kann das gar nicht in Worte fassen oder vielleicht doch. „Ich mag ihn nicht, er ist mir zu aufdringlich und zu herrschsüchtig. Wenn ich ganz ehrlich bin, hat er aber auch sehr nette Züge an sich, ach, ich weiß es einfach nicht." So male ich jetzt doch noch ein Fragezeichen neben seinen Namen.

Verdächtiger Nummer zwei ist Onkel Thomas; „Mein Onkel war es nicht, er ist viel zu lieb, wenn auch schwanzgesteuert, wie Mama behauptet."

Verdächtiger Nummer drei ist der italienische Koch aus Büsum; „Der Koch an der Nordseeküste war sehr unauffällig und mit eindeutig italienischem Akzent. Das war wohl nur ein oberflächlicher Urlaubsflirt. Mehr kann ich mir bei ihm beim besten Willen nicht vorstellen."

Verdächtiger Nummer vier ist Carsten Müller, der Fahrlehrer; „Vielleicht hat er es geschafft, uns zu blenden, denn anfänglich war er mir tatsächlich sehr unsympathisch. Ich kann ihn nicht ganz ausschließen, ein großes Geltungsbedürfnis hat er auf jeden Fall." Nun male ich hinter seinen Namen ebenfalls ein Fragezeichen.

Ich frage mich, ob und wann wir die Polizei einschalten sollen und welche Konsequenzen das für uns haben kann? Laut seufze ich, meine Mittagspause ist gleich zu Ende, und ich muss mich beeilen:

Verdächtiger Nummer fünf ist Jannik, der Gitarrist; „Es tut mir so leid, dass er nun höchstwahrscheinlich aufgrund unserer Recherchen sterben musste. Vielleicht hatten wir aber auch gar nichts mit seinem Tod zu tun, und es war doch seine Exfrau?" Hier bin ich mir ganz unsicher und male gleich zwei Fragezeichen und ein Kreuz hinter seinen Namen.

Ich muss mich wieder auf meine Arbeit konzentrieren, und mir fehlt in diesem Moment Jolina, um mich mit ihr auszutauschen. Ich habe so viele Fragen und so wenige Antworten. Zum Glück bittet mich einer meiner Chefs, bei einem Mandantengespräch anwesend zu sein, dadurch bin ich nun gedanklich voll und ganz in einem Mietstreit und ganz und gar nicht mehr bei dem Tod meiner Freunde.

Heute fahre ich direkt nach der Arbeit nach Hause und bin sehr froh, dass Sarah nicht hier ist. Auf dem Küchentisch liegt eine Nachricht von ihr, dass sie die nächsten Tage bei ihrem Freund übernachten wird. Ich hole mir daraufhin unsere Geheimakte und übertrage die Gedanken der Mittagspause. Ich bin nicht glücklich über die Worte, die ich heute notiert habe, wir drehen uns im Kreis, und das gefällt mir gar nicht. Ich spüre, wie ich zornig werde, weil ich mich in die Enge gedrängt fühle. Wenn wir hier keine direkten Nachbarn hätten, würde ich nun einmal ganz laut schreien. Ich nehme mir jetzt mein Notebook und versuche, noch etwas mehr über Jannik herauszubekommen. Ich erfahre, dass er offensichtlich mehr Freunde gehabt hat, als ich mir das hätte vorstellen können. In den sozialen Netzwerken sind viele Beileidsbekundungen und rührende Texte seiner Kumpel. Mir war er eher unsympathisch. Immer wieder kommt das Thema in den Netzwerken auf den Punkt, dass er ja zum Zeitpunkt des Mordes an Marie und Ben nicht einmal in der Nähe der Stadt gewesen ist. Ich merke, wie mir ein paar Tränen die Wangen hinunter kullern. Mir wird bewusst, dass Ben sich wohl nie wieder bei mir melden wird. Wenn Jolina ihn nicht ebenfalls gesehen hätte, würde mir wohl niemand glauben. Mein

Verstand sagt mir, dass ich die Akte nicht weggeben darf, weil man mich dann für geistesgestört halten würde. Mein Gefühl will meine Erkenntnisse und Kontakte zu Ben aus dem Jenseits heraus in die Welt schreien, um allen mitzuteilen, dass er ein lieber Mensch ist und sein Leben ehrenhaft für Marie geopfert hat, auch wenn er es nicht geschafft hat, sie zu retten.

Mein Handy reißt mich aus dieser aufkommenden Depression, es klingelt, und ich bin leicht verwirrt, weil ich mich nun auf ein Gespräch mit Mike einlassen muss anstatt weiter über Ben nachzudenken. „Hi, hier ist Lukas!" Ich ziehe erschrocken die Luft ein und bin im ersten Moment gar nicht fähig dazu, etwas zu sagen. „Lena, bist du da?" „Ja, ich bin nur so überrascht, dass du mich jetzt anrufst." „Es tut mir leid, ich kann an nichts anderes denken als an dich. Darf ich dich besuchen kommen?" „Ja, aber nicht jetzt. Dieses Wochenende geht nicht, und in der nächsten Woche habe ich viele unangenehme Dinge zu erledigen." Ich stocke kurz, bevor ich fortfahre. „Aber, Lukas, nächstes Wochenende darfst du mich besuchen. Du musst nicht bei Max übernachten, ich habe ein großes Bett, da ist Platz für uns beide!" Kaum habe ich das ausgesprochen, ist mir das sehr peinlich, doch Lukas rettet die Situation. „Ich freue mich so, ich nehme dann Freitag den Zug und bin um siebzehn Uhr auf dem Bahnhof, Gleis zwei. Passt dir das?" „Ja." „Gut, bis dann. Ich liebe Dich!" Er beendet das Gespräch, noch bevor ich mich verabschieden kann. Ich schüttele den Kopf und bin mir nicht sicher, warum ich das tue. Vielleicht, weil er mich überrascht hat oder auch weil ich ihm gleich angeboten habe, bei mir in meinem großen Bett zu schlafen. Jetzt muss ich zum Glück wieder lächeln und stelle mir seinen nackten Körper neben mir vor.

Donnerstagabend warte ich vor dem Schwimmbad auf meinen Vater, um mit ihm zu trainieren. Mir ist bewusst, dass ich meine Fitness die letzten Tage wieder etwas vernachlässigt habe, dennoch freue ich mich sehr auf sein Gesicht, wenn er gleich hier ankommen wird. Ich verstecke mich hinter einem der großen Pfeiler, als ich ihn entdecke, wie er gerade sein Fahrrad anschließt. „Oh, so ein Mist", denke ich, denn er hat mein Rad entdeckt und schaut sich um. „Hier bin ich, Papa. Ich wollte dich eigentlich überraschen." „Hast du auch, Mäuschen. Ich freue mich sehr, dass du heute mit trainierst."

Ein anstrengender Abend liegt hinter mir, als ich wieder zu Hause bin, und ich weiß, welche Muskeln morgen am meisten schmerzen werden, dennoch hat mich dieses Training glücklich gemacht. Vielleicht ist es auch ein ganz klein wenig die Vorfreude auf Lukas, die mich an diesem Abend so strahlen lässt. Es fiel mir sehr schwer, meinem Vater nicht davon zu erzählen, dass Lukas kommt, aber dieser erste Besuch hier bei mir soll für Lukas und mich ganz besonders werden. Nur wir zwei werden uns kennenlernen. Ich strahle jetzt, denn meine Fantasie lässt mich unruhig werden. Dieser Mann macht mich jetzt schon ganz verrückt. Ich frage mich, wie das erst werden soll, wenn er tatsächlich hier bei mir in der Wohnung ist. Ich werde

Sarah vorwarnen, dass ich keine Garantie für gar nichts übernehmen werde.

Am Samstag kommt eine Postkarte an:

Hi, meine Traumfrau!
Ich bin so verrückt nach dir, dass mich meine Kommilitonen schon auslachen, da ich momentan so tüdelig bin. Ich glaube, dass inzwischen die ganze Uni weiß, dass ich mich verliebt habe. Bis nächsten Freitag
Dein Lukas

Auf jedem freien Platz außerhalb der Frankierungszone befindet sich ein Herzchen, und ich bin jetzt so glücklich wie schon sehr lange nicht mehr.

Am Abend überlege ich, mich endlich mal wieder mit Freunde zu treffen. Verena hat mir eine Nachricht auf mein Handy geschrieben, dass Lisa und sie heute Abend bowlen gehen wollen und dass Max und Jolina höchstwahrscheinlich auch dort sein werden. Ich überlege lange, bis ich ihr antworte, dass ich eine sehr anstrengende Woche hatte und morgen Abend in die Stadthalle zu einer Theateraufführung eines … Ich stocke und überlege, ob ich nun Freundes oder Bekannten schreiben soll. Eigentlich ist Marcell inzwischen schon zu einem Freund geworden. Dann überlege ich, ob ich nicht einfach schreiben kann, dass Marcell dort Theater spielt, wahrscheinlich kennen sie ihn schon durch Max. So mache ich es dann auch und schließe mein Handy im Anschluss an die Nachricht wieder. Erneut hole ich mir die Postkarte von Lukas und fange an zu träumen. Jetzt sehe ich ihn neben mir stehen, mit diesen wunderschönen und faszinierenden Augen. „Wir werden bildhübsche Kinder bekommen", denke ich und muss einerseits lächeln, andererseits bekomme ich jetzt schon Angst, wie es dann erst werden soll, sobald unsere Kinder in die Pubertät kommen. Es ist unfassbar, dass ich mir jetzt schon solche Gedanken mache. „Hoffentlich macht die Liebe nicht blind", ich werde unsicher, und das gefällt mir ganz und gar nicht. Ich setze mich auf einen Küchenstuhl und atme mehrfach ganz tief ein und wieder aus. Langsam finde ich zu meiner gewohnt zurückhaltenden und rationalen Art zurück. Ich kann wieder lächeln, und ich beschließe, heute Abend früh schlafen zu gehen, um morgen ausgeschlafen und entspannt genug zu sein, um Marcell beim Theaterspielen zuzuschauen. Es stellt sich die Frage, ob mir das Stück überhaupt gefällt, Jolina hat mir verraten, dass er sogar eine Doppelrolle spielt.

Ich wache ganz entspannt und glücklich auf und bin mir sicher, dass es nicht mehr lange dauern wird, nämlich nur noch bis nächsten Samstag, bis ich hier nicht mehr allein aufwachen werde. Ich stelle mir vor, dass ich in diesem Moment Lukas bin, und lasse meinen Blick durch mein Zimmer schweifen. Das erste, das ich bemerke, sind die dreckigen Fenster. „Auch das noch", denke ich und nehme mir vor, morgen nach der Arbeit neuen Glasreiniger zu kaufen. Ansonsten sieht mein Zimmer ganz passabel aus. Meine Schwimmbekleidung sollte ich allerdings in den Schrank hängen und selbstverständlich auch frisches Bettzeug aufziehen. Nicht das mit der Mickey Mouse, Mama hat gemeint, dass ich das lieber nicht aufziehen soll, sollte ich mal wieder Männerbesuch haben. Ich mag Mickey Mouse, doch für das erste Date in meinem Bett entscheide ich mich dafür, die schlichte, grau gestreifte Bettwäsche zu nehmen. Dafür werde ich dann am Freitag vor der Arbeit etwas eher aufstehen, um die Betten zu beziehen. Ich drehe den Kopf nach rechts, dort wird er neben mir liegen, ich kann es kaum noch abwarten, ihm ganz nahe zu sein und mit ihm zu verschmelzen.

Nach dem ersten Kaffee an diesem herrlichen Sommertag wische ich in meinem Zimmer Staub und lasse einige Dekoartikel in meinem Schrank verschwinden, so wirkt der Raum noch harmonischer. Danach genieße ich noch eine ausgedehnte Auszeit auf unserem Balkon. Langsam muss ich mich entscheiden, was ich nachher anziehen möchte. Ich öffne meinen Kleiderschrank und stehe ein paar Minuten davor ohne wirklich zu wissen, was ich anziehen soll. Ausnahmsweise entscheide ich mich dann für den langen dunkelblauen Rock und die kleingeblümte Bluse. Als ich mich dann allerdings vor dem Spiegel betrachte, muss ich an die Konfirmation unserer Nachbarn denken und ziehe mich wieder um. Die enge schwarze Jeans, dazu passende Sneaker, dann noch das knallpinkfarbene Dreiviertelarmshirt mit der breiten Schnürung werden meine Favoriten. Auf eine Handtasche verzichte ich heute und entscheide mich stattdessen nur für die kleine Lederbörse mit den drei Kartenfächern. Die Börse passt ohne Probleme in eine der vorderen Hosentaschen. Perfekt, denke ich und mache mich auf den Weg zu Jolina und Max.

Während ich mich auf dem Weg zu meinen Freunden befinde, muss ich erneut an Lukas denken. Er ist der Cousin von Max, ich kenne die Familie Becker wie auch die Familie Hansen inzwischen ganz gut. Ich bin so glücklich, dass mir der Gedanke an diese perfekte Großfamilie in diesem Moment fast schon zu viel ist. „Eine Woche muss ich mich noch gedulden, ach was, fünf Tage sind es nur noch, bis Lukas und ich ein Paar sind", denke ich und bleibe kurz stehen, damit ich mir diesen Termin schon einmal vorsorglich in meinen Kalender eintragen kann. „So vergesse ich unseren Kennlerntag dann zukünftig jedenfalls nicht, ab Freitag werden wir hoffentlich für immer ein Paar sein."

Jolina und Max strahlen mich beide glücklich an, als ich die Wohnung betrete. Die beiden passen offensichtlich sehr gut zusammen. Es ist ganz ungewöhnlich, Marcell mal nicht hier anzutreffen. „Wie es wohl Marcell jetzt geht, bestimmt ist er sehr nervös, was meint ihr?" Wir sind uns einig, dass so eine Theatervorführung vor großem Publikum etwas ganz Besonderes sein muss. „Ich glaube, ich wäre auch vor einer kleinen Zuschauerzahl sehr aufgeregt und hätte große Angst, den Text zu vergessen oder mich zu verhaspeln", meint Jolina. „Ach, meine Kleine, du machst dir zu viel Sorgen. Marcell wird das schon schaffen." Max drückt sie fest an sich und fordert uns dann aber auf, die Wohnung zu verlassen, damit wir pünktlich unsere Plätze einnehmen können. Meine Freundin lobt mein Outfit, und ich freue mich darüber.

Trotz eingeschalteter Klimaanlage ist es warm in der Stadthalle. Uns ist bewusst, dass die Scheinwerfer auf der Bühne die Darsteller fordern werden, und wir haben jetzt schon Mitleid mit Ihnen, weil uns sehr warm ist, obwohl wir nur still auf unseren bequemen Plätzen sitzen dürfen. Getränke sind innerhalb des Saals bei dieser Veranstaltung untersagt, dafür gibt es eine angrenzende Sektbar. Es dauert seine Zeit, bis sich die Reihen füllen. Dass diese Vorstellung schon lange ausverkauft ist, hat Marcell uns vor ein paar Wochen bereits stolz berichtet. Als das Licht immer schwächer wird, spürt man die Anspannung der Menschen im Saal, ein leises Gemurmel ist aus den verschiedensten Richtungen zu vernehmen. Nicht nur ich bin aufgeregt, Jolina hält die rechte Hand von Max fest umklammert. „Es dauert nicht mehr lange, und ich brauche ebenfalls nicht mehr alleine zu solchen Veranstaltungen zu gehen", dieser Gedanke macht mich traurig und glücklich zugleich. Es ist schade, dass Lukas nicht heute schon an meiner Seite weilt, gleichzeitig bin ich so froh darüber, dass sich dieser hübsche und charmante Mann für mich entschieden hat."

Die Hintergrundmusik verstummt, und der Vorhang öffnet sich. Ein Raunen geht durch den Saal, das Bühnenbild erstrahlt in einer wahren Farbenpracht. Mir war vorher gar nicht bewusst, dass es sich um ein Theaterstück aus dem Genre der Fantasy handelt. Wir bekommen viel geboten, es ist

258

eine spannende Geschichte von Elfen und Waldgeistern. Ich bin richtig begeistert, auch von Marcell, er spielt den Sohn des Waldfürsten. Jeder Ton und jede Bewegung scheinen perfekt eingeübt zu sein. Es gibt eine zwanzigminütige Pause, und die meisten Besucher strömen in die Sektbar. Mir ist dort zu viel Gedränge, und ich bleibe zurück auf meinem Platz. Ich bin nicht die einzige Person, die einfach sitzen geblieben ist, die meisten sind aber nach draußen gegangen, um frische Luft zu schnappen. Mir ist jedoch bewusst, dass wir immer noch Hochsommer haben und die Luft draußen auch nicht viel besser sein kann als in diesem großen Saal mit Klimaanlage. Ich träume ein wenig von Freitag und stelle mir vor, auf dem Bahngleis zu stehen und auf den einfahrenden Zug aus Norddeutschland zu warten. In diesem Moment sehe ich Marcell vor mir stehen. „Marcell!", sage ich und lächle ihn an. „Bis jetzt hat es mir sehr gut gefallen, du hast super gespielt!" „Oh, Danke. Warte erst auf den Showdown, der hat es in sich. Das wird richtig nice. Tut mir leid, aber ich muss wieder zurück. Ich hoffe, wir sehen uns nachher auf der Aftershowparty." Er winkt mir noch kurz zu, während er zurück hinter die Bühne eilt. In diesem Moment treffen Jolina und Max wieder ein. Ich erzähle ihnen, dass Marcell gerade eben noch hier war und dass es einen spannenden Schluss geben wird. Langsam kehrt Ruhe im Saal ein, und das Licht verdunkelt sich erneut. Die zweite Spielzeit ist ebenso ein voller Erfolg. Ganz zum Schluss kommt ein böser Waldgeist von der Decke herunter und fliegt über die Bühne. Mit einer Art

Zauberstab verwünscht er nicht nur seine Kollegen, sondern auch das Publikum. Jolina beugt sich zu mir herüber und flüstert: „Das ist Marcell!" Ich ziehe meine Augenbrauen hoch, anhand dieser bösen Stimme hätte ich ihn nicht erkannt.

Mir wird schlecht. Während der Rest des Publikums die Theatertruppe mit Standing Ovations verabschiedet, verkrampfe ich mich in meinem Sitz. Es dauert ein paar Sekunden, bis ich realisiere, was gerade mit meinem Körper passiert. Es ist Ben, der sich offenbar ein allerletztes Mal aus dem Jenseits bei mir meldet. Qualvolle Schmerzen durchziehen meinen Körper, ich verkrampfe mich und bekomme Zuckungen. Zu diesem Zeitpunkt bemerkt keine andere Person in diesem Saal, was mit mir gerade passiert. Ich habe Schweißperlen auf der Stirn und bekomme kaum noch Luft. Ich will schreien, doch Ben hat Besitz von meinem Körper genommen und ein lautes dunkles Grunzen kommt aus meinem Mund: „**MÖRDER!**"

Ich werde kurz wieder wach, als ich mich in einem Krankenwagen befinde. Mir geht es sehr schlecht, und ich habe Todesangst. Mich spricht eine Notärztin an und klärt mich darüber auf, dass ich ganz ruhig bleiben soll, da ich mich auf dem Weg ins Krankenhaus befinde. Dann fragt sie mich, ob ich vorher schon einmal einen epileptischen Anfall gehabt habe. Ich verneine unter Schmerzen, erst jetzt bemerke ich Jolina. Ich zwinkere ihr zu, um ihr damit sagen zu wollen, dass es Ben war, der Besitz von mir ergriffen hat. Sie nickt zurück, offenbar hat sie genau verstanden, was ich ihr mitteilen möchte. Mehr schaffe ich nicht zu denken, da ich erneut das Bewusstsein verliere.

Irgendwann, ich weiß nicht, wie lange ich geschlafen habe, wache ich in einem Krankenzimmer wieder auf. Ich gehe jetzt davon aus, dass ich mich immer noch im Stadtkrankenhaus befinde. Neben meinem Bett steht ein Stuhl, doch der ist leer. Offenbar hat dort vor kurzem noch jemand gesessen, sonst würde er nicht so nah an meinem Bett stehen. Ich bin leicht verwirrt, denn ich kann mich nicht mehr daran erinnern, was genau passiert ist, und fange daraufhin an zu weinen. „Sie müssen den Knopf drücken", sagt meine Bettnachbarin. „Welchen Knopf denn?", schluchze ich. „Ach, ich mache das schon. So, gleich kommt Hilfe für Sie." Eine Schwester kommt herein und eilt zu mir. „Bleiben Sie ganz ruhig, Herr Doktor Meyer ist auf dem Weg zu Ihnen. Er wird Ihnen die aktuelle Situation schildern und den Behandlungsplan mit Ihnen durchsprechen." „Ich bin nicht krank", sage ich, ohne groß darüber nachzudenken. Sie lächelt mich an und reicht mir ein Glas Wasser. Kurze Zeit später erscheint der Arzt. „Wie geht es Ihnen, Sie hatten großes Glück, so schnell hier eingeliefert zu werden. Ihre Vitalwerte haben sich schon fast wieder normalisiert, das ist außergewöhnlich. Die Notärztin hat notiert, dass das ihr erster Anfall war, ist das richtig so?" Ich kann ihm doch jetzt unmöglich erzählen, was wirklich vorgefallen ist, und mein Puls steigt in die Höhe, was wir deutlich hören, da ich offenbar an verschiedenen Geräten angeschlossen bin. „Nicht aufregen, Sie

schaffen das. Es wird alles wieder gut. Wir behalten
Sie ein paar Tage hier für weitere Untersuchungen
und eine perfekt auf Sie abgestimmte Medikation.
Haben Sie sonst noch Fragen? Ich werde nachher
noch einmal nach Ihnen schauen." „Wer saß auf
diesem Stuhl hier?" „Oh, das kann Ihnen die
Schwester besser beantworten. Bitte versuchen Sie,
sich zu entspannen, das ist sehr wichtig." Ich nicke,
und er verlässt das Zimmer wieder. Erst jetzt bemerke
ich, dass ich eine Art OP-Hemd trage und wundere
mich darüber, da ich offensichtlich nicht verletzt bin.
„Wo genau ist dieser Knopf?", frage ich meine
Nachbarin, und sie hilft mir, mich hier zurecht zu
finden. Als ich nach meinem Handy suchen will, geht
die Tür auf, und weder die Schwester noch Jolina
kommen herein, sondern meine Eltern stehen dort.
Sie erblicken mich und eilen herbei. Ich freue mich,
ehrlich gesagt, jetzt nicht über ihren Besuch, denn ich
habe wichtige Angelegenheiten zu klären, von denen
die beiden besser nichts mitbekommen sollen.

„Lena!" Mama umarmt mich und fängt auch gleich
darauf an zu weinen. „Mir geht es gut, das ist alles ein
Missverständnis, dass sich klären wird." Mein Vater
schaut mich entsetzt an. „Papa, ich bin nicht verrückt
geworden, vertrau mir!" „Ach, Lena, gut dass du das
gesagt hast. Jetzt geht es mir besser. Deine Mutter
wird sich hoffentlich auch gleich wieder beruhigen."
Das hätte er besser nicht sagen sollen, denn nun
funkelt sie ihn an. Ich kenne diese Blicke meiner
Mutter, jetzt ist es Zeit, sich zurückzuhalten, und
mein Vater weiß das ebenso wie ich auch. Ich muss
meine Eltern schnellstmöglich wieder loswerden,

deshalb wende ich eine kleine Notlüge an. „Mama, Papa, wie wäre es, wenn ihr mich jetzt in Ruhe lasst und morgen noch einmal wiederkommt? Mir geht es soweit gut, ich bin aber sehr erschöpft und würde jetzt gerne schlafen." „Wir sind doch gerade erst hier angekommen!" Meine Mutter empört sich, doch Papa nimmt sie in den Arm. „Komm Liebes, lassen wir die Kleine in Ruhe schlafen und kommen morgen wieder."

Ich bin richtig erleichtert, nachdem sie das Krankenzimmer verlassen haben, und gebe mir Mühe, mich im Anschluss für einen Moment zu entspannen. Ich sehe auf der Leuchtanzeige, dass sich mein Puls beginnt zu verlangsamen, genau das möchte ich jetzt auch erreichen. Eine schwere Aufgabe steht mir bevor, eine fast unlösbare. Ich erschrecke mich, mein Puls schnellt erneut in die Höhe, denn mir wird in diesem Moment bewusst, was im Theater passiert ist; „Ben hat Marcell eindeutig anhand seiner zweiten Stimme erkannt!" Ich fange an zu weinen, und meine Nachbarin fragt fürsorglich, ob sie mir irgendwie helfen kann oder erneut nach der Schwester klingeln soll. „Nein", sage ich und versuche mich zusammenzureißen. „Es ist etwas Schlimmes passiert, und ich muss wohl jetzt mit der Polizei sprechen. Davor habe ich solche Angst." „Ach du meine Güte, das hört sich ja wirklich beängstigend an. Sie sind eventuell noch etwas verwirrt von den Ereignissen der letzten Stunden. Vielleicht sollten Sie mit der Polizei noch etwas warten, bis Sie wieder ganz klar denken können." Sie lächelt mich an, und ich gebe ihr recht. Ich bedanke mich bei ihr und versuche, mich zu erinnern. Das funktioniert nicht, ohne dass mein Puls ansteigt. Allerdings jetzt schon nicht mehr ganz so hoch wie bei meiner ersten Erinnerung an die Vorkommnisse im Theater. Ich möchte so gerne wissen, was Jolina alles mitbekommen hat. Erst jetzt erinnere ich mich daran, dass sie zusammen mit mir im Krankenwagen gefahren ist. Dann ist es wahrscheinlich, dass meine Freundin auf dem Stuhl neben mir saß, während ich geschlafen habe. Ich muss sie unbedingt sprechen, um zu erfahren, was sie mitbekommen hat und was mit Marcell, dem Mörder von Marie und Ben, in der Zwischenzeit passiert ist. Sollte er sich noch nicht in Polizeigewahrsam befinden, könnte es für mich und eventuell auch für Jolina gefährlich werden. Im schlimmsten Fall auch noch für Max, sollte Jolina ihm alles verraten haben, was ich derzeit sogar nachvollziehen kann. Eine andere Schwester öffnet die Tür und stellt sich vor, sie ist die Nachtschwester und fragt, ob ich noch etwas brauche für die Nacht. Da ich gar nichts dabei habe und merkwürdiger Weise nicht einmal meine Eltern daran gedacht haben, mir etwas mitzubringen, holt mir die Schwester eine Einmalzahnbürste und Waschzeug. Sie bittet uns, den Fernseher auszulassen und die Nachtruhe einzuleiten. Dann erwähnt sie noch, dass eine junge Frau sich derzeit noch im Operationssaal befindet und höchstwahrscheinlich irgendwann in der Nacht in unser Zimmer gelegt wird. Platz ist noch vorhanden für ein weiteres Bett; was mich derzeit mehr beschäftigt, ist die Frage, warum sich meine Freunde nicht bei mir melden? Ich öffne die

Nachttischschublade und tatsächlich liegt mein Handy hier. Es ist auf lautlos gestellt, ich war das nicht, denn bei mir ist es eigentlich fast immer auf Vibrationsalarm eingestellt. „Oh, fünfzehn neue Nachrichten!" Meine Nachbarin liest gerade ein Buch, scheinbar scheint es spannend zu sein, sie verschlingt die Seiten förmlich. Das ist gut für mich, so kann ich mir in aller Ruhe meine Nachrichten anschauen. Ich beschließe, die ältesten Mitteilungen zuerst zu lesen:

Von Marcell:

Mir wird schlecht, und ich bin kurz davor, mich übergeben zu müssen. Ich denke, dass ich ein Weichei bin, und ärgere mich darüber, nicht stark genug zu sein. Ich zwinge mich dazu, weiter zu lesen.

Von Marcell: Hi, Lena, ich hoffe, dir geht es schon wieder besser. Ich werde dich morgen besuchen kommen. Hoffentlich hat dir die Vorstellung gefallen. Smiley Marcell

Ich bin erleichtert, dass er offenbar nicht ahnt, dass ich inzwischen weiß, dass er der gesuchte Mörder ist. Diese Nachricht muss er mir kurz nach meinem Zusammenbruch geschrieben haben.

„Oh nein", denke ich, als ich die Genesungswünsche von Sarah und Verena sehe. „Offenbar hat es sich schnell rumgesprochen, dass ich einen epileptischen Anfall hatte." Ich bin mir jedoch ganz sicher, dass es keiner war, daher werde ich auch die Medikamente nicht weiter nehmen, sobald ich hier raus bin. Bis morgen werde ich wohl tatsächlich bleiben müssen. Die Ärzte werden höchstwahrscheinlich keinerlei Erfahrung damit haben, wie das ist, wenn sich ein Untoter in den Körper eines lebenden Menschen begibt. „Oder vielleicht doch?" Ein Blick auf meinen Pulsmesser zeigt meine Unsicherheit. „Was ist denn, wenn es in der Realität häufiger vorkommt und die Ärzte sogar im Geheimen darüber Bescheid wissen? Hätte ich es vielleicht sogar erwähnen sollen?" Ich beschließe, nichts zu unternehmen, bevor ich endlich mit Jolina gesprochen habe. Ich lese ihre Mitteilungen:

Von Jolina: Hi Süße, ich war bis eben bei dir, aber du hast immer noch tief und fest geschlafen. Muss dich unbedingt persönlich sprechen. Komme morgen ganz früh zu dir (vor der Arbeit). Ist es das, was ich denke? Müssen wir handeln? Ich sage nichts, denn ich will erst mit dir sprechen. Deine Jolina, Herzchen

Die anderen Nachrichten sind eher belanglos. Meine Eltern kommen morgen gegen fünfzehn Uhr. Zum Glück scheint die Familie Hansen nichts von dem Vorfall im Theater mitbekommen zu haben. Ich kann nicht einfach einschlafen, ich muss etwas tun, damit Marcell endlich eingesperrt wird, bevor er noch mehr Schaden anrichten kann. Besser gesagt, noch mehr Unheil und Trauer verursacht. Ich grübele noch eine Weile, bis mir eine Idee kommt. „Annas Vater, der Kriminalbeamte! Sie hat gesagt, dass ich ihn jederzeit anrufen kann." Ich durchforste mein Handy, doch seine Telefonnummer scheine ich gar nicht notiert zu haben. Um meine Bettnachbarin nicht zu stören, gehe ich auf die Toilette, um in Ruhe zu telefonieren:

„Hallo Anna, ich bin es, Lena aus dem Zug nach Büsum. Entschuldige bitte die späte Störung, aber ich muss unbedingt mit deinem Vater sprechen." „Hallo Lena, ist etwas passiert? Oh, ich freue mich, dass du anrufst. Da hast du aber Glück, dass ich gerade bei meinen Eltern bin und nicht in Hannover" „Leider ist tatsächlich etwas passiert, ich liege im Krankenhaus und weiß offensichtlich als einzige Person, wer der wahre Mörder meiner Freunde ist." „Bleib mal dran, ich schaue, wo er ist." Im Hintergrund höre ich mehrere Türen, offenbar läuft sie durch das Haus auf der Suche nach ihrem Vater. Dann hält sie kurz den Hörer zu, und ich kann nur noch Bruchstücke verstehen. „Schneider, guten Abend. Meine Tochter hat mich in Kenntnis gesetzt. Sie benötigen dringend Hilfe?" Ich stelle mich ihm vor, natürlich muss ich wieder weinen, doch nach kurzer Zeit gelingt es mir, ihm grob zu schildern, was passiert ist. Ich höre, dass er auf einer Tastatur mitschreibt, doch das ist mir egal. Ich muss nun meinen Teil dazu tun, dass Marcell endlich hinter Gitter kommt. Ich beantworte seine Fragen wahrheitsgetreu und erzähle ihm detailliert von unserer Geheimakte. Ich habe das Gefühl, dass er meine Worte ernst nimmt und nicht an meinem Geisteszustand zweifelt. Leider ist der Akku meines Handys irgendwann leer, doch vorher verspricht er mir, alles Weitere in die Wege zu leiten und auch, mir einen Beamten zu meiner Sicherheit vor die Tür setzen zu lassen. Nach dem Gespräch geht es mir nicht gut, ich bin total erledigt. Da ich kein Ladekabel für mein Handy hier habe, bin ich jetzt weder erreichbar noch kann ich Jolina vorwarnen. Zum Glück will sie morgen ganz früh hierherkommen. Nachdem ich mich zugedeckt habe, schlafe ich umgehend tief und fest ein.

In der Nacht werde ich wach, nicht etwa, weil die angekündigte Patientin eingeliefert wird, sondern weil man versucht, mein Bett aus dem Raum zu schieben. Ich erschrecke mich und will anfangen zu schreien, doch einer der Männer gibt sich zu erkennen. „Kriminalhauptkommissar Schneider hat uns beauftragt, Sie in das nächstgelegene Bundeswehrkrankenhaus zu verlegen. Freuen Sie sich auf einen kurzen Helikopterflug. Bleiben Sie ganz ruhig, alles verläuft nach Plan!" Was auch immer sein Plan ist, ich habe keine Wahl und keinen Mut zu widersprechen. Zum Glück hilft die Krankenschwester, mich auf eine Trage zu verfrachten, eigentlich kann ich selber gehen, doch ich sage nichts und bleibe still. Irgendwie kommt mir dieses ganze Szenario surreal vor. Ich kann jedoch nicht leugnen, dass es auch spannend ist, und komme mir vor wie die Hauptdarstellerin in einem James Bond oder Mission Impossible Film. Vorsichtig schaue ich mir die mehr oder weniger vermummten Gestalten um mich herum genauer an. Sie vermeiden den Blickkontakt mit mir, eigentlich finde ich das schade. Meine Angst verflüchtigt sich langsam. Während der Helikopter abhebt, wird mir irgendwie ganz flau in der Magengegend, und einer der Männer hält mir eine Spucktüte hin. Ich nehme sie, brauche sie aber dann zum Glück doch nicht benutzen. Der Flug kommt mir sehr lang vor, obwohl er wohl höchsten zwanzig Minuten dauert. Ich werde in einem Einzelzimmer untergebracht, und man erklärt mir, dass ich hier in Sicherheit bin und mich erst einmal in Ruhe ausschlafen soll. Morgen erwarten sie eine Delegation, die sich mit mir beschäftigen wird. Ich reiße meine Augen weit auf, und mein Puls steigt erneut deutlich in die Höhe. „Keine Angst, ich habe mich wohl versehentlich falsch ausgedrückt. Sie werden zu den Ihnen bekannten Tatsachen befragt. Bitte schlafen Sie jetzt!" Nachdem er mein Krankenzimmer verlassen hat, öffne ich umgehend die Schublade meines am Bett stehenden Tischchens. Sie ist leer, offenbar haben sie mein Handy konfisziert. Es ist schon komisch, aber ich fühle mich in diesem Gefängnis hier sicherer als im Krankenhaus und kann tatsächlich gut einschlafen.

Früh morgens werde ich geweckt und bekomme ein mittelprächtiges Frühstück vorgesetzt. Es ist mir unangenehm, immer noch in diesem unsagbar hässlichen Operationshemd verweilen zu müssen. Auf die Frage nach meiner Kleidung antwortet die Schwester hier sehr kurz angebunden und kündigt eine ärztliche Visite an. Keine fünf Minuten später stehen zwei Ärzte vor mir und stellen mir einige Fragen. Ganz andere Fragen als die, die man mir im Krankenhaus gestellt hat. Sie wollen zum Beispiel wissen, ob ich mir ganz sicher bin, dass mein Körper wieder frei von fremder Materie ist. Diese Frage kann ich eindeutig mit „ja" beantworten. Ich erzähle alles wahrheitsgemäß, und sie reichen mir im Anschluss nach ihren Fragen einen Beutel mit meinen Sachen. Gleich nachdem sie das Zimmer wieder verlassen haben, ziehe ich mich um. Auch in diesem Bad finde ich eine Zahnbürste und einen Waschlappen. Leider gibt es nur einen Kamm und keine Bürste, so sehe ich etwas wilder aus als gewöhnlich. Leider habe ich hier auch kein Makeup. Meine Hoffnung, dass die beiden Ärzte die erwartete Delegation waren, verpufft sehr schnell. Die Zimmertür geht auf, und man bittet mich mitzukommen. Ich werde von zwei Personen, männlich und weiblich, eskortiert bis zu einem Besprechungsraum. „Jolina!" Ich strahle, und es wird uns gestattet, uns zu umarmen. Mit meiner Freundin hätte ich hier ganz und gar nicht gerechnet.

Nach kurzem Smalltalk werden wir über unsere Rechte und vor allem Pflichten informiert. Offenbar gibt es in Deutschland eine Kommission für übernatürliche Ereignisse. Wir dürfen jedoch nie wieder über all die Geschehnisse, die uns während unserer Ermittlungen widerfahren sind, berichten, weder mündlich noch schriftlich. Auf dem Tisch liegt unsere Geheimakte samt allen bis dato erstellten Kopien. Das bedeutet für mich, dass jemand in meiner Wohnung in meinem Zimmer und an meinem Schreibtisch gewesen ist. Wir werden belehrt, dass wir eine Verantwortung für die nationale Sicherheit tragen und uns strafbar machen, sollten wir gegen die von uns vor Ort unterzeichnete eidesstattliche Versicherung verstoßen. Ein Richter ist dazu ebenfalls anwesend. Jolina und ich sind eingeschüchtert und verunsichert, jedoch unterschreiben wir nun beide, nie wieder über die Vorkommnisse der Begegnungen mit Ben zu sprechen, weder untereinander noch mit unseren Eltern noch zu unseren Partnern oder gar weiteren Personen. Sollten wir dagegen verstoßen, werden wir zu mehrjährigen Haftstrafen verurteilt, abzusitzen in einer geschlossenen psychiatrischen Anstalt.

Dann kommt aber noch eine weitere Ansage, die uns ganz und gar nicht erfreut. Ein Typ mit vielen Abzeichen auf der Uniformjacke teilt uns in einem militärischen Ton weitere Details mit.

„Sie werden meine Anweisungen zu einhundert Prozent befolgen, um in ihr altes, normales Leben zurückkehren zu können. Sollte ich auch nur den geringsten Zweifel daran haben, dass dies nicht möglich ist, werden Sie die Konsequenzen tragen müssen. Habe ich mich korrekt ausgedrückt?" Wir starren ihn mit halb geöffneten Mündern und weit aufgerissenen Augen ungläubig an. Wir sitzen immer noch am Tisch, und er steht uns gegenüber. „Bitte beantworten Sie jetzt meine Frage, ansonsten kommen mir doch noch Zweifel, Ihren Geisteszustand betreffend." Mir ist bewusst, welche Macht er in diesem Moment über uns hat. Nicht nur das, er hat offenbar die Entscheidungsgewalt, was in der Zukunft mit uns passieren wird. Ich denke an Lukas und Max und sehe unsere glücklichen Zukunftsaussichten in Frage gestellt. Daher bin ich nun gezwungen, all meine Ängste zu verdrängen. Ich erhebe mich, schaue ihm direkt in seine grünen Augen und antworte laut und deutlich: „Selbstverständlich können Sie sich zu einhundert

Prozent auf uns verlassen. Wir werden uns so verhalten, wie es die Situation erfordert und haben keinerlei Erinnerungen mehr an die mysteriösen Vorkommnisse. Es hat sie nie gegeben. Ist das deutlich genug?" Jolina schaut mich mit einem starren Blick an und steht dann ebenfalls auf: „Ich stimme meiner Freundin ebenfalls zu einhundert Prozent zu!" „Setzen!", sagt er mit seiner einschüchternden Stimme, und wir kommen seinem Befehl nach. Dann fährt er mit seinem Vortrag fort. „Das erfreut mich sehr, dann hätten wir diesen Punkt geklärt. Doch glauben Sie nicht, dass wir Sie beide nicht im Visier behalten werden, um ihr Verhalten zu kontrollieren. Stichpunktartig werden wir in Ihrer Nähe auftauchen, ohne dass Sie unsere Anwesenheit bemerken, sei es in zwei Tagen, vierzehn Monaten oder zehn Jahren. Sie haben eine eidesstattliche Erklärung unterschrieben, die ihre Gültigkeit für die Ewigkeit behält." Jetzt schaut er mir direkt in die Augen. „Heute Abend wird noch eine abschließende ärztliche Untersuchung stattfinden. Der Verdacht der Epilepsie konnte nicht bestätigt werden, das können Sie bitte auch genau so weitererzählen. Offiziell sind Sie dehydriert in der überhitzten Stadthalle." Dann reicht er uns jedem eine Visitenkarte, die auf den ersten Blick den Eindruck macht, als sei es eine einfache Promotion-Karte für den Beruf als Soldat*in. „Auch wenn es nicht den Anschein erweckt, die Telefonnummer auf dieser Karte ist eine meiner Sicherheitsnummern und nur im äußersten Notfall zu verwenden. Zum Beispiel dann, wenn sich doch noch einmal jemand aus einer anderen Welt an Sie wenden sollte." Danach legt er den Kopf leicht schief und fügt noch einen weiteren Satz hinzu. „Oder aber dann, wenn eine von Ihnen sich dazu entschließen sollte, ihr Leben für den deutschen Staat zu leben, eine Ausbildung bei uns zu vollziehen und bis zu Ihrer Rente einen gesicherten, verantwortungsvollen, aber auch teilweise entbehrungsreichen Beruf zu ergreifen."

Nach seinem Vortrag sind wir deutlich erschöpft, es dauert lange, bis sich mein Pulsschlag wieder einigermaßen normalisiert. „Entschuldigung, ich habe noch eine Frage." Jolina hat sich erneut erhoben. „Bitte!" „Dürfen wir jetzt wieder nach Hause? Ich muss zur Arbeit." „Ah, das habe ich wohl in der Hektik vergessen zu erwähnen, aber offiziell sind Sie beide die Gewinner eines Preisrätsels und befinden sich derzeit ohne Ihre Handys in Paris. In zwei Tagen werden wir Sie mit einem Taxi nach Hause schicken, samt dieser Tüte hier an französischen Souvenirs." Eine seiner Mitarbeiterinnen reicht uns auf sein Zeichen hin eine gut gefüllte Einkaufstasche. „Ihre Arbeitgeber und Eltern wurden von dem Veranstalter des Gewinnspiels, der Stadt Köln, bereits informiert. Wir haben alles geregelt, machen Sie sich keine Sorgen. Offizierin Meike Hoffmann wird Ihnen für weitere Fragen zur Verfügung stehen. Unsere Wege werden sich hier trennen. Sollte der gesuchte Marcell Rönner in zwei Tagen noch nicht gefasst sein, wovon wir derzeit jedoch nicht ausgehen, werden wir uns allerdings über eine Verlängerung Ihres Aufenthalts bei uns unterhalten müssen." Danach verlässt er das Zimmer, und ich sinke in mich zusammen. Jolina ergreift meine Hand und flüstert mir zu. „Sie werden ihn kriegen, da bin ich mir ganz sicher."

Die Offizierin begleitet uns nun in ein anderes Zimmer, in dem zwei Betten stehen. Hier gibt es allerdings ebenfalls keinen Fernseher und auch kein Radio. Sie reicht uns einen Block und einen Stift. „Bitte schreiben Sie auf, falls Sie noch etwas benötigen, um Ihren Frankreichurlaub glaubhaft darzustellen. Schauen Sie bitte vorab in ihre Taschen, ich komme in einer guten Stunde wieder." Danach verlässt sie den Raum. Wenn wir ehrlich sind, sind wir schon gespannt, was sich so alles in unseren Geschenktüten befindet. In dem Moment, als sie die Tür von außen verschließt, öffnen wir auch schon unsere Taschen und schauen genau nach, was wir alles erhalten haben. Die in Folien eingepackten Geschenke öffnen wir natürlich nicht, offenbar sind das Mitbringsel für Eltern und Freunde. Ich entdecke Seife und Duschgel der Sorte Lavendel wie auch kleine Salzfässchen „Fleur de Sel". Was mich am meisten freut, ist ein hübsches Kosmetiktäschchen mit verschiedenen Schminkutensilien. Jolina hat eine Haarbürste in ihrer Tasche und mindestens zehn Postkarten, auf zweien befinden sich sogar französische Briefmarken. Sogar zwei bunte Kleider einer französischen Designerin haben wir erhalten. Wir fragen uns, ob überhaupt etwas fehlt? „Wollen wir nach einem Kartenspiel oder nach Kniffel fragen?" „Gute Idee, Jolina. Vielleicht auch ein paar Zeitschriften, damit es nicht langweilig wird." „Lena, ich finde das hier alles andere als langweilig!" Entsetzt schaut sie mich an, und wir müssen erst lachen und danach weinen. Jetzt fällt die ganze Anspannung von uns ab und uns wird bewusst, was für ein Glück wir gehabt haben, dass wir noch am Leben sind und sogar wieder zurück in unser altes Leben dürfen. Ich muss an Ben denken und schluchze noch einmal laut auf, denn er war mit Abstand der beste Freund, den man sich nur wünschen kann. Sogar nach seinem Tod hat er mir seine wahre Liebe aus dem Jenseits offenbart. Reden darf ich jetzt nicht mehr darüber, nicht einmal mehr mit meiner Freundin, auf gar keinen Fall hier in diesem Gebäude, da unser Zimmer höchstwahrscheinlich abgehört wird.

Kaum haben wir uns wieder beruhigt, kommt die Offizierin zurück. Sicherlich bemerkt sie, dass wir geweint haben, sagt aber nichts dazu. Auf unsere Nachfrage bietet sie uns an, eine Spielesammlung und ein paar Zeitschriften zu bringen. Dann teilt sie mir noch mit, dass ich gleich abgeholt werde zu einer ärztlichen Untersuchung. Schnell probiere ich die neue Schminke aus und bemerke dabei, dass ich etwas abgenommen haben muss. Ehrlich gesagt, das freut mich sehr, wo ich doch so gerne esse. Da klopft es auch schon an der Tür, sie holen mich zu Untersuchungen ab. Die Ärzte messen meine Herz- sowie auch die Hirnströme, den Blutdruck, schauen mir ausführlich in die Augen, dass ich mich schon fast geblendet fühle, bis sie mich endlich als geheilt entlassen. Ich weiß, dass ich nie krank war, aber nun muss ich verinnerlichen, dass ich in der Stadthalle zusammengebrochen bin, weil ich dehydriert war.

Dummerweise hatte ich also vergessen, an dem Tag etwas zu trinken.

Das schönste Geschenk wird uns dann allerdings am anderen Morgen von der Dame, die uns das Frühstück serviert, überreicht. Eine Tageszeitung:

DREIFACHER MÖRDER AUF DER FLUCHT GESTELLT!

Marcell R, der Exfreund von Marie B., ist offenbar aus Eifersucht zum brutalen Mörder geworden. Die Stadt ist erleichtert und geschockt zugleich. Erleichtert darüber, endlich den Mörder dreier Menschen hinter Gittern zu wissen, und geschockt darüber, mit welcher Brutalität und Wandlungsfähigkeit ein junger Mensch so etwas tun konnte. Eben noch ein gefeierter Star auf der Bühne der Stadthalle, im nächsten Moment ein verachteter und brutaler Mörder. Marcell R. hat ein vollständiges Geständnis abgelegt und bittet darum, seinen Geisteszustand überprüfen zu lassen. Wir werden Sie auf dem Laufenden halten.

Wieder müssen Jolina und ich weinen, doch gleichzeitig wissen wir auch, dass unserer Zukunft mit den Männern unserer Begierde, wie Jolina die beiden jetzt nennt, nichts mehr im Wege steht. Es dauert nicht lang, bis wir überglücklich nach Hause dürfen, nicht ohne vorher noch ein allerletztes Mal darauf hingewiesen zu werden, welche Verpflichtungen wir eingegangen sind.

Ich lasse mich mit dem Taxi direkt zu meinen Eltern fahren, die natürlich überhaupt kein

Verständnis dafür haben, dass ich aus dem Krankenhaus heraus direkt nach Paris geflogen bin ohne ihnen vorher Bescheid zu sagen. Ich stelle mir nun vor, eine Schauspielerin zu sein, und versuche, meine Rolle für diesen Abend so glaubhaft wie möglich darzustellen. Nach einer Weile schimpfen beide darüber, dass ich dehydriert bin, weil sie mir doch schon von Klein auf an erzählt haben, wie wichtig es sei, immer genug Flüssigkeit zu sich zu nehmen. „Wenigstens haben sie alles geglaubt", denke ich und strahle wieder. Mama freut sich über die Lavendelseife, und Papa ist amüsiert über die Karte mit der Briefmarke ohne sonstigen Text. Ich habe ihm glaubhaft versichert, dass ich schreiben wollte, aber dann doch nicht dazu gekommen bin. Dann wird es sehr emotional, denn wir sprechen über die Ereignisse der letzten Tage. Mama weint und drückt mich ganz fest an sich. „Lena, du hast recht gehabt mit Ben. Er ist unschuldig, mir tut das alles so leid. Wenn ich daran denke, dass du die ganze Zeit engen Kontakt mit dem Mörder hattest, muss ich weinen." Sie wischt sich ein paar Tränen ab, und Papa redet weiter. „Ich bin nur froh, dass du wieder gesund bist, und es dir gut geht." Sie lassen mich an diesem Abend nicht in meine Wohnung fahren, sondern bestehen darauf, dass ich in meinem alten Kinderzimmer übernachte. Papa verspricht mir, mich morgen früh in die Kanzlei zu fahren, und ich stimme zu. Natürlich reden wir den Rest des Abends fast ausschließlich über Lukas, und ich verrate ihnen dann doch noch, dass er am Freitagnachmittag mit dem Zug eintrifft. Eigentlich wollte ich dieses erste

Treffen mit ihm ja geheim halten, irgendwie hat das nun doch nicht geklappt. Trotzdem habe ich es geschafft, dieses Wochenende für Lukas und mich zu reservieren. Meine Eltern sind zwar enttäuscht darüber, wollen der jungen Liebe jedoch nicht im Weg stehen. Ich muss ihnen aber gleichzeitig das Versprechen geben, dass sie ihn bei seinem nächsten Besuch kennenlernen dürfen; damit bin ich einverstanden.

Papa bringt mich pünktlich zur Arbeit. Es ist ganz angenehm, direkt vor der Tür aussteigen zu können. Meine Tasche nehme ich mit in die Kanzlei und stelle jedem Chef ein kleines Salzfässchen auf den Schreibtisch. Sie bedanken sich beide zeitnah und gratulieren mir nachträglich zu meiner Parisreise. Sie bitten mich aber im Gegenzug, heute etwas länger zu arbeiten. Obwohl mir das ganz und gar nicht passt, sage ich trotzdem zu. Wenn ich daran denke, dass meine Fenster immer noch dreckig sein werden und ich auch ansonsten durch meine Abwesenheit zu gar nichts innerhalb der Wohnung gekommen bin, wird mir ganz anders, und ich fange an zu schwitzen. Ich bin mir jetzt auch gar nicht mehr sicher, ob ich Sarah schon darüber informiert habe, dass ich am Wochenende Männerbesuch bekomme. Überhaupt hoffe ich, dass Sarah auch darüber informiert wurde, dass ich in Paris war. Ich glaube das schon fast selbst, dass ich dort war, so oft wie ich nun darüber nachgedacht und teilweise auch berichtet habe. Hoffentlich war sie nicht zu Hause, als mein Zimmer nachts durchsucht wurde. Ich weiß, dass ich diese Gedanken für den Moment verdrängen muss, um meine Arbeit gewissenhaft erledigen zu können, doch das fällt mir heute besonders schwer. „Morgen kommt Lukas zu mir!" Das ist der Gedanke, der sich immer wieder in den Vordergrund drängt. Ich mache einen Fehler und muss daraufhin ein zweites Urkundenblatt erstellen, das ärgert mich. Ich bin nur glücklich darüber, dass mir mein Fehler noch rechtzeitig aufgefallen ist, bevor ich die fehlerhafte Urkunde in die entsprechende Akte legen konnte. Das ist gerade noch einmal gut gegangen. Ich bleibe an diesem Abend tatsächlich bis kurz vor sieben in der Kanzlei.

Sarah hat etwas gekocht, ich rieche es schon im Treppenhaus und hoffe so sehr, dass noch eine Portion für mich übrig ist. „Lena!", schreit sie, als sie mich sieht. Ich werde umarmt und geknuddelt. „Danke, Sarah, das ist aber eine schöne Begrüßung." Ich lächle sie an. „Ich habe Moussaka gemacht, hast du Hunger?" In dem Moment ihres letzten Worts, fängt mein Magen an zu knurren, und wir kichern daraufhin. Dann erzähle ich ihr, dass Lukas morgen kommt und ich eigentlich noch die Fenster putzen will. „Das mache ich, ich helfe dir beim Putzen." Ein sehr netter, aber arbeitsreicher Abend geht langsam zu Ende. Ich habe Sarah ein bisschen besser kennengelernt, und sie verspricht mir, am Wochenende bei ihrem Freund zu übernachten. Nicht ohne zu erwähnen, dass sie sehr neugierig ist und Lukas unbedingt bald kennenlernen möchte. „Wenn er genauso nett wie sein Bruder ist, wäre das schon klasse." „Das ist er, glaube mir." Ich seufze. „Er ist ein wahrer Traummann, ein echter Womanizer." „Super, genau so einen Mann brauchst du jetzt!" „Nicht nur jetzt", sage ich leicht empört, lächle sie aber dabei an. Danach gehen wir in unsere Zimmer, um zur Ruhe zu kommen, denn es ist sehr spät geworden, und ich muss morgen früh arbeiten.

Leider habe ich nicht so gut geschlafen, deshalb benutze ich heute eine doppelte Portion Concealer. Danach wechsele ich noch schnell das Bettzeug, ich freue mich so sehr auf Lukas, dass ich an nichts anderes mehr denken kann. Geplant ist, dass ich nach der Arbeit noch für zwei Stunden nach Hause komme, bevor ich zum Bahnhof fahre, aber man kann ja nicht wissen, ob ich vielleicht wieder länger in der Kanzlei bleiben muss. Schon während ich heute Morgen die Wohnung verlasse, spüre ich meine Nervosität. Mir gehen so viele Gedanken durch den Kopf, auch würde ich gerne endlich mal wieder Marie besuchen. „Ach, ich bin ja so blöd", denke ich. Mir war für einen Moment entfallen, dass auch Lukas Maries Cousin ist und wir sie sicherlich gemeinsam besuchen werden. Ich mache einen Kompromiss und bleibe heute eine Stunde länger in der Kanzlei und keine Minute mehr. So habe ich genug Zeit, noch kurz zu duschen, bevor ich dann die Wohnung wieder verlasse, um zum Bahnhof zu fahren.

Nervös gehe ich auf dem Bahnsteig hin und her, es dauert noch genau fünf Minuten, bis der Zug planmäßig hier eintreffen soll. Bis jetzt ist noch keine Ansage gemacht worden, dass dieser Zug nicht pünktlich ankommt. Meine Gedanken spielen verrückt, mir wird bewusst, dass ich ihn mit Sicherheit ausgiebig küssen werde, und nehme vorsorglich einen Pfefferminzbonbon in den Mund. Ich fühle mich, als wäre ich fünfzehn Jahre alt und würde zum ersten Mal einem Mann nahekommen. Ich bin so aufgeregt, dass ich einen roten Kopf bekomme, ich spüre das und versuche, mich zu entspannen, doch in diesem Moment fährt der Zug ein. „Nicht weinen!" Das ist das, was ich mir fest vorgenommen habe, denn er hat mich schon mehrfach weinend gesehen, das soll nicht zur Gewohnheit werden. Da ist er, Lukas steigt aus und kommt auf mich zu gerannt. Im ersten Moment sieht es so aus, als hätte er gar kein Gepäck dabei, doch dann entdecke ich die Riemen seines Rucksacks. „Lena, meine Traumfrau, komm in meine Arme!" Er drückt mich fest an sich und küsst mich auf den Hals. Ich zucke zusammen, und er lächelt mich an. „Bin ich zu forsch?" Er ist so selbstbewusst, und mir hat es irgendwie die Sprache verschlagen. Ich muss in diesem Moment tatsächlich an Ben denken und frage mich ein letztes Mal, ob ich ihn betrüge, wenn ich Lukas liebe. Ich werde spätestens in ein paar Stunden mit ihm schlafen, der gegenseitige Blick in unsere Augen spiegelt die Leidenschaft, Sehnsucht und Liebe, die wir für einander empfinden. Ein Sonnenstrahl fällt genau auf Lukas` Gesicht, und wir schauen beide für einen ganz kurzen Moment in den Himmel. „Danke, Ben", denke ich. „Ruhe in Frieden!"

Susanne Gripp
Weitere Bücher:

Martha und Malina
Urlaub in Schweden

Angefangen hat alles mit der im Juni 2020 erschienenen Komödie „Martha und Malina".

Eine Familie aus Elmshorn bei Hamburg, Mutter Schwedin, Vater Polizist, fahren mit ihren drei Kindern nach Schweden, um die Verwandtschaft zu besuchen.

Was auf dieser Urlaubsreise alles passiert, bringt uns oft zum Lachen.

In diesem Buch wird viel und gern gegessen, werden spannende Abenteuer überstanden und nebenbei ein Teil der Fußball-Weltmeisterschaft 2018 hautnah miterlebt.

Ein Gute-Laune-Buch für die ganze Familie.

ISBN: 9783751958394 (D) 9,99

Kurzgeschichten mit Gefühl

Ein Buch aus dem Februar 2021, das uns querbeet durch das Leben führt. Mit dieser Veröffentlichung habe ich mich dahingehend geoutet, dass ich nach Lust und Laune durch die Genres schreibe. Die Geschichten in diesem Buch sind abwechslungsreich wie lustig, spannend, faszinierend, empörend, anrüchig und wundervoll.

Wenn Sie einmal nicht die Ruhe für eine lange Geschichte haben, ist dieses Buch genau das richtige für Sie.

ISBN: 9783751932691 (D) 11,99

Kripo Heidlaufen

Waschraum der ungewollten Begegnungen

Mein erster Krimi und dazu noch mit interaktivem Schluss. Hier können Sie selbst wählen, ob Sie die blutige Variante oder ein leicht gemäßigtes Ende bevorzugen. Die mehrfach gewünschte Fortsetzung des Ermittlerteams um Hauptkommissar Christian Kraufer befindet sich in Planung.

ISBN: 9783754316870 (D) 10,99

Raunispulata Hefezopf
Die Einkaufsreise

Im November 2021 wurde die erste Geschichte um die kleine Maus Raunispulata Hefezopf durch die junge Horster Künstlerin Rebecca Jabusch wunderschön bebildert. Ein Kinder-Vorlesebuch oder aber ein erstes Buch zum selbst Lesen.

ISBN: 9783755726548 (D) 9,99
Auch erhältlich als Hardcover:
ISBN: 9783755726593 (D) 24,99

Literarische Adventskalender

Alle drei Adventskalender spielen vom ersten bis vierundzwanzigsten Dezember. Je Kalender wird eine Geschichte in vierundzwanzig Teilen erzählt.

Wunderbare Geschenke für die Vorweihnachtszeit.

märchenhaft

Prinzessin Liesandra und Ritter Horald

Eine Geschichte aus dem Märchenwald mit all seinen verborgenen Kräften und Gefahren. Spannend und liebenswert zugleich lassen Sie sich verzaubern.

ISBN: 9783749453054 (D) 9,999

gruselig

Pass gut auf dich auf und schlaf schön!

Für Freunde dieses Genres ein absolutes Highlight, diesen gruseligen Adventskalender zu lesen.

ISBN: 9783756208852 (D) 9,99

erotisch

Für Frauen

Drei Arbeitskolleginnen treffen sich in den Frühstückspausen und reden über Männer. Am ersten Dezember sind sie noch ledig. Nachdem die drei Frauen gemeinsam auf dem Weihnachtsmarkt waren, haben sie viel zu berichten. Ein super Geschenk für gute Freundinnen.

ISBN: 9783756205752 (D) 9,99

Tanz durch das Nacht LEBEN
Psycho-Erotik-Thriller

Nichts für schwache Nerven. Das eine, was man tun muss, um zu überleben. Das andere, was man nicht tun darf, um ein guter Mensch zu bleiben.

Dieses Buch geht an Grenzen!

ISBN: 9783756834518 (D) 12,99

Milton Keynes UK
Ingram Content Group UK Ltd.
UKHW010715080823
426520UK00001B/19

9 783757 813444